KB241398

유광현 新무협 판타지 소설
FANTASTIC ORIENTAL HEROES

검신협 棋劍神俠

기검신협 6

유광현 新무협 판타지 소설

초판 1쇄 찍은 날 § 2009년 6월 4일
초판 1쇄 펴낸 날 § 2009년 6월 10일

지은이 § 유광현
펴낸이 § 서경석

편집장 § 문혜영
편집책임 § 문정흠
편집 § 정서진

펴낸곳 § 도서출판 청어람
등록번호 § 제1081-1-89호
등록일자 § 1999. 5. 31
어람번호 § 제2-1758호

주소 § 경기도 부천시 원미구 심곡2동 163-2 서경B/D 3F (우) 420-822
전화 § 032-656-4452팩스 § 032-656-4453
http://www.chungeoram.com
E-mail § eoram99@chollian.net

© 유광현, 2008

ISBN 978-89-251-1831-4 04810
ISBN 978-89-251-1448-4 (세트)

※ 파본은 구입하신 서점에서 교환하여 드립니다.
※ 저자와 협의하여 인지를 붙이지 않습니다.
※ 이 책은 도서출판 청어람과 저작자의 계약에 의해 출판된 것이므로,
　 무단 전재 및 유포 · 공유를 금합니다.

유광현 新무협 판타지 소설
FANTASTIC ORIENTAL HEROES

6 [험로(險路)]

기검신협

棋劍神俠

청어람

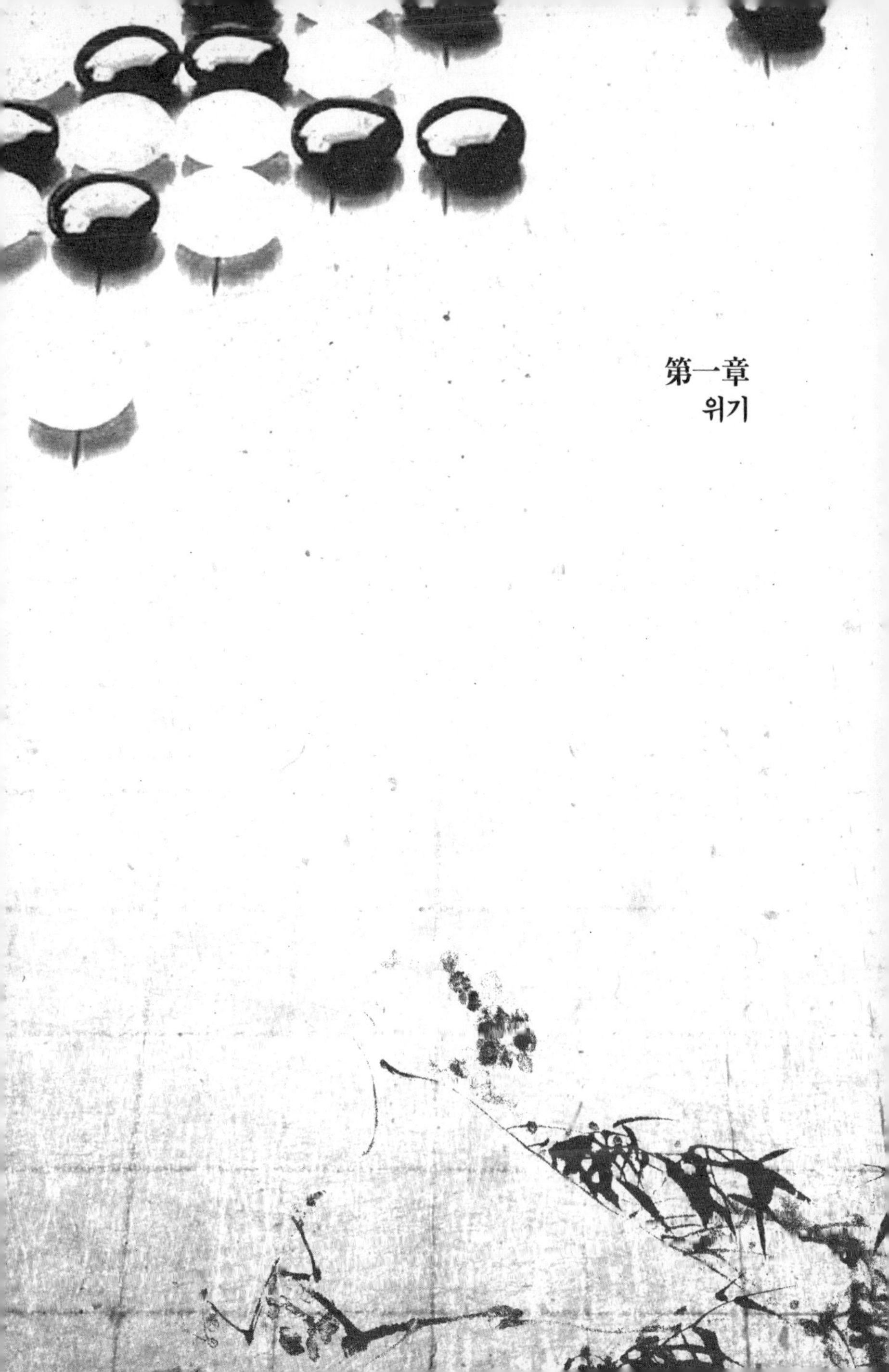

第一章
위기

棋劍神俠

기검
신협

위기 1

슈슈슉!

불과 몇 호흡 전, 하늘을 나는 무림 고수를 활로 쏘아 떨어뜨리는 신나는 경험을 했던 병사들은 승리에 도취되어 담장 위로 다시 사람들이 나타나자 무심결에 화살을 날렸다.

화살 중 대부분이 중앙에 선 풍소백에게 집중되었다.

그러자 뒷짐을 지고 있던 풍소백이 느긋하게 한 팔을 내밀었다.

쩡!

파스스스!

참으로 경이로운 광경이었다. 기세 좋게 날아가던 화살이 풍소백의 손짓에 먼지가 되어 흩어져 버렸다. 다음 화살을 재고 있던 군사들은 얼이 빠져 쏠 생각을 하지 못했다.

풍소백의 시선이 이십 장을 격하고 흑백괴동에게 틀어박혔다.

풍소백의 시선을 받은 흑백괴동은 서로를 마주 보며 미미하게 고개를 끄덕였다. 서로의 뜻이 같음을 확인한 흑백괴동은 한마디를 남기고 창문을 통해 아래로 뛰어내렸다.

"안면이 있으니 우리가 어떻게든 설득해서 돌려보내 보겠다."

지상으로 내려선 흑백괴동은 경천신문 무인들과 십여 장 거리를 두고 걸음을 멈췄다. 흑괴가 다소 굳은 얼굴로 말했다.

"문주, 그간 평안하셨소."

"오랜만이군. 한데 손님 대접이 형편없어. 내 자네들을 이리 박대한 적이 없었던 것으로 기억하는데 말이야."

마치 혼잣말하듯 나직이 중얼거린 말임에도 힘주어 말한 것처럼 또렷이 들린다. 특유의 높낮이 없는 억양에 내력이 실려 귀에 박히듯 들려오니 듣는 사람으로 하여금 소름이 돋게 만들었다.

흑괴가 떨떠름한 표정을 지으며 대답했다.

"문주께서 이리 직접 나서실 줄은 몰랐소."

"자네들이 있는데 수하들만 보낼 수가 있나. 실수는 한 번으로 족해."

흑백괴동은 풍소백이 말하는 실수가 무엇을 의미하는지 알고 쓴웃음을 지었다.

“문주는 지금도 우리가 봉공들을 죽였다고 생각하시는 게 요?”

“그야 자네들이 더 잘 알 일이지.”

“노부들 때문에 오신 것이라면 그냥 돌아가시는 편이 좋겠 소. 우리 형제는 한동안 밥을 내어준 문주의 종을 이유없이 죽 일 만큼 몰염치하지 않소이다.”

“그렇지. 나 또한 자네들을 그리 보았어. 그러니 한 식구로 만들려고 그리 애를 쓰지 않았겠나.”

“그리 생각하신다니 고맙구려.”

흑백괴동은 풍소백이 믿어주는 듯하자 다소 안색을 풀었다. 하지만 풍소백의 다음 말에 다시 인상을 구길 수밖에 없었다.

“이유없이 죽이지는 않았을 게야. 분명 그만한 이유가 있었 겠지. 그래, 악대명에게 무엇을 받았나?”

풍소백이 언급한 악대명은 산동세가의 가주였다.

참으로 답답한 노릇이다. 기어이 산동악가와 손을 잡고 경 천신문의 세 봉공을 죽인 것으로 몰아가다니.

흑백괴동은 자신들 또한 무한을 그런 식으로 의심하고 있다 는 건 생각도 못한 채 말도 안 되는 오해를 받으니 가슴을 열어 결백을 증명해 보이고 싶은 심정이었다.

“휴, 우리 형제가 따로 찾아뵙고 자초지종을 설명하겠소이 다, 문주. 그러니 오늘만은 그만 돌아가 주시오.”

흑괴의 음성은 거의 애원조에 가까웠다. 곁에서 지켜보는 이들은 흑백괴동의 이 같은 모습에 풍소백의 위상을 새삼 실

감했다. 세상에 거칠 것 없다던 흑백괴동이 이리도 저자세라
니.

"내가 사람을 영 잘못 보았군."

풍소백의 탄식에 곁에 있던 날카로운 인상의 육십대 노인이
입을 열었다.

"문주님, 그러게 제가 무어라 말씀드렸습니까. 저들은 본래
지조만 없는 게 아니라 자존심까지 없는, 형편없는 종자들이
었습니다."

흑백괴동의 시선이 풍소백의 좌측으로 향했다.

경천신문의 다섯 봉공 중 유일하게 남은 자가 거기 있었다.

진멸도(殄滅刀) 화우성. 강력한 쾌도를 익힌 절정고수였다.
봉공 서열로는 네 번째였다.

화우성은 지고한 위치에 오른 무공과는 달리 속이 좁고 시
기가 심한 자였다. 화우성이 저토록 흑백괴동을 미워하는 것
또한 특별히 원수진 일이 있어서가 아니었다.

다만 풍소백이 흑백괴동의 무력과 인간됨을 높이 사 수차례
봉공으로 영입하려 하자 그것을 못마땅하게 여겨 흑백괴동을
증오하게 된 것이다.

그 점만 보아도 화우성의 인간됨을 능히 짐작할 수 있었다.

"좀생이 같은 놈! 우리 형제가 네놈 따위가 두려워서 이러고
있는 줄 아느냐!"

화우성이 조롱하듯 되물었다.

"하면 무슨 다른 이유라도 있단 말이냐?"

흑백괴동은 속이 부글부글 끓었다. 그간의 인연을 생각해 경천신문이 무너지는 걸 보고만 있을 수가 없어 한사코 이대로 돌려보내려 한 것인데, 저 멍청한 작자는 남의 속도 모르고 비웃고 있질 않은가.

흑괴가 끓어오르는 화를 간신히 억누르며 풍소백에게 시선을 돌렸다.

"풍 문주, 혹시 근자에 일어난 혈사에 대해 들어보지 못했소?"

스르릉!

화우성이 쾌도에 특화된 나뭇잎처럼 얇은 유엽도를 경쾌하게 뽑아 들며 일갈했다.

"흥! 이제 이야기를 돌려 시간을 끌어볼 참이구나. 음흉한 난쟁이 놈들 같으니!"

거침없이 도를 뽑아 든 화우성은 담 아래로 뛰어내렸다. 그러나 섣불리 흑백괴동에게 들이치지 못하고 주춤했다. 그렇게 주저하던 화우성이 뒤를 돌아보며 버럭 소리쳤다.

"뭣들 하는가! 어서 놈들을 치지 않고!"

화우성의 역정에 세 노인이 일제히 뛰어내렸다. 일전에 흑백괴동을 처단하기 위해 나섰던 경천신문의 빈객, 산음무적객 동막추, 홍룡기천검 설주붕, 당산흑마 혁저필이었다.

용기백배한 화우성이 세 빈객과 함께 들이치려 할 때였다.

"문주! 이 이야기는 반드시 들으셔야 하오!"

흑괴가 낮지만 강한 어조로 말했다. 진심이 통했음인가?

“화 봉공은 잠시 멈추시오.”

화우성의 공격을 잠시 지체시킨 풍소백이 흑백괴동에게 말했다.

“본 문도 보는 눈이 있고 듣는 귀가 있네. 혼천등마부와 남궁세가가 큰일을 치른 모양이더군. 한데 그게 지금 상황에서 중요한 것인지는 모르겠군.”

“문주는 지금 크게 잘못 알고 있소.”

“노부가 잘못 알고 있다?”

“혼천등마부는…….”

흑괴의 음성이 뒤로 갈수록 작아지더니 급기야 뒷말은 들리지도 않고 입술만 움직였다. 막대한 내력으로 음성을 압축해 풍소백에게만 들리게 하고 있는 것이었다.

풍소백의 귀에 모기가 윙윙거리는 듯 들려온 말은 이랬다.

―혼천등마부는 남궁세가와의 일전으로 무너진 것이 아니오. 그 같은 일을 저지른 자는 단 일 인이었으며 그자는 바로 사십 년 전 종적을 감춘 마선의 제자였소. 문정 등을 죽인 것 또한 그자의 소행이었단 말이오.

전음? 아니다. 무림에서 전설처럼 여겨지는 전음이나 불문에서 전해지는 혜광심어와는 류가 다르다. 이건 그런 깨달음을 동반한 절기가 아닌, 순전한 내력의 힘이었다.

한편 세자는 흑백괴동이 적도의 수장과 무엇인가 이야기를 나누는 것을 보며 못마땅한 심사를 드러냈다.

"대체 저 노인들은 무엇을 하고 있는 겐가! 역도들을 처치하여도 모자랄 판에 한가롭게 이야기나 나누다니!"

"저하, 아무래도 싸우지 않고 해결해 보려는 것 같사옵니다."

세자는 청운의 말에 어이없다는 표정을 지었다.

"싸우지 않고 해결해?"

"그렇사옵니다."

"당치 않은 소리! 저들은 참담하게도 태자 마마를 시해하려 들이닥친 역도다! 삼족을 멸하여도 부족할 터인데 그냥 돌려보내겠다니!"

"세자 저하의 말씀이야말로 지당하오. 어찌 역도들을 그냥 보낸단 말이오?"

자못 기개 넘치는 음성으로 중간에 끼어든 자는 의혈단의 단주 이원이었다. 상당한 무예를 익힌 자였지만 청운이 보기에는 그저 간이 배 밖으로 나온 자일뿐이었다.

한숨이 절로 나온다.

풍소백의 무력이야 두말할 것도 없거니와, 화우성과 여러 빈객들은 눈빛만 마주쳐도 오금이 저릴 정도였다. 최근 경천신문의 전력이 상당수 약화되기는 했지만 그럼에도 불구하고 경천신문의 전력은 엄청난 것이었다.

전면전이 펼쳐진다면 그야말로 끔찍한 일이 벌어질 것이다. 풍소백이 모습을 드러내면서부터 심각해진 무한의 표정만 보아도 알 수 있었다.

천우신조로 저들을 물리친다 해도 과연 몇이나 살아남을지 알 수 없다. 더군다나 뒤에서는 동창이 아가리를 벌리고 있는 상황. 이번 태자 호위 건은 열이면 열, 비극으로 결말지어질 것이 뻔했다.

청운이 다소 성난 어투로 말했다.

"그대는 저들이 누군지 알고 그런 소리를 하는 것인가?"

"흥! 누구면 어떻소? 누구든 저하를 해하려는 자는 내 이 검으로 두 쪽을 내고 말겠소!"

이원의 말에 의혈단원들이 뽑아 든 검을 치켜들며 소리쳤다.

"옳소! 우리 의혈단은 결단코 저하에게 검을 겨누는 자를 용서하지 않을 거요!"

의혈단원들은 저마다 남아의 기상을 유감없이 드러내며 상기된 얼굴을 하고 있었다. 하지만 청운 등이 보기에는 참으로 같잖은 짓거리가 아닐 수 없었다.

보다 못한 장량이 고개를 절레절레 저으며 혀를 찼다.

"쯧쯧, 덜떨어진 애송이들 같으니라고."

이원이 콧김을 뿜으며 말했다.

"뭐, 뭐라? 지금 뭐라고 했소?"

"말귀가 어둡구나. 말을 알아듣지 못하니 다른 것으로 보여 줄 밖에."

쉬익! 철컥.

장량의 말이 끝나는 동시에 이원은 전신을 옥죄는 살기와 함께 뭔가 눈앞에서 번뜩하는 걸 느꼈다. 그리고 살기는 나타난 것만큼이나 순식간에 사라져 버렸다.

이원이 실제로 본 것이라고는 장량이 검을 뽑다 말고 도로 검갑으로 넣는 장면뿐이었다.

단지 검을 뽑으려 한 것뿐인데 겁을 먹었다?

이원은 수치심에 얼굴이 달아올랐지만 짐짓 아무렇지도 않은 듯 장량을 비웃었다.

"하하, 왜 검을 뽑다가 마는 것……."

이원의 말은 중도에 멈추고 말았다.

툭, 스르륵.

이원의 이마에 두른 굵은 홍보석이 박힌 영웅건, 그것이 힘없이 풀어져 나풀대며 땅에 떨어졌다. 건은 매끈한 단면을 남긴 채 반으로 잘려져 있었고, 홍보석 또한 두 쪽이 나 있었다.

"저, 저럴 수가!"

"어, 엄청난 쾌검!"

"저, 절정검수!"

의혈단원들은 저마다 탄성을 질러댔다.

이원은 장량을 사신 보듯하며 뒷걸음질쳤다. 체면 같은 건 생각할 겨를이 없었다.

장량은 화산 신산부학의 끝자락만을 잠시 내비친 것으로도 좌중을 압도했나. 이것이 바로 거대 문파 화산의 힘이었다.

"쯧, 애송이 같으니라고. 당장 울음이라도 터뜨릴 것 같은 얼굴이구나."

이원과 의혈단원들을 장량의 비웃음에도 입 한 번 뻥긋하지 못했다. 그러자 장량은 상대할 가치도 없다는 듯 아래쪽으로 시선을 돌렸다. 그는 경천신문의 소문주 풍소천을 바라보며 검파를 만지작댔다.

"이런 나조차 승부를 장담할 수 없는 자가 저곳에 최소 셋이 있다. 한데 네놈들 따위가 뭘 어쩌겠다고?"

장량의 말에 이원이 떨리는 음성으로 물었다.

"그, 그렇다면 위사님과 비등한 실력자가 저곳에 셋이나 있다는 말씀이십니까?"

이원의 고분고분한 어투에 장량의 음성이 얼마간 누그러졌다.

"그렇지. 싸워볼 만한 자는 셋이다."

"그렇다면 흑백괴동 어르신들이 있으니 위사님과 힘을 합쳐 그자들만 처리하면……."

"멍청한 놈! 소위 무예를 익혔다는 네놈들이 아니냐. 너희들 눈에는 보이지 않느냐, 승부를 예측하기는커녕 검을 뽑아볼 엄두조차 나지 않는 저 괴물 같은 자들이?"

장량이 지목한 괴물은 풍소백과 화우성, 그리고 세 명의 빈객이었다.

"저들이 대체 누구기에 그런 무시무시한 자들이 우글거리는 것입니까?"

퍼억!

청운으로부터 장량과 이원의 대화를 전해 듣고 있던 청평이 이원의 뒤통수를 냅다 후려쳐 버렸다. 그렇지 않아도 장량의 무위에 압도당해 얼떨떨한 상태였던 이원은 아무런 대응도 하지 못하고 앞으로 처박혔다.

"쯧, 천하에 다시없을 멍청한 놈 같으니라고."

욕이 섞인 탓인지 청평의 한어는 유창하기만 했다.

황당한 경우를 연달아 당한 이원은 벌게진 얼굴로 벌떡 일어났다. 그는 당장에라도 덤벼들 듯한 기세로 소리쳤다.

"이익! 이게 대체 무슨 짓이오!"

청운이 한심하다는 듯 말했다.

"조선 사람도 아는 경천신문을 모르니 맞아도 싸지."

"헉! 경천신문?"

경천신문. 단 네 글자가 불러온 파장은 대단했다. 기세등등하던 의혈단을 완전히 얼어붙게 만들었고 세자마저 주춤하게 만들었으니까.

작은 소란이 벌어진 순간에도 무한의 시선은 풍소백에게 못 박혀 움직일 줄 몰랐다.

"청운, 세자와 남은 의혈단원들을 모두 피신시켜라. 병사들도 언제든 피신할 수 있도록 행동 요령을 숙지시켜라."

"알겠습니다."

역시 무한으로서도 풍소백은 버거운 것인가? 청운의 음성에 싣은 암운이 드리웠다.

한편 흑괴로부터 무슨 말인가를 전해 들은 풍소백은 미간에 깊은 주름을 만들었다.

생각할수록 허무맹랑한 소리다. 뜬금없이 마선의 제자라니. 사실이 아니다. 거짓이 분명하다. 한데 선뜻 공격 명령을 내리기에는 찝찝한 구석이 있는 것도 사실이었다.

그렇게 그가 고민하고 있을 때 백괴가 같은 수법으로 말을 전했다.

"다름 아닌 독개 어르신께서 확인해 주신 일이오. 우리 형제는 벌써부터 그자의 정체를 감지하고 있었고, 개방을 통해 연락을 취해왔소."

극심한 내공 소모로 백괴의 안색이 점차 하얗게 변해가자 잠시 숨을 고른 백괴가 다시 말을 이었다.

"그자를 처치하기 위해 구대문파 고수들이 북경을 향해 집결하고 있고, 오대세가도 움직이기 시작했소."

사실이라면 강호 전체가 들썩일 만한 일이었다. 하지만 구대문파와 오대세가가 나섰다면 이미 해결되었다고 보아도 무방한 일.

더군다나 풍소백은 흑백괴동의 말을 전혀 믿지 않았다. 아니, 그게 사실이라 할지라도 별로 관여하고픈 마음이 없었다.

본래 풍소백이 직접 최정예를 추려 발걸음을 한 것은 기껏 흑백괴동 따위나 잡자고 온 것이 아니었다. 그의 목적은 태자였다.

태자만 해치우면 곧 대명 천지는 장차 정화의 수중에 떨어지게 된다. 그 와중에 성가신 산동악가는 멸문될 것이다. 그리된다면 경천신문은 무주공산인 산서성을 접수해 두 개 성을 아우르는 초거대 문파로 거듭날 것이다. 음으로 정화의 위세까지 더해진다면 경천신문이 마도의 하늘로 우뚝 서는 건 시간문제였다.

이것이 바로 풍소백의 계산이었다. 수하이기 이전에 지기(知己)였던 백여휘를 떠나보내면서까지 관철시켰던 원대한 야망. 이토록 큰 뜻을 품었는데 어찌 쉽사리 물러서겠는가.

흑백괴동에게 모든 전말을 들은 풍소백은 턱수염을 쓸어내리며 말했다.

"굉장한 일이군. 사실이라면 보통 일이 아니겠어. 한데 본문과는 별로 상관이 없는 이야기 같은데, 그렇지 않은가?"

"그렇지 않소. 상관이 있소."

"그게 무슨 뜻이지?"

"우리가 왜 아까운 내력을 소모해 가면서까지 문주에게만 들리게 말했겠소?"

"……?"

"그자는 가까운 곳에 있소. 이대로 돌아가면 고드되, 만일 기어이 손을 쓴다면 그의 두려움을 몸소 체험하게 될 기요. 그 악마적인 힘을 말이오."

마지막 말을 마쳤을 때 백괴의 안색은 극심한 내력 소모로 인해 하얗다 못해 파리해졌다. 마침 흑괴가 대충 조식을 마치고 눈을 떴다.

흑괴의 눈에 비친 풍소백은 사태의 심각성을 제대로 느낀 사람이 아니었다. 흑괴의 짐작은 옳았다. 풍소백은 흑백괴동의 노력에도 불구하고 공격 명령을 내리기 일보 직전이었다.

"문주, 우리 형제가 이토록 내력을 소모하면서까지 문주에게 전하고자 하는 바가 무엇인지 다시 한 번 잘 생각해 보시오. 문주는 지금 일생일대의 기로에 서 있는 거요."

흑괴의 진심 어린 충고에도 불구하고 돌아온 것은 풍소백의 조롱이었다.

"흑백괴동, 제갈공명 흉내라니 참으로 어리석구나."

"문주, 그게 무슨 말씀이시오?"

"내력까지 소비해 가며 나를 믿도록 만든 후 싸우지도 않고 승리하겠다, 그게 너희들의 계산이 아니더냐?"

"문주!"

풍소백은 귀를 철저히 닫았다. 어차피 이대로 물러간다면 경천신문은 역도의 문파로 낙인찍힐 터. 설령 흑백괴동의 말이 사실이라고 해도 이대로 돌아갈 입장이 아니었다. 갈 길은 이미 정해져 있었던 것이다.

"그간의 정리를 생각하여 고통없이 보내주도록 하지."

흑백괴동은 그동안의 모든 수고가 수포로 돌아갔음을 깨닫고 이를 악물었다. 그들은 속히 삼성각으로 돌아가려 했다. 한데!

“허! 이건!”

“이건 독……?”

흑백괴동은 문득 지독히도 재수없는 늙은이가 떠올랐다. 아니나 다를까,

따각, 따각!

지팡이로 돌바닥을 찍는 소리가 들리더니 곧이어 뻣뻣한 뭔가가 담을 훌쩍 넘어섰다.

“헤헤, 난쟁이 똥자루들, 오랜만이구나. 어때, 내력이 잘 모이지 않지? 케헤헤헤!”

징그러운 웃음을 흘리며 나타난 자는 피골이 상접해 마치 강시를 연상케 하는 노인이었다. 핏기 한 점 없이 쪼글쪼글한 얼굴에는 검버섯이 잔뜩 피어 있었고, 아무렇게나 풀어헤친 머리카락은 있는 듯 없는 듯 듬성듬성했다. 거기다 몇 개 남지 않은 누런 앞니까지, 여간 비위가 강한 자가 아니고서는 절로 얼굴을 찌푸리게 만드는 얼굴이었다.

“이, 빌어먹을 강시 녀석아!”

“케헤헤, 어이쿠, 무서워라.”

흉악하게 생긴 노인은 짐짓 겁먹었다는 듯 몸을 움츠리며 펄쩍 뛰어 물러났다.

“이게 무슨 추잡한 짓이냐!”

흑괴의 호통에 엄살을 떨며 물러섰던 노인이 진물 흐르는 눈동자를 데굴데굴 굴리며 말했다.

“켈켈, 뭐라? 추잡한 짓거리? 이놈들아, 너희들이 내공을 쓰

는 것처럼 이 어르신께서도 장기인 독을 쓴 것인데 무엇이 추잡하단 말이냐?"

흑백괴동은 할 말을 잃고 몸을 부르르 떨었다. 평상시라면 독 따위에 당할 그들이 아니었지만 전 내력을 기울여 음파를 차단하느라 놈을 신경 쓰지 못한 것이 실수였다. 더욱이 상대는 풍소백의 노력에도 불구하고 수년째 경천신문 입문을 고사했던 자였다. 그렇기에 갑자기 이곳에 나타나리라고는 꿈에도 생각지도 못했던 자였다.

"왜 대답을 못하는 것이냐? 켈! 이 어르신을 독이나 쓴다고 무시했겠다? 헤헤, 하지만 보아라, 네놈들의 하늘에 이르는 내공이 어르신의 절독 앞에서 얼마나 허무한 것인지를."

추하게 생긴 노인이 득의만면해 있을 때, 상황을 살피던 풍천개의 얼굴이 더없이 굳어졌다.

"빌어먹을! 놈이 경천신문에 있었을 줄이야. 아무래도 흑백괴동이 놈에게 중독된 것 같다."

마침 무한의 명령을 이행하고 돌아온 청운이 풍천개의 말을 듣고 물었다.

"대체 저 노인이 누군데 그러십니까?"

"시강인(屍糠人) 고독정."

청운의 안색이 해쓱하게 질렸다. 시강인 고독정은 독인이었다, 그것도 그가 가는 곳이면 시체가 뒤따른다는 말이 있을 정도로 악명이 자자한.

"진 무사님, 흑백괴동 어르신들이 아무래도 절독에 중독된 듯싶습니다."

그렇지 않아도 흑백괴동에게서 느껴지는 기파가 정상이 아님을 느끼고 있던 무한은 강궁에 화살을 먹이며 풍천개에게 말했다.

"활로써 저들을 막아보겠습니다. 풍천개 어르신은 속히 두 어르신을 구하십시오. 시간이 없습니다, 어서요!"

청운의 통역도 필요없었다. 풍천개는 무한의 뜻을 즉시 짐작하고 창틀을 박차고 날았다.

풍천개의 발이 땅에 닿기도 진에 풍소백의 사자후가 전각을 뒤흔들었다.

"가라. 살아 있는 모든 것을 지워라."

풍소백의 명에 이백여 명에 달하는 경천신문의 고수들이 일제히 짓쳐들었다.

그 와중에 흑백괴동이 중독된 사실을 안 화우성은 일말의 망설임도 없이 흑백괴동에게 달려들었다.

슈아앙!

"화 봉공!"

흑백괴동을 일도에 쪼갤 요량으로 도기를 뿌리던 화우성은 풍소천의 다급한 외침에 고개를 번쩍 들었다. 그렇지 않아도 모골을 송연케 하는 기운이 다가들고 있음을 느끼고 있던 터.

아니나 다를까, 희미한 달빛 아래 시커먼 화살 한 대가 자신의 목을 노리고 날아들고 있었다.

"감히 화살 따위로!"

쾌도의 방향을 틀어 화살 중단을 후려쳤다.

쩌어엉!

귀청을 찢는 소리와 함께 유엽도가 부러질 듯 휘청거렸다. 이건 화살 따위라고 말할 만한 것이 아니었다. 동강 난 화살을 보니 철전도 아닌 목전이었다.

화우성은 놀람을 채 추스를 틈도 없이 또 다른 화살을 맞이해야만 했다. 그뿐만 아니라 뒤이어 달려온 빈객들에게도 무한이 쏜 화살들이 거의 동시간대로 날아들었다.

챙! 챙!

“헉!”

“뭐, 이런……?”

화살을 간신히 받아낸 혁저필 등이 저마다 놀람에 찬 탄성을 발하는 동안, 장내에는 수백 발의 화살이 난무하고 있었다. 지붕과 건물 난간 등 곳곳에 몸을 숨긴 병사들이 제 역할을 시작한 것이다.

“크윽!”

“컥!”

삼성각을 향해 날듯이 달려들던 경천신문 무인들 중 몇몇이 사정없이 곤두박질치며 쓰러졌다. 그런 그들에게는 만평 사형제들의 화살이 어김없이 하나씩 꿰고 있었다.

경천신문 고수들 입장에서는 날까지 어두운데다 평범한 화살 속에 섞여 날아오는 만평 사형제의 화살을 피하기란 결코 쉽지 않은 일이었다. 무공으로 치면 허초와 변초 속에 숨은 진

초였다.

도선비기를 익혀 감각과 내력 모든 면에서 진일보한 만평 등의 궁술은 거의 신기에 가까울 정도였다. 중평의 실력이야 본래 나무랄 데가 없었고, 사형제 중 궁술이 가장 처졌던 청평 마저 백발백중의 실력을 뽐내고 있었다.

까아앙!

급소를 향해 날아든 화살을 쳐낸 화우성은 화살이 빗발치는 가운데 한 노인이 빠르게 다가오는 걸 발견했다. 흑백괴동을 구하기 위해 뛰어든 풍천개였다.

화우성은 풍천개가 바람처럼 달려와 흑백괴동을 양 옆구리에 끼는 것을 보고 흥분해서 버럭 소리쳤다.

"막아! 놈을 막아라! 난쟁이 놈들을 놓쳐선 안 된다!"

쉬이익!

까아앙!

화우성이 풍천개를 저지하려 했지만 날아든 화살에 진로를 막히고 말았다. 그사이 풍천개는 흑백괴동을 구해 삼성각을 향해 내달았다.

"이런 빌어먹을!"

화우성이 분통을 터뜨리자 고독정이 특유의 징그러운 웃음과 함께 말했다.

"케헷, 그냥 내버려 두시구려. 어차피 뒈질 놈들이외다. 놈들을 위해 노부가 특별히 조제한 독이니 태산을 무너뜨리는 공력이 있다 한들 목숨을 부지하기는 힘들 게요. 케헤헤."

　그때 무한은 서서히 한계를 느끼고 있었다. 만평 사형제가 만점 활약을 펼치고 있었지만, 그것만으로는 이백 단위를 훨씬 넘는 적들을 전부 막아낼 수는 없었다.

　더욱 걱정스러운 것은 흑백괴동의 상태였다. 생각했던 것보다 훨씬 심각해 숫제 인사불성의 상태였다. 흑백괴동이라는 엄청난 전력을 싸워보지도 못하고 잃어버린 것이다.

　그렇지 않아도 승부를 점칠 수 없던 터에 흑백괴동을 포함한 전력이 그러할진대, 그들이 전력에서 이탈했으니 단 일 할의 희망마저 걸어볼 수 없게 되었다.

　상황은 악화일로를 걸었다. 화살 비를 뚫고 경천신문의 무인들이 속속 삼성각으로 날아들고 있었다.

　무한이 속히 명령을 내렸다.

　"만평과 장량은 이층 계단을 막는다. 청운은 병사들을 지휘해 적도들이 지붕으로 올라서는 걸 차단하라!"

　만평과 장량, 청운이 명을 받고 급히 나간 후, 중평과 명조후는 각자 사제와 아우들을 이끌고 둘씩 짝을 이뤄 창으로의 진입을 봉쇄했다.

　꽈지직!

　그때 경천신문 무인 하나가 이층 난간을 박차고 삼층 창가로 날아들었다. 달빛을 받아 새파랗게 번뜩이는 도가 뜨거운 피를 갈구하고 있는 듯했다.

　"어딜!"

　빠각!

칼을 앞세워 침입하려던 자가 오평의 권에 가슴팍을 정통으로 얻어맞고 튕겨져 날아갔다.

공중에 뜬 것과 바닥에 발을 딛고 있는 차이는 매우 크다. 하지만 그런 점을 감안하더라도 오평의 권은 예전에 비할 데 없이 예리해져 있었다.

챙, 챙!

"큭!"

저쪽에서도 명조후의 검에 맞아 무인 하나가 떨어지는 것이 보였다. 본래 그의 검술이 녹록치 않은데다 여러 이점을 안고 싸우니 예상보다 잘해주고 있었다. 무엇보다 진입로기 좁아 당분간 뚫릴 일은 없을 듯 보였다.

3

통로를 봉쇄하기 위해 나선 만평과 장량은 계단을 통해 침입한 자를 향해 쏘아져 갔다.

서걱! 빠각!

운도 시지리 없는 자였다. 그는 장량의 삼엄한 검과 만평의 철권을 연달아 얻어맞고 피를 뿜으며 올라왔던 계단 아래로 곤두박질쳤다.

하지만 그깃은 시식에 불과했다. 경천신문 무인들이 단걸음에 계다 예닐곱 개를 날듯이 밟고 속속 삼층으로 올라섰다.

만평이 본격적으로 소매를 걷어붙이고 나서려는데, 장량이 먼저 어깨를 들이밀었다.

"넌 잠시 쉬는 것이 어떻겠나."

만평을 슬쩍 밀어젖힌 장량이 한 발 앞서 자리를 잡았다. 발끈 성질을 내려던 만평은 장량이 선 위치를 보고 눈을 빛냈다.

대충 선 것이 아니다. 볼수록 기가 막힌 자리다. 이미 삼층으로 진입한 자가 다섯이나 있었는데, 오히려 장량 혼자서 다섯을 압박하는 형세였다. 뿐만 아니다. 올라오려던 자가 계단 끄트머리에서 흠칫 멈춰 서는 것이 보였다. 삼층으로 통하는 진입로까지 검의 영역 아래 두었다는 얘기다.

역시 고수는 자리를 잡는 것부터가 다르다는 것일까?

좌충우돌 무작정 치고받을 생각만 했던 만평으로서는 세밀하게 계산된 장량의 처세가 충격으로 다가왔다.

그러나 만평의 속마음을 알았다면 장량이야말로 깜짝 놀랐을 것이다.

여타 도가 문파도 그렇지만 특히 화산파는 구궁과 팔괘를 무척 중시했다. 서 있는 방위와 자세에 따라 검의 진로와 위력이 천양지차이기 때문이었다. 또한 검 자체의 이해뿐 아니라, 핵심적인 위치를 점함으로써 은연중 상대의 공간을 빼앗고 압박할 수 있어야 한다는 것이 화산 무학의 요체 중 하나였다.

장량은 선천적으로 셈에 무척이나 밝았다. 그 덕에 다른 문도들이 머리를 싸매기 일쑤인 구궁과 팔괘를 홀로 줄줄 풀어내 동문들의 부러움을 한 몸에 받곤 했다. 유달리 바둑에 조예가 깊은 것 또한 같은 맥락이었다. 하지만 머리로 아는 것과 그것을 이행하는 것에는 하늘과 땅만큼의 차이가 있었다.

구궁과 팔괘를 가르치던 사부는 이론 수업이 끝나면 문도들을 세워놓고 감과 곤이 교차하는 맥을 찾아보라는 식의 문제를 내곤 했다. 이론에 밝은 장량이었지만 정작 실전에서는 적용을 시키는 데 애를 먹었다.

머리에는 있는데 현실에 대입하지 못한다? 그것은 죽은 공부였다.

한데 화산에는 장량과 정반대인 사람이 있었다. 그는 바로 장량의 사형인 도천상이었다. 도천상은 구궁이니 팔괘니 하는 것을 물어보면 고개를 절레절레 흔들 정도로 아는 것이 없었다. 그런데 막상 문도들을 세워놓고 맥을 짚으라고 하면 기가 막히게 찾는 것이다.

본인 또한 어찌 된 일이냐고 물으면 모른다고 답하니, 장량으로서는 맥이 빠지지 않을 수 없었다. 머리로 아는 것이 아니라 몸이 아는 것, 도천상이야말로 진정한 천재라고 할 수 있었다.

그러나 끊임없는 노력은 사람을 결코 배신하지 않는 법. 엄청난 노력으로 장량 또한 구궁과 팔괘의 오의를 빠른 시간 안에 현실에 접목시키는 데 성공했다. 평생을 공부해도 깨닫지 못하는 자가 허다하니 장량 또한 보기 드문 기재임에는 틀림없었다.

그러니 지금 상냥이 잠깐 사이에 가장 중요한 위치를 선점하고 적들을 핍박하는 것은 피와 땀의 결실이라 해도 과언이 아니었다.

한데 구궁과 팔괘는 고사하고 건곤감리가 어느 방위를 나타내는지조차 공부한 적이 없는 만평이 장량이 선 위치의 오묘함을 단번에 느끼고 있었다. 그러니 어찌 놀랍지 않으랴.

지이잉!

심금을 두드리는 검명과 지세의 오묘함에 빠져 있던 만평이 퍼뜩 정신을 차렸다. 만평이 눈을 크게 뜨고 보니 장량이 구벽검의 오의를 풀어내고 있었다.

촤촤촤!

사방으로 그물처럼 뻗어나가는 검세가 살벌하기 이를 데 없었다. 다수를 상대하는 데 특화된 초식 제팔초 다섬망(多閃網)이었다.

화산의 진산절기가 최적의 위치에서 발현되자 적들은 제 실력을 십분 발휘하지 못했다.

챙채채챙! 스슥, 서석!

"크윽!"

"음!"

금속성이 연이어 요란하게 터진다. 나타난 결과는 놀라웠다. 단 한차례의 공격으로 둘이나 부상을 입었다. 팔이 잘리고 가슴이 갈라지는 중상이었다.

그러나 부상을 피한 셋과 부상을 당한 자들을 대신해 둘이 더 자리를 잡음으로써 다시 일 대 오의 대형을 이루었다.

만평은 장량의 검격에 가슴 한구석이 서늘해짐을 느꼈다.

다르다. 자신과 비무를 할 때, 그때의 장량과는 너무나도 달랐다. 단순히 살기를 품은 것과 그렇지 않고의 차이라 보기에는 검에서 느껴지는 모든 것이 너무도 현격했다.

힘, 속도, 폭발적인 기세. 그 어느 것 하나도 그때에 비할 바가 아니었다.

적어도 본 실력의 삼 할은 숨겼던 것이 틀림없다. 숨긴 것이 아니라 아예 실력을 모조리 드러낼 필요성을 느끼지 못했는지도 모를 일이었다 어쩌면 장량의 지금 모습마저도 본 실력을 전부 드러낸 것은 아닐 터였다.

전에 비해 적어도 배는 강해졌다고 느꼈기에 내심 장량을 누를 수 있다고 자신하고 있던 만평이었다. 그는 언제라도 장량과 맞붙어 서열 정리를 하려고 벼르고 있었던 차였다.

한데 그게 아니었다. 자신만의 착각이었던 것이다.

지금 붙는다면 자신할 수 없었다. 아니, 좀 더 솔직히 평가하자면, 장량이 한 수 위임이 분명했다.

만평은 자신도 모르게 장량에게 승복하는 자신을 보며 울컥 부아가 치밀었다.

바닥을 흥건히 적신 선홍색 선혈이 눈에 들어왔다. 그런데 통탄스럽다거나 구역질이 나기는커녕 묘한 호승심이 일어난다. 깊이 감추어졌던 투사적 본능의 발현일까.

그때 분노에 잔 고함 소리가 만평의 상념을 일깨웠다.

"쳐라!"

"죽여라!"

저마다 다부지게 외치며 공세를 취했지만 만평의 귀에는 겁먹은 개들의 울부짖음으로밖에는 들리지 않았다. 그도 그럴 것이, 시종일관 한마디 말도 없이 공세만을 펼쳐 오던 자들이 입을 열었다는 건 겁을 집어먹었다는 소리와 다름 아니었다.

서석! 서걱!

잠깐 사이에 장량의 검에 여남은 명이 더 쓰러져 계단을 굴렀다. 시체를 밟고 꾸역꾸역 밀려 올라오던 자들도 장량의 검에 속수무책 당하고 있었다.

삼층으로 진입한 자들을 깨끗이 정리한 장량은 아예 계단 진입로에 버티고 섰다.

계단의 너비는 잘해야 예닐곱 자 남짓. 폭이 좁아 두 사람이 어깨를 나란히 하고 걷기도 빠듯했다. 그나마 검이나 도를 휘두르자면 하나가 서기에도 비좁았다. 반면 장량의 운신은 자유로웠다. 절대적으로 유리한 고지를 점한 장량은 마치 장판교의 장비처럼 계단 입구에 우뚝 서서 침입자들을 하나씩 상대하기 시작했다.

장량, 볼수록 대단한 놈이 아닌가.

그때였다.

빠지직!

요란한 소리와 함께 삼층 난간을 넘어 시커먼 인영 하나가 불쑥 솟구쳤다. 계단 입구가 장량에게 봉쇄되자 이층 난간을 박차고 삼층으로 단숨에 날아오른 모양이었다.

만평의 얼굴이 삽시간에 굳어졌다. 참으로 신기한 일이다.

이층 난간에서 솟구쳐 삼층 난간을 밟기란 결코 쉬운 일이 아니었다.

이층 난간과 삼층 난간의 거리는 세로로 이 장 남짓. 이 장이라는 높이는 일반인에게는 까마득할지 몰라도 고수라는 소리를 듣는 자들에게는 벅찬 높이가 아니었다. 만평 또한 그쯤은 수월히 해낼 수 있는 일이었다.

만평이 얼굴을 굳힌 것은 도약 높이 때문이 아니었다. 문제는 높이가 아니라 난간의 위치였다.

이층 이상 건물이 응당 그렇듯 두 난간은 정확히 수직으로 배열되어 있었다. 이층 난간을 밟고 솟구지면 삼층 난간을 밟는 것이 아니라 삼층 천장을 머리로 들이받아야 정상이었다.

이건 둘 중 하나다. 아예 일층부터 뛰어올랐거나 이층 난간에서 비스듬하게 뛰어올라 허공에서 방향을 틀었거나.

둘 중 어느 방법을 썼든 대단한 자가 아닐 수 없었다. 만평이 안면을 굳힌 것은 바로 그 때문이었다. 상대가 고수라는 것. 어쩌면 자신보다 더.

침입자가 대단한 자임을 즉시 간파한 만평은 피가 절절 끓어올랐다. 만평이 눈에 강력한 투지를 담아 상대를 살폈다.

새파랗게 벼려진 얇실한 도를 든 사내는 내부를 빠르게 훑어 지금껏 자신들을 막아선 자가 달랑 둘뿐임을 확인하고는 입가에 비웃음을 매달았다. 살기 짙은 웃음이었다.

계단을 철통같이 봉쇄하고 있던 장량도 놈의 살기를 느꼈는지 슬쩍 돌아보았다. 장량의 얼굴에 흠칫 놀람이 깃든다.

"섬전도 풍소천?"

장량의 말대로 사내는 암영대주 풍소천이었다.

만평에게 잠시 머물렀던 풍소천의 시선이 장량을 향했다.

"화산의 진검. 호오, 구벽검인가? 이거, 반갑다고 해야 하나?"

풍소천은 단 한차례도 본 적이 없을 것이 분명한 장량의 구벽검을 단번에 알아보았다.

차창! 서서석!

"안목이 대단하군."

장량이 달려드는 적도를 손쉽게 베어 넘기며 순수한 놀람을 표했다. 하지만 돌아온 것은 싸늘한 조롱이었다.

"도천상에게 못난이 사제가 하나 있다는 건 새삼스러운 일도 아니지. 사십이 넘도록 강호 땅을 밟지 못한 겁쟁이라 들었는데 말이야. 산에 틀어박혀 계집처럼 공기돌이나 가지고 놀 줄 알았는데 용케 용기를 내어 나왔구나."

장량은 풍소천이 말하는 공기돌이란 것이 무엇인지 대번에 알았다. 바둑돌을 의미하는 것이 아니겠는가. 풍소천은 이미 자신에 대해 알고 있었다.

하지만 장량은 자신에 대한 소문이 그런 식으로 났을 줄은 꿈에도 몰랐기에 절로 얼굴이 붉어졌다.

실상 장량의 무예는 누구에게 조롱을 받을 만큼 낮지는 않았다. 오히려 동배분의 화산 문도들 중에서도 발군이었다. 다만 도천상이라는 거대한 별을 사형으로 두고 있다 보니 본의 아니게 심리적으로 위축된 삶을 살 수밖에 없었을 뿐이었다.

세상에서 이름을 날려봐야 거대한 사형의 그림자를 벗어날 수 없음을 잘 알고 있었던 탓에 강호행 또한 그에게는 관심 밖이었다. 이번에 하산을 한 것도 자신의 뜻이 아니라 사부의 뜻이 아니었던가.

그런 그이다 보니 풍소천의 조롱이 허투루 들리지 않았다. 헛소리로 들리기는커녕 가슴에 비수처럼 꽂혀 견딜 수 없을 만큼 아프게 헤집었다.

까강! 파사삭!

장량은 감정을 실어 짓쳐드는 무인을 일노양단해 버리고는 버럭 소리쳤다.

"만평, 여길 맡아! 놈은 내가 상대한다!"

만평은 노기충천한 장량의 말을 제대로 알아듣지는 못했지만, 장량이 자신의 먹이를 빼앗으려 한다는 것쯤은 어렵지 않게 짐작할 수 있었다.

"천만에! 네놈은 지금껏 하던 일이나 계속 해라. 크크! 이놈은 내 거다!"

만평은 무 자르듯 장량을 무시하고 주먹을 우두둑 꺾으며 풍소천에게 다가섰다.

"어리석은 짓 하지 마라! 놈은 경천신문의 수모주다. 너는 상대가 안 돼!"

괜한 말이 아니다. 풍소천의 별호는 섬전도. 그만큼 또래에서는 찾아보기 힘들 정도로 엄청난 쾌도를 구사한다. 여타의

도법에 비해 쾌도가 피하거나 흘리기 어려운 건 자명한 이치. 쾌도를 상대하는 최선의 수단은 피하는 것이 아니라 최적의 반경을 이용해 막는 것이었다. 적수공권인 만평에게는 어려운 일이었다. 맨손으로 도를 막을 수는 없지 않은가.

그런데 만평은 그러한 이치를 전혀 모르는 사람처럼 풍소천을 상대하겠다고 당당하게 나섰다.

물론 풍소천의 도가 빠르다는 건 만평도 알고 있었다. 방금 전 풍소천이 무한의 화살을 쳐내던 장면을 익히 보았던 터였다. 굳이 그 장면을 목격하지 않았더라도 도신 전체가 나뭇잎처럼 얇고 날이 섬세하게 벼려진 것만 보아도 녀석이 무엇을 장기로 삼는지 짐작이 가능했다.

불리한 싸움, 힘겨운 전투가 될 것임을 직감했지만 물러서고 싶은 생각은 추호도 없었다. 오히려 호기가 치솟았다.

"쾌도수의 칼날을 앉아서 기다리는 것보다 바보 같은 짓은 없겠지!"

파팟!

도선비기를 몽땅 끌어올린 만평은 충천하는 기세를 품고 벼락같이 짓쳐들었다.

장량은 자신이 자리를 비우면 대번에 적들이 쏟아져 들어올 것을 염려해 만평이 불구덩이로 뛰어드는 걸 보면서도 자리를 뜨지 못했다.

第二章
결전

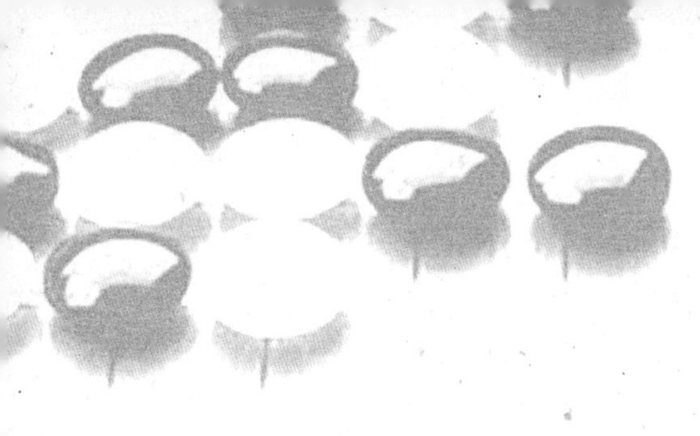

결전 1

　무한은 부지런히 화살을 날려 화우성과 세 빈객의 발을 묶어놓았다. 그러면서도 풍소백의 동정을 살피는 것을 게을리하지 않았다. 산악과 같은 존재감으로 인해 신경 쓰지 않으려야 않을 수가 없었다.

　풍소백은 명령을 내린 후 뒷짐을 진 채 본래 자리를 지키고 있었다. 시종일관 무감정한 얼굴이었지만 눈빛만은 날카롭게 반짝이고 있었다.

　'저자까지 나선다면 상황은 더욱 어려워진다.'

　풍소백이 아니라 독을 쓰는 괴이한 노인만 나선다 해도 싱황은 걷잡을 수 없을 만큼 악화될 터였다.

　당장 화우성과 세 빈객을 활로 붙잡아두는 것 또한 한계가 있었다. 당황해하던 그들은 점차 화살의 빠르기에 조금씩 적응해 가고 있었다. 이제는 막는 것뿐만 아니라, 화살을 막고 다음 화살이 날아오는 짧은 시간을 활용해 삼성각을 향해 다가서고 있었다.

팅, 팅, 팅!

무한은 삽시간에 삼 연사를 날리며 풍천개에게 급히 물었다.

"어르신 두 분은 어떻습니까?"

"……."

아무런 대답도 들려오지 않아 급히 돌아보니 풍천개가 가부좌를 튼 흑백괴동의 명문에 각각 한 손씩 밀착시켜 진기를 도인하고 있었다.

하지만 결과는 썩 좋아 보이지 않았다. 땀으로 범벅된 흑백괴동의 얼굴은 창백하다 못해 파리하게 질려 있었고, 입술 또한 검게 죽어 있었다.

"하아!"

진기도인에도 불구하고 끝내 흑백괴동이 독을 몰아내지 못하자 풍천개가 긴 한숨과 함께 흑백괴동의 명문에서 손을 떼어냈다. 흑백괴동은 여전히 정신을 놓은 상태였다.

"빌어먹을! 임시방편으로 단약을 먹이고 진기를 유도하려 했지만 아무런 소용이 없다. 지독한 독이야. 나로서는 어찌할 방법이 없다."

풍천개는 고개를 절레절레 저었다. 그 또한 독에 관해서라

면 일가견이 있었다. 소싯적 독개를 따라다니며 보고 배운 것
이 적지 않았던 탓이다. 하지만 어깨너머로 배운 지식으로 독
개와 비견되는 고독정의 독을 상대한다는 것은 어불성설이었
다.

무한은 풍천개의 짙은 절망이 섞인 음성에서 상황이 어찌
돌아가는지 짐작할 수 있었다.

"이대로는 안 되겠다. 이토록 허무하게 죽도록 내버려 둘 수
는 없지!"

잠시 넋을 잃고 앉아 있던 풍천개가 축 늘어진 흑백괴동을
양 옆구리에 끼고 벌떡 일어섰다. 흑백괴동이 그때까지 버틸
지는 의문이나 독개에게 데려갈 참이었다.

마침 병사들의 지휘를 마치고 내려오던 청운이 그 모습을
보고 물었다.

"두 분 상세가 어떻습니까?"

"좋지 않다. 목숨이 경각이다."

"그럴 수가! 하면 어쩌시려는 것입니까?"

"독에 정통한 분이 멀지 않은 곳에 계시다. 그분께 데려가
볼 참이다. 속히 길을 열어라."

길을 열어달라? 청운에게 하는 말이 아니라 무한에게 하는
말이다. 청운 또한 그것을 알았지만 선뜻 풍천개의 말을 무한
에게 전하지 못하고 있었다.

"하지만 어르신마저 이대로 가버리시면 태자 전하의 호위
는 어찌한단 말입니까?"

청운은 무한을 철석같이 믿고 있었다. 하지만 경천도 풍소백이 직접 경천신문의 최정예를 거느리고 나타난 지금은 이야기가 사뭇 다르다. 아무리 무한의 무위를 최대한으로 잡아도 혼자의 힘으로 이 난국을 타개하기란 거의 불가능했다.

그러나 풍천개의 생각은 다른 듯했다.

"어차피 그가 허락해야만 갈 수 있는 길이니, 그에게 의향을 물어라. 날 보내줄 것인지, 말 것인지를."

보내주지 않겠다면 풍천개로서는 이곳을 벗어날 수가 없었다. 무한을 힘으로 넘어설 자신도 없었을뿐더러 무한이 엄호해 주지 않는 이상 빠져나갈 길이 요원했다.

풍천개의 뜻을 전해 들은 무한은 선뜻 결정을 내리지 못했다. 청운의 생각처럼 자신 혼자서는 저들을 모두 감당할 자신이 없었다. 무엇보다 풍천개의 길을 열어주자면 간신히 발을 묶어놓은 자들이 순식간에 들이닥칠 것이었다.

하지만 그렇다고 가지 못하게 막을 수도 없는 일이다. 살릴 수 있는 길이 있음에도 흑백괴동을 죽음으로 내몰 수는 없었다.

무한의 고민도 모른 채 풍천개가 냉소했다.

"어차피 너는 혼자서 저들을 막을 수 있다. 그러면서도 굳이 우리를 보내지 않겠다는 의도가 무엇이냐? 이 기회를 빌려 우릴 제거하겠다는 뜻이냐?"

풍천개의 말에 청운이 안색이 변해서 말했다.

"어르신, 무슨 말씀을 그리하십니까. 진 무사님께서는 저하의 안위를……."

풍천개가 진노한 기색을 숨기지 않으며 말허리를 잘랐다.

"흥! 나에게는 태자만큼이나 이들 목숨 역시 중하다. 또한 진정 태자의 안위가 걱정된다면 그 활 나부랭이를 버리고 본 힘의 반만 드러내도 충분할 일이 아니냐."

"또 그 이야기십니까. 진 무사님은 마선과 관계가 없다고 하지 않으셨습니까."

그 순간에도 금속성이 온 사방에 메아리치고 비명 소리가 끊이지 않았다.

무한은 결정을 내릴 수밖에 없었다.

"가십시오. 그리고 두 어르신과 함께 언제든 돌아오십시오. 길을 열어드리겠습니다."

청운이 놀라서 소리쳤다.

"진 무사님!"

"어쩌면 살 수도 있는 분들이다. 이대로 죽도록 내버려 둘 수는 없어!"

무한의 결정은 더없이 확고했다. 청운은 답답해 죽을 지경이었지만 무한의 결정을 따를 수밖에 없었다.

"가시랍니다."

무한 혼자서 이 상황을 깨끗이 정리할 수 있다고 믿고 있는 풍천개고시는 실을 열어주겠다는 데 마다할 이유가 없었다.

그때 막 가슴 한복판을 후비고 들어오는 화살을 쳐낸 화우성은 흑백괴동을 구해갔던 노인이 삼성각에서 뛰어내리자 눈을 치켜떴다. 한데 자신은 거들떠보지도 않고 어둠 속으로 빠르게 사라지는 것이 아닌가.

까강!

무심결에 뒤쫓으려던 화우성은 곧바로 들이닥친 화살에 발이 묶여 버렸다.

"어, 저저……!"

지긋지긋한 화살에 어느 정도 적응이 되었다지만, 날아오는 화살을 무시하고 뒤쫓을 정도는 아니었다. 등을 보이는 즉시 심장이 꿰뚫릴 것이 뻔했다. 화우성이 안타까움에 발을 동동 구를 때였다.

시강인 고독정이 튕겨지듯 풍천개가 사라진 방향으로 몸을 날렸다. 그러나 이미 움직임을 예측하고 있었던 무한은 지체 없이 화살 두 대를 연이어 날렸다.

슈슉!

깡! 찌직!

감각적으로 한 대의 화살을 지팡이를 휘둘러 막아낸 고독정은 나머지 한 발은 몸을 한껏 비틀어 가까스로 흘려냈다. 그나마 완전히 피하지 못해 봉두난발을 하고 있던 머리털이 화살이 만들어낸 기류에 휘말려 뭉텅 잘려 나갔다.

"케헤헷, 무서워라. 참으로 빌어먹을 놈이구나!"

화살의 위력에 치를 떤 고독정은 지팡이를 이용한 특유의 경중거리는 경공을 발휘해 풍천개가 사라진 어둠 속으로 몸을 날렸다.

"화 봉공, 그 활 쏘는 애송이를 부디 갈기갈기 찢어 죽이시오. 케헤, 내 그 냄새나는 놈을 한 줌 혈수로 만들고 돌아와서는 애송이의 살과 뼈를 잘근잘근 씹어 먹어야겠소이다. 케헷!"

무한의 얼굴이 몰라보게 굳어졌다. 고독정의 마지막 징그러운 웃음은 이미 수십 장 밖에서 들려왔다. 그만큼 그의 경공이 생각 이상으로 초절하다는 것을 보여주고 있었다.

풍천개의 경공도 만만치는 않을 것이다. 그러나 혼자라면 모를까, 흑백괴동이라는 짐이 있는 이상 따라잡힐 가능성도 배제할 수 없었다.

그러나 무한으로서는 더 이상 풍천개를 도울 방법이 없었다. 고독정에게 잠시 화살을 돌린 사이 화우성을 위시한 빈객들이 이미 턱밑까지 이르러 있었던 것이다.

까강!

"크아악! 기다려라, 애송이놈!"

화우성은 눈 깜짝할 순간이면 주파할 거리를 반 각 가까이 걸려 도달했다. 삼성각 건물 아래까지 다다른 화우성은 가슴팍으로 짓쳐드는 화살을 신경질적으로 쳐내며 수직으로 솟구쳤다. 이어 세 빈객도 분노를 씹어뱉으며 삼성각 건물을 향해 솟아올랐다.

하지만 그것은 계속된 무한의 화살 공격에 냉정을 잃어버린 그들의 판난 작오었다. 화우성 등은 처음 엄청난 화살의 위력에 간담이 서늘했으나 횟수가 거듭될수록 안정을 찾았다. 화살의 속도와 힘에 점차 익숙해져 막아내는 데 큰 어려움이 없자 나중에는 조금씩 거리를 좁히기까지 했던 것이다.

하지만 그러는 동안 그들은 무한에 대한 경계심 대신 짜증과 분노가 쌓여갔다. 이름만 대면 산천초목이 벌벌 떠는 자신들인데 애송이에게 집단으로 발목이 묶여 있으니 그럴 만도 했다.

냉정함과 경계심을 풀고 분노를 자아내는 것. 화살의 효용이 사라졌음에도 무한이 미련하게 내력을 소모하면서까지 끝까지 활을 버리지 않았던 이유였다.

무한은 화우성과 세 빈객이 노기충천하여 날아오르자 기다렸다는 듯 창가에 올라섰다. 그의 손에는 여전히 활이 들려 있었고, 시위에는 세 발의 화살이 한꺼번에 먹여져 있었다.

슈슈슉!

화우성은 지척에서 화살이 날아들었지만 당황하지 않았다. 당황은커녕 오히려 비웃음을 머금었다.

고작 삼 장 안팎이다. 한데도 활을 놓지 못한다는 건 녀석에게 활을 빼면 남는 것이 없다는 얘기가 아니겠나. 나머지 세 빈객의 생각도 화우성과 대동소이했다.

마음 깊숙한 곳에 남아 있던 작은 불안감마저 오롯이 털어낸 화우성 등은 이층 난간을 박차고 재차 솟구치며 하늘을 찢을 기세로 도를 강하게 갈라갔다. 이어 홍룡기천검 설주붕의 검기와 산음무적객 동막추의 권풍, 당산흑마 혁저필의 공세가 뒤따랐다.

네 고수의 합공은 그야말로 해일처럼 들이닥쳤다. 무한으로

서도 여태껏 경험해 보지 못했던 어마어마한 위력이었다.

하지만 무한은 죽을 고비를 여러 차례 넘긴 만큼 백척간두의 위기에서도 냉철함을 잃지 않았다. 또한 쏟아지는 소나기를 맨몸으로 맞을 정도로 어리석지도 않았다.

파핫!

무한이 그들의 공세를 피해 창틀을 박찬 직후,

꽈과과광!

막대한 기운에 노출된 창틀과 난간이 통째로 우지끈 뜯겨 나가고 벽 일부가 와르르 허물어져 내렸다. 그때 수직으로 솟구친 무한은 처마에 이르러 빙글 제비를 돌아 머리를 아래로 향하게 자세를 바꾸고 있었다.

그 순간 흙먼지가 자욱한 가운데 솟구쳤던 화우성과 빈객들이 애꿎은 창틀에 일격을 가한 후 떨어져 내리는 것이 보였다.

'지금!'

무한은 속으로 짧게 외친 후, 처마가 터져 나갈 정도로 강하게 박찼다.

터어어엉!

현마진린보가 물구나무를 선 자세로 발현되었다. 현마진린보의 엄청난 속도와 더불어 중력의 힘까지 받은 무한은 빛살 같은 속도로 급전직하했다.

무한의 움직임을 예의주시하고 있던 풍소백은 눈을 부릅떴다.

"놈을 조심……!"

　풍소백의 말이 화우성과 빈객들의 귀에 전해지기도 전, 이미 무한은 그들의 지척에 이르러 있었다.

　화우성은 무한이 자신들의 공격을 피해 공중에서 방향을 트는 것까지 보았지만 별로 대수롭지 않게 여겼다. 위치가 불리한 것을 제외하면 하등 거리낄 것이 없었다. 오히려 무한이 도망치지 않고 달려든다면 쌍수를 들고 환영할 일이었다.

　그러나 그가 자신의 어리석음을 깨닫기까지는 촌각의 시간밖에 걸리지 않았다.

　촤라락!

　절로 몸을 움츠러들게 만드는 기이한 소리에 산음무적객 동막추가 먼저 반사적으로 권을 뻗어냈다.

　파아앙!

　주먹을 휘두르면 응당 느껴지는 통렬한 감각이 오간 데 없었다. 권력이 속절없이 와해되는 느낌이었다.

　등줄기를 타고 소름이 돋아났다. 아니나 다를까, 뻗었던 팔로부터 극통이 밀려들었다. 그러나 시리도록 강렬한 빛이 눈으로 쏘아져 들어오고부터는 그마저도 느끼지 못하게 되었다. 머릿속이 하얗게 물든 그때, 진저리쳐지도록 시린 느낌이 다시 느껴졌다. 이번에는 팔이 아니라 가슴 한복판이었다.

　한편 화우성은 근거리에서 폭발적으로 발생한 극렬한 진기의 폭풍에 아득한 공포를 느끼는 중이었다. 일찍이 경험해 보지 못한 두려움에 화우성은 발이 땅에 닿자마자 돌아설 겨를도 없이 반사적으로 뒷걸음질쳤다. 다른 두 빈객도 사정은 마찬가지였다.

터어엉!

그때 지축을 뒤흔드는 소리가 다시 한 번 터졌다.

직감이 이끄는 대로 무조건 물러서던 당산흑마 혁저필은 자신이 물러서는 것보다 족히 수십 배는 빠른 속도로 뭔가가 들이닥치는 것을 느꼈다. 그는 공포에 사로잡힌 나머지 낭아봉을 있는 힘껏 휘둘렀다.

그런데 이상하다. 낭아봉을 휘두르면 촘촘히 박힌 가시 때문에 휘이잉— 하는 기분 좋은 소리가 나기 마련인데 아무런 소리가 없었다. 가슴 한복판이 허전한 것도 영 마음에 걸린다.

의지와는 상관없이 물러서던 걸음이 멈춰졌다.

위에서 쏟아져 내린 깨진 기왓장이며 건물 잔해로 인해 뿌옇게 일었던 먼지가 서서히 걷혔다. 때마침 달빛도 구름을 헤치고 모습을 드러냈다.

삼성각 안에서 들려오는 비명 소리와 금속성을 제외하면 세상이 완전히 정지한 듯했다.

핏물이 흥건한 가운데 동막추는 잔해에 깔려 미동도 없었고, 무한과 혁저필은 사이좋게 서로를 마주 보고 있었다. 화우성과 설주봉은 그들보다 칠팔 장 뒤에서 보기 드물게 숨을 헐떡이고 있었다.

수변을 살피던 혁저필은 천천히 자신의 가슴을 내려다보았나. 성질이 나면 내키는 대로 낭아봉을 휘둘러 상대를 짓이겨 온 터라 종종 무식하다는 소리를 듣곤 했던 그였다. 그때마다 그런 소리를 지껄인 자들을 떡이 되도록 다져 놓곤 했다.

한데 스스로 생각해도 멍청한 소리가 입에서 나왔다.

"왜 이렇게 됐지……?"

자신의 심장에 칼이 박힌 걸 보면서 왜라니. 가슴을 비집고 나온 뜨거운 피가 종아리를 타고 가죽신을 적시는데 입에서 나온다는 소리가 고작 왜라니.

"나, 나는… 크으, 믿을… 수 없다……."

그랬다. 혁저필은 작금의 사태를 인정할 수도, 이해할 수도 없었다. 혁저필은 늘어뜨렸던 낭아봉을 치켜들었다. 아니; 그러려고 했다. 하지만 언제나 생각보다 빠르게 움직였던 그의 팔은 더 이상 그의 명령에 복종하지 않았다.

터덩!

낭아봉은 위로 들리기는커녕 손아귀를 벗어나 힘없이 바닥을 굴렀다.

츠륵!

괴기스러운 음향과 함께 혁저필의 심장을 꿰뚫은 만화가 거세게 요동쳤다. 동시에 혁저필의 눈동자에서 생기가 급속도로 빠져나갔다.

쿵!

만화의 칼날이 빠져나가자 혁저필이 맥없이 거꾸러졌다.

방금 전까지도 펄떡거리던 심장은 반으로 쪼개져 있었고, 막대한 내력을 품고 있던 강인한 육신은 싸늘히 식어가고 있었다. 당산 일대를 공포에 떨게 하며 흑마라는 거창한 칭호를 얻었던 마인의 최후치고는 허무하기 이를 데 없었다.

절정고수 동막추와 혁저필의 잇따른 죽음이 불러온 파장은 지대했다. 삼성각 내부로 진입하려던 자들은 커다란 정신적 충격을 받고 그대로 굳어졌다.

누구보다 큰 충격을 받은 자들은 화우성과 나머지 빈객들이 었다. 나름 고수라 자부하는 천하의 자신들 사이에서 곶감 빼 먹듯 간단하게 동막추와 혁저필을 제거하다니. 동막추 등이 어떤 식으로 당했는지 모른다는 것이 그들의 충격을 배가시켰 다. 이는 다시 말해 마음먹기에 따라 자신들이 당할 수도 있었 다는 얘기다.

뭐라 형언할 수 없는 기분을 얼굴에 고스란히 드러낸 채로 무한을 응시하던 화우성은 무한의 손에 들린 만화로 시선을 옮겼다. 짙은 핏빛이었던 만화는 어느새 마지막 한 방울의 피 까지 말끔히 털어내 우윳빛을 되찾은 상태였다. 언제 피를 묻 혔냐는 듯 능청스럽기까지 하다.

저벅저벅.

무한이 다가가자 화우성과 설주붕은 귀신이라도 본 듯한 얼 굴로 주춤주춤 뒤로 물러섰다. 그들의 귀에는 무한의 걸음 소 리가 마치 천둥처럼 들려왔다.

그 모습을 바라본 풍소백은 서늘한 안광을 뿜어냈다. 무한 이 내보인 무공에 누구보다 놀란 사람은 다름 아닌 그였지만, 가장 먼저 정신을 수습한 것 또한 그였다.

"멈춰라!"

파라락!

옷자락 펄럭이는 소리와 함께 담 위에 서 있던 풍소백이 무한의 전면으로 날아내렸다.

둘 간의 거리는 사 장. 풍소백은 마기를 줄기줄기 풀어냈고 무한은 그것을 담담히 받아냈다.

바야흐로 청야도 담천에서부터 시작된 경천신문과의 악연이 종국을 향해 치닫고 있었다. 풍소백과 무한의 정식 대면은 이렇듯 긴박한 순간에 이루어졌다.

무한은 풍소백이 전면에 서는 순간, 가슴을 짓누르는 압박감을 느꼈다. 강할 거라는 것은 익히 짐작했지만 막상 마주 서니 생각했던 것 이상이었다. 그의 직감은 몸 상태가 최상이라 해도 승부가 쉽지 않은 상대라고 말하고 있었다.

한데 지금은 현마진린보를 연달아 펼쳐 내느라 내력이 썰물처럼 빠져나간 상태였다.

이대로는 십중팔구, 아니, 백이면 백, 필패다. 천신만고 끝에 이긴다 해도 스스로 몸을 가눌 수 없을 상처를 입을 가능성이 컸다. 최선의 결과라고 해봐야 양패구상이란 얘기였다.

풍소백을 상대하기 전 만평 등에게 위해를 가할 만한 고수들을 하나라도 더 줄이고자 했던 것이 패착이었을까?

지금으로서 가장 좋은 타개책은 싸우지 않는 것이다. 아무리 수를 되짚어도 가장 좋은 방법은 그것이었다. 하지만 이미 건널 수 없는 강을 건넌 마당에 무슨 수로 싸우지 않고 끝낸단 말인가.

촤르륵!

무한은 자신이 내린 결론과는 달리 당장에라도 싸움을 시작할 것처럼 만화에 진기를 배가시켰다. 만화의 우윳빛 검신에 푸르스름한 기운이 덧씌워지며 몸 또한 잔뜩 웅크렸다. 언제라도 튀어나가겠다는 자세.

무한의 폭발적인 경공을 보았던 풍소백은 거침없이 도를 뽑아 올렸다. 나이를 떠나 상대는 빈손으로 상대할 자가 아니란 판단이었다.

아직 삼층 계단과 현관 입구에서는 치열한 전투성이 나고 있었다. 그것을 제외하면 경친신문의 전 문도는 모든 행동을 정지하고 무한과 풍소백의 전투에 촉각을 곤두세웠다. 이 싸움으로 인해 전체 승패가 판가름 날 분위기다. 더군다나 평생 한 번 보기도 힘든 엄청난 대결이니 때려죽인다 해도 놓칠 수 없는 기회인 것이다.

그런 경천신문 무인들의 기대에 부응하는 일이 벌어졌다.

뿌드득, 꽈지지직!

난데없이 수만 근 돌덩이가 짓누르는 소리가 들려왔다. 어디서 들려오는 소리인가 사방을 훑던 사람들의 시선이 이내 무한의 발밑으로 집중되었다. 무한의 발밑, 화강암을 통째로 깎아 만든 바닥이 천천히 바스러지고 있었다.

뿐만 아니었다. 시시각각 무한의 신장이 줄어들더니 급기야 무한의 발이 바닥을 뚫고 한 자나 파고 들어가는 엄청난 장면을 연출했다. 무한은 그 상태 그대로 상체를 앞으로 기울이며 전신을 크게 웅크렸다. 금세라도 박차고 날아갈 것 같은 자세였다.

그 모습을 본 풍소백의 뇌리로 한줄기 음성이 벼락처럼 스쳤다.

"이곳에 마선의 제자가 있소."

단단한 화강암을 부수는 일은 쉬운 일이 아니다. 물론 그렇다고 전혀 불가능한 일은 아니었다. 풍소백이 가진 내력의 반만 써도 충분히 하고도 남을 일이었다.

처음에는 내력을 소모하면서까지 자신의 무위를 과시하는 모습이 가소로웠다. 한데 마선이라는 이름이 개입된다면 이야기는 달라진다.

흑백괴동의 말을 믿지 않았었다. 어쭙잖은 잔꾀를 부리고 있다고 생각했다. 한데 마선의 제자가 근처에 있다던 흑백괴동의 말과 함께 깊숙이 파고들어 간 무한의 다리가 겹친다.

파파팟!

풍소백은 단숨에 서 있던 자리로부터 오륙 장을 물러섰다. 등에서 진땀이 흐르고 있었다.

"네놈은 누구냐!"

특유의 무감정한 풍소백의 음성은 온데간데없었다. 누가 들어도 긴장한 빛이 역력했다.

천하무적인 문주가 긴장하고 있다? 경천신문 무인들에게는 혁저필과 동막추의 죽음만큼이나 충격적인 일이었다.

하지만 풍소백은 문도들의 상태 따위를 고려할 겨를이 없었다. 정말 눈앞에 있는 자가 마선의 제자라면 경천신문의 운명은 오늘로 끝장이었다.

무한은 튕겨져 나갈 것 같은 자세를 풀고 푹 꺼진 땅에서 발을 빼냈다. 풍소백의 시선이 한 쌍의 족인을 향했다. 그러자 폭풍이 불어도 꿈쩍도 하지 않을 것 같던 눈동자가 눈에 띄게 떨렸다.

마선이 일으킨 혈사로 세상이 뒤숭숭할 당시 풍소백은 햇병아리에 불과했다. 때문에 마선을 직접 볼 기회가 없었다.

하지만 그에 대한 이야기라면 부친에게 귀에 못이 박히도록 들은 바, 필시 저 깊숙한 한 쌍의 발자국은 마선의 상징, 광마인이리라.

그때 청운이 이층 처마를 밟고 지상에 내려와 무한의 곁에 서며 말했다.

"이분은 한어를 모릅니다."

"한어를 모른다?"

청운은 마도의 거물과 마주하고 있다는 것만으로도 낯이 붉게 상기되었다.

"그렇습니다. 이분은 금의위 북진무사로, 조선에서 오셨습니다."

풍소백이 궁금한 건 무한이 어떤 위치이고 어디서 왔는가 하는 것이 아니라, 누구의 제자인가 하는 것이었다.

"놈은 마선과 무슨 관계냐!"

또 마선인가?

청운이 쓴웃음을 지으며 해명하려 할 때였다. 무한이 마선이라는 단어가 귀에 박히자 청운이 다른 말을 하기 전에 한 걸음 나서며 말했다.

"그분은 내 사부시오."

청운이 부릅뜬 눈으로 무한을 응시했다.

"지, 진 무사님, 그게 무슨 말씀……?"

"이유는 잠시 후 얘기해 줄 테니 일단 그대로 전해라."

청운은 눈치 빠르게 무한의 평소와 다른 음색에서 뭔가가 있음을 감지했다. 달리 뜻이 있으니 시키는 것이리라.

"이분은 마선의 직전제자입니다."

청운의 예상대로 풍소백은 말할 것도 없고 장내가 크게 술렁인다.

전체적인 분위기는 적대감이나 공포, 두려움 따위가 아닌, 일종의 경이로움이다.

청운 등이 마선의 비사를 알지 못했던 것처럼 경천신문의 대다수 무인들은 마선의 과거를 알지 못했기에 벌어진 현상이었다.

반면 풍소백과 화우성, 설주붕 등이 보인 반응은 전혀 달랐다. 특히 화우성과 설주붕은 만면에 공포를 감추지 못했다. 그들은 마선의 비사를 알고 있는 것이다.

풍소백이 눈처럼 하얀 수염을 파르르 떨며 말했다.

"저, 정녕 네가 그의 제자란 말이냐!"

"그라… 듣기에 심히 거북하군요. 저희 사부께서 문주님보다 한참 연배로 알고 있는데, 아니었습니까?"

무한은 노골적으로 불쾌한 감정을 드러냈다.

무한으로서도 이러한 연기가 썩 달갑지만은 않았다. 하지만 그는 혼자의 몸이 아니었다. 그의 어깨에 수많은 사람의 목숨이 얹어져 있었다. 자존심이나 지키자고 그들을 사지로 내몰 수는 없는 노릇이었다.

마선의 위세를 빌어 싸움을 피할 수 있다면 그게 최선의 방법이라 생각했다.

그 효과는 대번에 드러났다. 풍소백의 얼굴이 순간 굳어졌다. 그러나 감히 분노를 표출하지 못했다. 이것이 바로 마선이라는 이름이 가진 힘이었다.

"그는, 아니, 그분은 아직 생존해 계시더냐?"

풍소백은 무한을 마선의 제자로 인정하지 않을 수 없었다. 흑백괴동이 앞서 증언했을 때까지만 해도 한사코 믿지 않았는데, 직접 두 눈으로 현마진린보를 본 마당이다. 이제는 의심의 여지가 없었다.

"어디 살아 계시다뿐이겠습니까. 세월을 아예 잊으셨는지 갈수록 공력이 증진하고 계십니다."

"혼천붕마부가 괴멸되었다고 들었다. 너의 작품이냐?"

깅내가 나시 한 번 크게 술렁이는 가운데 풍소백이 물음에 무한은 그저 얕은 미소만 지었다.

무한의 말에 풍소백은 눈을 질끈 감았다. 사실이었단 말인가? 경천신문과 비교해도 크게 손색이 없는 전력을 보유한 혼천등마부를 단신으로 무너뜨리다니. 그는 자신의 모든 계획이 수포로 돌아갔음을 깨달았다.

마선의 제자는 제거할 수 있을지도 모른다. 하지만 정작 진짜 문제는 마선이다. 당시 마도의 손꼽히는 고수였던 그의 부친마저 치를 떨던 그 마선 말이다.

풍소백은 마선이라는 거대한 벽에 직면하자 모든 일이 후회스러웠다.

2

풍소백이 천천히 눈을 떴다. 그의 눈동자는 몰라보게 정제되어 있었다.

무한은 풍소백의 심경에 크나큰 변화가 생겼음을 직감했다. 무한은 바짝 긴장했다. 탐욕으로 찌들어 있던 풍소백의 눈이 달라졌다.

'이건 위험하다.'

기운이 자체가 달라졌다. 불과 얼마 전 폭풍 같은 마기를 뿜어대던 풍소백보다 오히려 잔잔한 기운을 머금은 지금의 풍소백이 더욱 두렵게 느껴졌다. 대체 무슨 연유인지는 모르나 잠깐 사이에 풍소백은 반보 더 나아가 있었던 것이다.

풍소백은 눈앞을 가리고 있던 미혹에서 반보쯤 물러서 스스

로 만든 탐욕이라는 굴레에서 어느 정도 자유로워진 상태였
다. 풍소백의 그러한 변화는 무한에게 있어 절대로 희소식이
아니었다.

"내게 마도 최고의 절기라는 마황신기를 견식할 기회를 주
겠느냐?"

풍소백의 담담한 음성이 무한을 강하게 압박했다. 혜명과
박환, 두 사부에게 죄를 지으면서까지 마선의 제자 행세를 한
이유는 싸움을 막아보고자 하는 의도였다. 한데 오히려 상대
를 더욱 강하게 만들어 버렸다.

그러나 무한의 얼굴 어디에도 조급한 감정은 드러나지 않았
다. 오히려 입가에 여유로운 미소가 걸렸다.

"응당 강호의 명숙인 문주님께 가르침을 청해야 마땅하겠
으나, 지금은 여의치가 않습니다."

"여의치가 않다? 감히 나의 도는 상대할 가치가 없다고 말
하는 것이냐?"

풍소백이 노한 기색을 드러냈다.

"그럴 리가 있겠습니까."

"그렇다면 속히 검을 들어라!"

"제가 검을 드는 건 그리 어려운 일이 아닙니다. 다만 문주
님을 실망시켜 드릴까 봐 걱정일 뿐이지요."

"실망? 그건 또 무슨 뜻이냐?"

"실은 제가 며칠 전 고인을 찾아가 가르침을 청한 적이 있습
니다. 가르침을 받는 도중 대결에 심취해 그만 그 고인의 생명

을 상하게 하고 말았습니다.”

풍소백은 무한이 말하는 고인이 누구인지 알 것 같았다.

“계속해 보아라.”

“한데 그 고인이 혼자가 아니었던지라, 뜻하지 않게 그분의 수하들과도 검을 맞댈 수밖에 없었습니다. 그 수가 제법 많아 무리를 할 수밖에 없었지요.”

“무리하였다? 네 말은 지금은 나를 상대할 몸 상태가 아니란 것이냐?”

“그렇습니다. 이대로라면 자칫 못난 꼴을 보여드릴 것 같습니다.”

풍소백은 미간을 일그러뜨린 채 잠시 생각에 잠겼다.

이렇게 조곤조곤 이야기를 주고받고 있지만, 그들은 결국 서로 죽고 죽여야 하는 적이다. 한데 스스로의 몸 상태가 정상이 아니라고 떠벌리다니.

약점을 고스란히 내보일 정도로 자신만만하다는 소린가? 그것이 아니면 방심을 유도해 득을 취하겠다는 것인가?

파르스름한 안색은 분명 몸에 이상이 있음을 보여주고 있었다. 하지만 어찌 안색으로만 몸 상태를 판단한단 말인가. 뜻만 있다면 얼굴에 열 가지 색도 만들어낼 수 있었다.

풍소백은 의도를 가늠하기 위해 무한의 눈을 살폈다. 하지만 수많은 대국을 통해 치열한 심리전과 수읽기를 펼쳐온 무한이 호락호락하게 속내를 드러낼 리가 만무했다.

결국 풍소백은 무한의 흔들림없는 눈동자에서 원하던 바를 얻어내지 못했다.

"너는 사람을 난감하게 하는 재주가 있구나. 하지만 한 가지 잊은 것이 있다. 너는 어디까지나 본 문의 적이다. 네 몸이 어떻든 나는 도를 들 수밖에 없다는 말이다."

풍소백이 서늘한 안광을 발산했지만 무한은 아랑곳하지 않았다.

"외람된 질문입니다만, 문주님께서는 제대로 된 마황신기를 보고 싶으신 것이 아니었습니까?"

풍소백이 즉시 답했다.

"물론이다. 나는 제대로 된 마황신기를 견식하고 싶다."

"그렇군요. 하면 돌아가십시오. 후일 몸을 완벽히 추스른 후에 정식으로 찾아뵙겠습니다."

"아직도 이해를 못하는구나. 우리는 빈손으로 돌아갈 수 없다."

돌아갈 수 없는 것이 아니라 돌아갈 곳이 없다고 해야 옳으리라. 이대로 돌아가면 태자를 시해하려 한 역적의 무리가 될 터였다.

"무엇을 근심하고 계신지 알겠습니다만, 걱정하시는 일은 벌어지지 않을 것입니다."

"오늘 일을 없었던 일로 해주겠다는 것이냐?"

"그렇습니다."

"무엇 때문이냐?"

"문주님은 제가 지금까지 만난 사람 중 가장 강한 분이십니다. 최고의 무인을 최상의 상태에서 겨루고픈 욕심 때문이라면 이해해 주시겠습니까?"

인간의 범주를 이미 사십여 년 전 벗어났다고 평가받는 마선이다. 그런 사람의 제자에게 최고의 무인이라는 평가를 받았다. 듣기 싫을 까닭이 없다.

드러내지는 않았지만 내심 흡족해진 풍소백은 잠시 행보를 결정하기 위해 고민했다.

싸움을 강행한다면 최소한 지지는 않을 것이다. 하지만 마선의 제자가 내보인 무력으로 판단하건대, 치명적인 타격을 감수해야 했다. 어쩌면 양패구상에 가까운 타격이 될지도 모를 일이었다. 상처뿐인 승리는 결코 영광이 아니다.

무엇보다 걱정스러운 것은 마선의 존재였다. 세상에 어떤 사부가 제자를 잃고 가만히 있겠는가. 혹여 마선이라도 나선다면 경천신문은 존립 자체가 위태로워진다. 어느 면으로 보나 득이 없는 싸움이다.

일단 돌아설 명분은 생겼다. 이대로 물러선다고 해도 체면을 깎이거나 경천신문이 우습게 보이지는 않을 것이다. 적이 두려워 물러서는 것이 아니라, 오히려 마선의 제자에게 회복할 시간을 주는 아량을 베풀게 되는 것이다. 게다가 이번 일에 대해 없었던 일로 해준다지 않는가.

"좋다. 내 본문에서 너를 기다리도록 하지."

드디어 풍소백의 입에서 무한이 원하는 대답이 나왔다. 한데 그때였다. 내내 잠자코 있던 화우성이 크게 소리쳤다.

“문주님, 놈에게 속으시면 안 됩니다!”
“내가 속고 있다?”
“그렇습니다. 놈이 정상이 아닌 지금이야말로 처치할 유일한 기회입니다. 놈에게 회복할 시간을 주는 것은 오히려 재앙을 키우는 것이라는 것을 잊지 마십시오.”
“화 봉공의 뜻을 내 모르는 바 아니오. 하나…….”
“문주님! 언제부터 우리 경천신문이 적을 앞에 두고 물러섰단 말입니까? 더군다나 녀석은 지금 서 있을 힘조차…….”
터어엉!
화우성이 말이 채 끝나기도 전에 무한은 십여 장을 단숨에 가로질렀다. 극도의 위기감을 느낀 화우성이 급히 물러섰지만 무한이 쇄도하는 속도가 백배는 더 빨랐다. 생사의 갈림길에 선 탓인지 화우성은 찬물을 한 바가지 뒤집어쓴 것처럼 머리가 맑아졌다.
‘뿌리칠 수 없다. 그렇다면!’
무한을 떨칠 수 없음을 절감한 화우성은 모든 힘을 뽑아 올려 쾌도를 뿌렸다. 자세가 안정적이지 못했음에도 지금까지 펼쳤던 어떤 도보다도 만족스러운 일도가 터졌다.
쐐애액!
꽈아앙!
쾌도를 위해 특화시킨 날이 지극히 얇은 유엽도와 그 반도 되지 않는 만화의 충돌. 둘 간의 충돌이 만들어낸 소리라고는 믿어지지 않을 정도로 굉장한 폭음이 터져 나왔다. 하지만 화우성의 선전에도 불구하고 결과는 극명히 엇갈렸다.

화우성의 유엽도는 보기 흉하게 꺾였고, 무한의 손에 들린 만화는 빳빳하게 고개를 세운 채 화우성의 목젖에 닿아 있었다.

결과는 무한의 완벽한 승리였다. 하지만 속을 들여다보면 그렇지만도 않았다.

무한은 기어이 내상을 입고 말았다. 한 번만으로도 엄청난 내력을 소모하는 현마진린보를 세 번이나 연달아 펼쳤다. 더군다나 강력한 모습을 보이기 위해 크게 무리해 버리고 말았다.

하지만 무한은 목구멍으로 올라오는 비릿한 기운을 꿀꺽 삼켜 버리고 아무런 내색도 하지 않았다. 오히려 두 눈에 차가운 한광을 발했다.

"컥!"

화우성의 목에 닿은 만화의 검첨에서 비롯된 선홍색 피가 검신을 타고 주르륵 흘렀다. 이제 약간의 진기만 주입해도 화우성의 목숨은 종잇장처럼 찢겨 나갈 판이었다.

"대단히 큰 오해를 하고 있군. 나는 공생의 길을 찾자는 것이었지, 살려달라고 애걸한 것이 아니다. 공멸을 원한다면 당장에라도 너의 목을 쳐주지."

청운을 제외한 누구도 무한이 뭐라고 하는지 알아듣지 못했다. 하지만 경천신문의 무인들은 무한의 파랗게 변색된 입술에서 흘러나오는 음성만으로도 공포에 젖어들었고, 가슴을 저

밀 듯 밀려오는 한기에는 머릿속이 하얗게 굳어버렸다.

멀리 떨어져 있는 자들이 그러하니 화우성이야 오죽할까. 두려움도 두려움이지만 도대체 얼굴을 들 수가 없었다. 꿈이라면 끔찍한 악몽이었다. 이름만 들어도 벌벌 떠는 경천신문의 봉공으로 세상에 두려울 것 없던 자신이 문도들이 보는 앞에서 사로잡힌 꼴이라니.

"무, 문주님……."

공포감에 사로잡힌 화우성은 떨리는 시선으로 분주에게 도움을 청했다.

풍소백은 내심 화우성의 행태에 혀를 찼다. 화우성이 진정 자신과 경천신문을 생각하는 자였다면 무사답게 목을 겨눈 검에 목을 들이밀어 죽음을 택했을 것이다.

하나 남은 봉공이 저 모양이라니, 한숨이 절로 나왔다. 하지만 마음에 흡족하지 않더라도 경천신문의 원로인 봉공이 더 이상 굴욕을 당해서는 곤란했다.

"그를 그만 놓아주겠는가."

무한에 대한 풍소백의 말투가 잠깐 만에 한 단계 높아졌다. 부탁하는 입장이라는 점이 있기도 했지만 그만큼 무한의 위치를 인정한다는 뜻이기도 했다.

무한은 풍소백이 물러갈 뜻을 확실히 굳혔음을 알고 내심 안노의 한숨을 내쉬었다. 다행스럽게도 모든 일이 원만하게 풀리는 듯 보였다. 하지만 불행은 뜻하지 않은 곳에서 급작스럽게 찾아들었다.

무한이 화우성의 목에서 막 검을 거두려 할 때였다.

쿠쿠쿵!

요란한 소리와 함께 삼층 한쪽 벽이 통째로 뜯겨져 나가고 있었다. 무한에게 모아져 있던 시선들이 일제히 소리가 난 곳을 향했을 때, 부서진 건물 잔해와 함께 흑의인 하나가 떨어져 내렸다.

무한은 등을 보이며 떨어져 내린 터라 얼굴을 확인하지 못했지만 왠지 뒷모습이 낯익다는 생각이 들었다. 무한의 뇌리로 불길한 예감이 스쳐 지나갈 때,

"소천!"

풍소백이 몸을 날리며 소리쳤다. 풍소백의 외침은 마치 비명처럼 무한의 고막을 후벼 팠다. 불길한 예감이 현실화되는 순간이었다.

단숨에 수장 거리를 압축해 떨어지는 아들을 받아 든 풍소백은 땅에 두 발을 딛자마자 급히 바닥에 눕혔다.

"크윽……."

풍소천은 몇 번이나 입을 뻥긋거렸지만 말은 나오지 않고 끓는 소리와 함께 입에서 피거품만 게워냈다. 피에 거품이 섞였다는 것은 폐가 다쳤다는 증거.

찌익!

풍소백은 다급히 아들의 상의를 찢어냈다.

"흐음!"

드러난 모습에 풍소백은 이를 악물고 신음을 삼켰다. 처참

했다. 거대한 망치로 두들겨 맞은 것처럼 가슴 한복판이 완전히 함몰되어 있었다.

가슴뼈가 온전한 것이 없을 정도다. 거기에 부러진 갈비뼈의 날카로운 단면이 흉기가 되어 폐를 찌르고 있었다.

손을 써볼 엄두가 나지 않을 정도의 중상. 풍소백은 그렇게 아들의 몸에서 생의 기운이 급속도로 빠져나가고 눈동자가 힘없이 풀어지는 것을 지켜볼 수밖에 없었다.

그때 심층 허물어진 벽 너머로 한 사람이 비틀거리며 모습을 드러냈다. 그 역시 가슴이 대각으로 길게 갈라져 다량의 피가 흐르고 있었다. 그밖에도 얼마나 많은 공격을 허용했는지 성한 곳이 없어 보였다.

심지어 얼굴까지 피로 물들어 누군지 알아보기 쉽지 않았으나, 달빛에 비친 파르라니 깎은 머리가 신분을 암시하고 있었다.

"마, 만평 스님?"

청운의 입에서 신음처럼 흘러나온 이름. 모습을 드러낸 자는 만평이었다.

"이놈, 왜 덤비지 않는 것이냐. 어서 덤벼라!"

만평은 비틀거리며 아무것도 없는 허공에 대고 주먹을 휘두르고 있었다. 한눈에 보기에도 정상이 아니었다.

만평은 자신이 상대를 쓰러뜨린 것도 모르고 있었다. 풍소천의 쾌도에 수많은 공격을 허용한 끝에 단 일격으로 그를 침몰시키는 괴력을 보였지만, 출혈이 너무 심했다.

헛것을 볼 지경에서도 꺾이지 않는 전투 의지는 강호인의 가슴을 뜨겁게 만들기에 충분했다. 하지만 소문주를 잃은 경천신문의 무인들에게만은 예외였다.

장내 분위기가 싸늘히 냉각되었다. 경천신문 무사들의 마음에서 마음으로 전해지는 분노의 열기는 쇠라도 녹일 것처럼 뜨거웠다.

풍소백은 싸늘히 식은 아들을 바닥에 버려둔 채 천천히 몸을 일으켰다. 자식을 잃은 아비의 얼굴이 맞나 싶을 정도로 어찌 보면 무심하기까지 한 얼굴이었다.

큰 사단이 날 것이라 생각했던 청운은 풍소백의 담담한 얼굴에 가슴을 쓸어내렸다.. 하지만 무한의 생각은 달랐다. 그는 즉시 일이 틀어졌음을 직감했다.

풍소백의 얼굴과는 달리 몸을 감싸고 있는 기운은 결코 무심하지 않았다. 어떤 아비가 자식을 잃고 무심하랴. 풍소백은 지금 활화산 같은 분노를 극도로 절제하고 있었다.

그리고 억누르고 억눌렀던 분노를 풀 대상을 찾고 있었다. 아니, 대상은 처음부터 정해져 있었다.

스륵!

아무렇게나 뒹굴고 있던 풍소천의 유엽도가 저절로 떠올라 풍소백의 손으로 들어가더니 이내 참고 참아왔던 극한의 살기가 만평을 향해 휘몰아쳤다.

우아아앙!

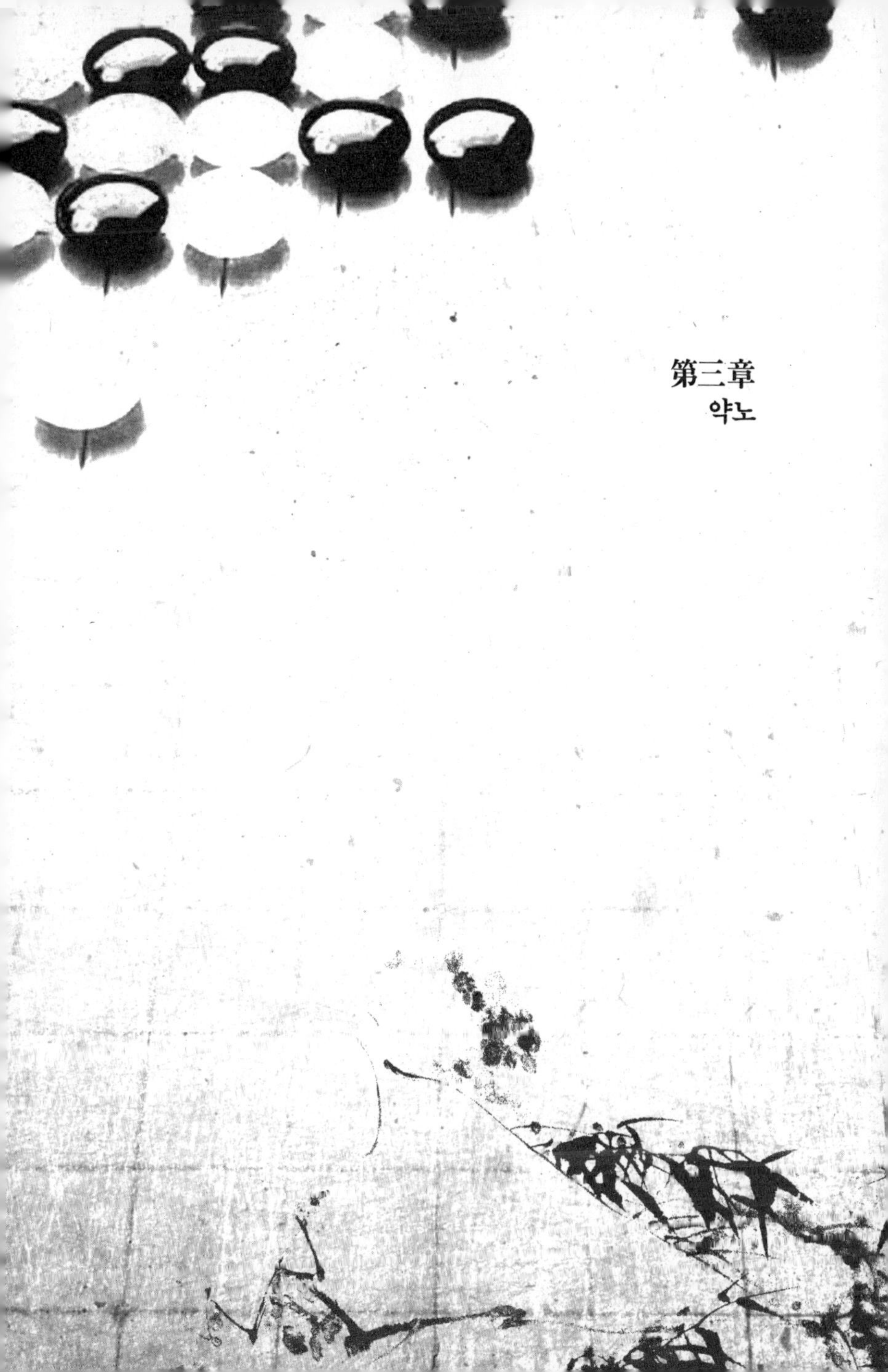

第三章
약노

기검신협
棋劍神俠

약노 1

삼성각을 빠져나온 풍천개는 가장 가까운 관제묘에 들러 한참 자고 있는 거지들을 닦달해 독개의 위치를 확인했다. 평상시라면 독개의 행방을 찾는 것은 거의 불가능한 일이었다. 거처가 딱히 없는데다 나이가 들어서도 방랑벽을 고치지 못해 예고도 없이 불쑥 모습을 드러냈다가 연기처럼 사라지곤 했던 것이다.

하지만 이번에는 달랐다. 마선이라는 중대한 사안 때문에 독개는 여느 때와는 달리 개방의 지단에 머물러 있었다. 장소는 산동성 끝자락에 위치한 운성이었다.

독개가 지단을 떠날 것을 염려한 풍천개는 즉시 전서를 날리고는 운성을 향해 출발했다. 운성까지는 족히 이백리 길. 밤을 꼬박 새우고 다음날도 종일 달려야 겨우 도착할까 말까 한 거리였다.

한데 흑백괴동의 숨소리는 금방이라도 끊어질 듯 미약했다.

마음이 조급해진 풍천개는 길만 따라 가서는 시간이 너무 지체된다고 판단하고, 길이 있든 없든 상관없이 대충 방향을 잡고 달리기 시작했다. 다행스럽게도 별이 총총히 떠 방향을 가늠하는 데 지장은 없었다. 산이 나오면 산을 넘고, 물이 나오면 흠뻑 젖는 것도 아랑곳없이 건넜다.

얼마쯤 지났을까. 산을 넘은 풍천개가 숨 쉴 겨를도 없이 제법 유량이 많은 계곡물을 건너려 한쪽 발을 담갔을 때였다.

첨벙, 무거운 것이 물에 빠지는 소리가 들려 바라보니 상류 쪽에서 뭔가가 빠른 속도로 떠내려오고 있었다. 제법 거센 물살 때문인지 희끗한 뭔가는 물에 떴다 가라앉기를 반복하고 있었다.

풍천개는 잠시 움직임을 멈추고 안력을 돋웠다. 그러자 거짓말처럼 어둠이 걷히고 사물이 선명하게 드러났다.

"저건!"

풍천개의 눈이 더 이상 커질 수 없을 만큼 커지고 다물린 입술이 파르르 떨렸다. 나무둥치나 짐승 따위가 아니었다. 떠내려 오는 것은 사람이었다.

체구가 작다. 어린아이이다. 더욱이 입고 있는 옷의 재질이 너무도 익숙했다. 곳곳에 기운 자국이 있는 닳고 닳은 거친 마포, 개방도가 주로 쓰는 옷감이었다.

시체가 가까이 이르렀을 때, 풍천개는 흑백괴동을 내려놓고 물로 뛰어들어 아이를 급히 건져 냈다.

호흡 소리가 들리지 않는다. 아무런 생의 기운도 느껴지지 않았다. 그럼에도 풍천개는 시체의 맥을 짚고 굳게 닫힌 눈꺼풀을 들췄다.

그러나 그것은 부질없는 행동이었다. 아이는 맥이 끊기고 심장이 멎은 지 이미 오래였다.

"어째서! 어째서 네가 여기에!"

풍천개의 음성에서 안타까움이 절절히 묻어났다. 생면부지의 사람이 죽었을 때 보이는 반응과는 거리가 있었다. 그랬다. 시체는 풍천개가 불과 한 시진 전 관제묘에서 만났던 어린 거지였던 것이다.

흑백괴동을 안고 관제묘에 도착했을 때 눈을 비비며 나오던 모습이 생생했다. 이제 일곱 살이나 됐을까? 마음이 급한 와중에도 제법 눈동자에 생기가 돌아 눈여겨보았었다. 향주 곁에 바짝 붙어 서서 선망 어린 시선으로 자신을 올려다보던 모습.

두껍게 낀 때에 가려진 영민함을 단번에 알아보았다. 마선의 일이 마무리되면 제자로 삼아 제대로 한번 가르쳐 보리라 마음먹은 터였다.

처음 짐작했던 대로였다. 땟물이 씻겨 나간 얼굴은 생각했던 것보다도 훨씬 영준해 보였다. 그래서 더욱 아이의 허무한 죽음이 믿어지지 않았다.

대체 어떤 자가 이런 천인공노할 짓을 저질렀단 말인가. 살기가 골수까지 치밀었다.

"인간 같지도 않은 자! 썩 나서라!"

산천초목이 바르르 떨 정도로 살기 짙은 음성이 멀리 퍼져 나갔다. 그리고 오래지 않아 화답하는 음성이 들려왔다.

"켈, 별일도 아닌 것을 가지고 호들갑을 떠는 꼴이 우습구나."

그렇지 않아도 음기가 성한 산중인데 절로 치가 떨릴 정도로 음산한 음성이었다.

으드득!

"시강인! 이 개 같은 놈! 네놈이었구나! 썩 나서지 못하겠느냐!"

"어이쿠, 간이 다 오그라든다. 어디 무서워서 감히 나서겠느뇨?"

말과는 달리 고독정은 건너편 바위 위에 삐죽 모습을 드러냈다. 그의 히죽히죽 웃는 모습은 기어이 풍소백의 분노를 폭발시켰다.

"내 네놈을 살려두면 사람이 아니다!"

풍소백이 몸을 날리려 할 때였다. 고독정이 품속에서 작은 병을 꺼내 계곡 상류 쪽으로 던졌다. 풍덩 소리를 내며 병이 가라앉기 무섭게 물이 회색빛을 띤다 싶더니 물고기가 여기저기서 배를 뒤집고 떠올랐다. 극독이 분명했다.

"켈! 용기가 있다면 어디 한번 건너와 보아라. 크큭, 살갗에 닿으면 썩어 문드러질 것이니라."

속에서는 천불이 이는데 눈앞에서는 독수(毒水)가 흐르니 가슴이 터질 지경이다.

"이놈! 이 무슨 추잡한 짓거리냐!"

"켈, 추잡해? 우습구나, 우스워. 냄새나는 거지새끼들을 대리고 왕초 노릇이나 하는 주제에 감히 내게 추잡함을 운운하다니."

"허튼소리는 집어치워라! 다른 아이들은 어찌했느냐!"

고독징이 진물 흐르는 눈동자를 데굴데굴 굴리며 약을 올렸다.

"켈, 글쎄디. 이찌했을 깃 같으냐? 극독으로 녹였을 것 같으냐, 아니면 흔적도 없이 태웠을 것 같으냐?"

고독정은 사람 목숨을 장난감처럼 말하고 있었다.

극도의 분노에 풍천개의 안색이 푸르스름하게 변색되었다. 고독정은 풍천개의 표정 변화를 즐기며 말을 이었다.

"켈! 노부를 원망치 말라. 모두 네놈 탓이니라."

"뭐라!"

"네놈이 거지 소굴에 들르지 않았던들 내가 무잇 때문에 냄새나는 거지 소굴에 갔겠느냐? 켈, 네놈 때문에 잠 잘 자던 새끼 거지들이 횡액을 당했단 말이니라."

"죽일 놈! 대체 무슨 짓을 한 것이냐!"

"켈, 궁금하면 얘기해 주마. 어려울 것도 없지. 네뉴이 떠난 거지 소굴로 들어가 네놈의 정체에 대해 물었다. 한네 제까짓 것들이 반항을 하더란 말이야."

고독정이 낄낄대며 지껄이는 동안 풍천개는 붉게 충혈된 눈으로 계곡을 바라보았다.

물은 아직도 연한 회색빛을 띠고 있었다. 천천히 풀어지도록 특수 제작된 독인 듯했다. 만약 보이지 않는 곳에서 독을 뿌렸다면 뭣 모르고 물속으로 들어가 변을 당했을 터. 참으로 두려운 독임에 틀림없었다.

고독정이 특유의 거슬리는 음색으로 말을 이었다.

"켈, 노부가 한 놈을 붙잡아 뼈까지 녹였는데도 말을 하지 않기에 그 꼬마 놈을 죽이려 했지. 켈, 그제야 향주라는 놈이 술술 불더구나."

"한데 왜 이 죄 없는 아이를 죽였느냐!"

"죄가 없다? 켈, 천만에! 그 녀석은 충분히 죽을죄를 지었다. 암, 지었고말고."

"악독한 놈. 이 힘없는 아이가 네놈에게 어떤 죽을죄를 지었더란 말이냐!"

"인질로 쓸 요량으로 그놈을 잡아 네놈을 따라왔는데… 글쎄, 녀석의 몸에서 이가 기어나와 나를 물지 않았겠느냐? 켈, 어찌나 더럽고 간지럽던지 놈을 찢어 죽이지 않고는 도무지 분이 풀리지 않더란 말이다."

고독정은 고작 이 한 마리 때문에 사람 목숨을 해쳤다고 말하고 있었다. 그것도 너무 당연하다는 듯이.

놈은 인간이 아니다. 인간의 가죽을 뒤집어쓴 악귀가 틀림없다.

"내 손으로 네놈을 죽이지 못한다면 스스로 지옥의 불구덩이에 들어가리라!"

살기에 찬 한마디를 잘근 씹어뱉은 풍천개가 상류 쪽으로 몸을 날렸다. 독이 빠진 곳보다 위쪽이라면 독을 염려할 필요가 없기 때문이다.

고독정은 풍천개의 살기등등한 모습에 안색이 변했다. 그러나 그것도 잠시뿐, 곧 비릿한 웃음이 입가에 걸렸다.

"켈! 물을 건너면 크게 후회하게 될 것이다!"

"그따위 허언에 노부가 속아 넘어갈 것 같으냐!"

풍천개가 망설임없이 물로 뛰어들어 금세 반 이상을 긴니왔다.

"호오라, 새끼 거지들이 뒈지든 말든 상관없다는 말이렷다?"

한 번만 더 뛰면 계곡물을 벗어날 수 있었다. 하지만 고독정의 말은 풍천개의 다리를 단단히 붙들어 버렸다.

"그럼 다른 아이들은 살아 있단 말이냐?"

"켈, 물론 살아 있다. 지금쯤은 뒈지기 일보 직전이겠지만 말이다."

고독정이 품속에서 작은 옥병을 꺼내 흑백괴동이 누워 있는 곳으로 던지며 말했다.

"이각이다. 새끼 거지들에게 저걸 가져다 먹여라. 그러면 실릴 수 있을 섯이다."

"그 밀을 어떻게 믿지?"

"켈, 네놈의 사사로운 판단으로 남은 거지들을 죽도록 내버려 두겠다면 어쩔 수 없는 일이지.”

풍천개의 얼굴에 갈등의 빛이 스쳤다. 그러나 그는 이내 이를 악물었다. 뭔가를 결심한 표정이었다.

“설령 네놈의 말이 사실이라 해도 나는 그 아이들을 살리는 길보다 네놈의 목숨을 끊는 쪽을 택하겠다.”

일견 냉정해 보일지 모르나 현명한 판단이다. 저자는 악마의 심성을 지닌 자다. 개방도 몇몇을 살리자고 예서 놈을 놓친다면 앞으로 선량한 양민이 놈의 손에 몇이나 더 죽어나갈지 짐작조차 되지 않았다.

쿵!

고독정은 지팡이로 바위를 내려찍으며 펄쩍 뛰어 물러섰다. 그 거리가 물경 이 장에 육박했다. 지팡이의 힘을 빌었다고는 하나 쉽게 보기 힘든 경공술이었다.

“퀠, 한없이 멍청한 자로다. 노부는 거지 녀석을 안고도 네놈을 따라잡았다. 한데 네놈에게 쉽사리 당할 성싶으냐?”

어려운 결심을 굳히고 기세등등하게 달려들던 풍천개는 다시금 걸음을 멈췄다. 분노가 치밀었지만 냉정히 분석해 보건대 고독정의 말이 옳았다.

경공도 경공이려니와, 놈은 독인이다. 경지에 이른 경공으로 도망치면서 독까지 쓴다면 당하는 쪽은 오히려 자신이 될 터였다.

강호의 오랜 격언 중 적이 숲으로 도주하면 절대로 쫓지 말라는 말이 있다. 그만큼 숲은 추격자에게 불리했다. 더군다나 쥐도 새도 모르게 독을 쓰기로 유명한 자를 밤중에 쫓는다는 것은 자살행위에 다름 아니었다.

"정말 저 병에 든 것이 해독약이 맞느냐?"

"켈, 이제야 천지 분간이 되는 모양이구나. 맞다, 노부의 이름 석 자를 걸고 맹세하마."

인성을 갖추지 못한 자이나 스스로에 대한 자부심만은 누구보다 대단한 자다. 이름까지 걸고 맹세하는 걸 보니 사실인 듯싶었다.

"한데 왜 해약을 내게 주는 거냐?"

고독정이 징그럽게 웃으며 말했다.

"그래야 네놈이 저 두 놈을 구하지 못할 것이 아니냐? 혹여 두 놈이 살아난다면 내가 어찌 두 발을 뻗고 잠을 자겠느냐? 켈, 설마 스무 명에 달하는 거지를 죽도록 내버려 둔 채 저 두 놈을 늙은 거지에게 데려가지는 않겠지. 어쨌든 선택은 네게 달렸다."

이제야 놈의 행동이 이해가 되었다. 결국 놈은 개방도의 목숨과 흑백괴동의 목숨을 바꾸자고 말하고 있는 것이었다.

고독정은 흑백괴동을 두려워하고 있다. 실상 독인에게 흑백괴동과 같은 부류는 상극이었다. 장거리 무기인 채찍을 귀신같이 쓰는 것도 그렇지만, 그들의 막강한 내력은 독을 쓰기에 더없이 까다롭게 만들었다.

막대한 내력을 바탕으로 한 장력은 독인에게 있어서 반드시 피해야 할 금기인 것이다. 괜히 공격한답시고 풀었던 독이 장력에 떠밀려 오히려 자신을 공격할 수가 있었다.

죽일 목적으로 풍천개의 뒤를 밟았던 고독정이 이렇게 나오는 이유도 풍천개가 익힌 풍천장이 껄끄러웠기 때문이다.

내력의 효험은 그뿐만이 아니었다. 정순한 내력은 독에 대한 저항력을 강하게 만든다. 흑백괴동이 독에 당하고도 지금까지 숨이 붙어 있는 것도 모두 내력의 힘이었다. 일반 무인이라면 차 한 잔 마실 시간도 버티지 못했을 터였다.

이래저래 고독정은 흑백괴동을 경계할 수밖에 없었다.

"오냐, 네놈의 말을 믿으마."

피가 나도록 입술을 씹은 풍천개는 왔던 길을 되짚어 해독약이 든 병을 품속에 갈무리했다. 흑백괴동을 살펴보니 숨소리가 더욱 가늘어져 당장에라도 끊어질 것 같았다.

"이 둘의 해독약도 내놓아라."

"켈! 어림없는 소리!"

쿵!

고독정은 무 자르듯 거절하고는 지팡이를 이용한 경공을 펼쳐 어둠 속으로 몸을 감췄다.

다급해진 풍천개가 소리쳐 불렀다.

"이놈, 서라! 해독약을 내놓지 못하겠느냐!"

어둠의 건너편 저 멀리서 고독정의 음성이 들려왔다.

"켈! 이제 이각도 채 남지 않았느니라."

말하는 중에도 계속 멀어지는지 고독정의 마지막 음성은 거의 들리지도 않았다.

풍천개의 고뇌 가득한 시선이 검게 죽은 흑백괴동의 얼굴에 닿았다.

'이들이 운성에 도착할 때까지 버틸 수 있을까?

버틸 수 있을지도 모른다. 흑백괴동의 내력은 그런 기적을 만들 수 있을 정도로 엄청난 것이었으니.

하지만 풍천개의 마음은 이미 한쪽으로 굳어졌다.

흑백괴동을 살리려던 시도를 뒤로하고 이제 개방도가 있는 관제묘로 돌아가야 한다. 목숨의 경중을 어찌 논하랴만, 목숨의 숫자가 다르다. 그에게는 흑백괴동의 목숨보다 스무 명에 달하는 개방 제자들의 목숨이 더욱 무겁게 다가왔다.

고독정은 개방 제자들에게 이각 이내에 해약을 먹여야 한다고 했다. 개방도가 있는 관제묘에서 이곳까지 걸린 시간은 아무리 적게 잡아도 이각이 훨씬 넘는다. 바꾸어 말하면, 돌아가는 데도 그만큼의 시간이 필요하다는 얘기다.

남은 시간이 얼마 없다. 올 때처럼 흑백괴동을 데리고 가서는 늦는다.

파락!

풍천개는 흑백괴동을 안고 큼지막한 나무 위로 올라 빈손으로 내려왔다. 죽은 시체일망정 산짐승에게 뜯기는 참상을 방지하기 위함이었다.

"비안하구나. 이럴 수밖에 없음을 이해해 다오."

풍천개의 음성에 촉촉이 이슬이 맺혔다. 개방 제자들을 살린 후에 다시 돌아와 시체를 수습하리라 다짐한 풍천개는 서

둘러 왔던 길을 되짚었다.

2

풍천개가 떠나고 으스스한 울음을 울던 산새마저 갑자기 울음을 멈췄다. 그리고 얼마 후,

바스락!

산짐승이라도 나타났음일까? 적막한 강산에 기척이 일었다. 마침 한줄기 달빛이 나뭇가지 사이를 헤치고 나오는 그림자를 비추었다.

아무렇게나 흐트러진 머리, 진물이 흐르는 섬뜩한 눈. 멀리 사라져 버린 줄 알았던 고독정이 달빛 아래 다시금 모습을 드러내고 있었다.

고독정은 섣불리 움직이지 않고 한참을 제자리에서 눈동자를 데굴데굴 굴렸다. 감각을 끌어올려 사방을 경계하는 모습이 영락없이 쥐새끼 같다. 그러기를 일다경.

고독정은 그제야 풍천개가 돌아갔음을 확신했는지 계곡물을 건너 정확히 풍천개가 흑백괴동을 올려놓았던 나무등치에 섰다. 멀리 가는 척 연기한 후 다시 돌아와 음영 속에서 풍천개의 행동을 낱낱이 지켜본 그였다.

"켈! 개방의 장로란 놈도 결국은 어쩔 수 없구나. 빌어 처먹을 협객, 협객 하더니 결국 팔은 안으로 굽기 마련이렷다? 케헤헤헤……!"

고독정은 득의만면하여 한동안 웃음을 그칠 것 같지 않았는데, 급작스레 웃음을 뚝 그쳤다. 그의 얼굴에 기이한 표정이 스쳤다. 아무도 없는 산중에서 홀로 자지러지게 웃다가 누군가가 보고 있음을 알았다면 바로 이런 민망한 표정이 나오리라.

"쯧, 왜 그치느냐? 더 웃지 않고?"

고독정의 얼굴에 잠시 스쳤던 민망함은 곧바로 분노로 바뀌었다.

"켈! 네놈은 무엇 하는 늙은이더냐!"

고독정의 시신이 향한 곳은 방금 전 자신이 서 있었던 계곡 건너편 바위였다. 그 바위 위에 언제부턴지 허리가 거의 구십 도로 굽은 노인 하나가 서 있었다. 유감스럽게도 숲인데다 노인이 달을 등지고 있어 상대의 정확한 얼굴 윤곽은 볼 수가 없었다.

정체를 알 수 없는 노인이 짚으로 엮은 망태를 흔들며 말했다.

"이놈아, 이걸 보고도 묻느냐?"

억세풀로 엮은 망태 밖으로 풀잎이 한가득 삐져나와 있었다. 망령이 들지 않고서야 풀을 캤을 리 없으니 약초임에 분명했다. 어느 면으로 보나 나이 든 약초꾼이 약초를 캐다 해가 저물어 하산 시기를 놓친 모습 그대로였다.

"켈! 미친 늙은이, 지금 이놈이라고 했느냐? 정녕 관에 눕고 싶어 환장을 하였더란 말이냐?"

고독정의 협박이 두렵지도 않은지 노인이 곧바로 맞받아

쳤다.

"허! 천하에 버르장머리없는 놈이로다. 어린놈이 어른을 공경하지는 못할 망정 뭐가 어쩌고 어째?"

고독정은 피가 거꾸로 솟았다. 이제 칠십을 바라보는 나이에 어린놈이라는 소리를 듣게 될 줄이야.

"켈! 오냐, 뒈지는 것이 소원이라면 못 들어줄 것도 없지."

입에 거품을 물며 팔을 동동 걷어붙이는 고독정에게 노인이 직격탄을 날렸다.

"그 나이를 처먹고도 예의범절을 모르는 것을 보니 네놈이야말로 맞아야겠다. 네놈 어미 아비가 오냐오냐하며 가르친 탓인 게야!"

"이런 찢어 죽일 늙은이가!"

고독정이 뜨거운 콧김을 뿜으며 살기를 줄기줄기 흘렸다. 한데 노인은 그에 아랑곳 않고 주위에 나뭇가지를 주섬주섬 챙기더니 털썩 주저앉았다.

"이놈아, 잠시 기다려라. 내 기력이 달리니 배 좀 채우고 혼을 내주마."

고독정이 노인의 행동에 하도 기가 찬 나머지 잠시 멈칫하는 동안, 노인은 부싯돌을 꺼내 나무에 불을 붙이고 있었다. 익숙하게 불을 사른 노인은 망태를 뒤적여 내용물을 꺼내놓았다. 약초만 든 줄 알았던 망태에서 팔뚝만 한 물고기가 두 마리나 나왔다.

노인이 살 오른 물고기를 보며 흡족한 미소를 지었다.

"산신님이 이 늙은이가 배가 고픈 것을 아시고 물고기를 주시지 않았겠느냐? 보거라, 착하게 살면 이렇게 복을 받는 게다."

산신령이 물고기를 주었다? 이제 보니 노망이 들어도 단단히 든 늙은이가 아닌가. 더 다퉈봐야 자신의 꼴만 우스워질 일이다.

그렇다고 살심을 거둔 것은 아니었다. 지금껏 이유없는 살인을 밥 먹듯이 지질러 온 고녹정이다. 노망이 들었다고는 해도 자신에게 어린놈 운운했던 사람을 살려둘 그가 아니었다.

마음 같아서는 시원하게 사시를 꺾어 죽이고 싶었지만, 그러려면 앞에 놓인 물을 건너야 했다. 천하의 고독정이 노망 든 노인 하나 잡자고 찬 물에 발을 담그는 수고로움을 감수했다면 세상이 비웃을 일이었다.

고독정은 고심 끝에 물살에 매끈하게 깎인 주먹만 한 돌 하나를 집어 들었다. 번거로움을 피해 돌로 간단하게 머리를 터뜨려 죽일 요량이었다.

뼈가 오도독 꺾이고 독에 살이 녹아드는 짜릿한 맛이야 없겠지만, 생각해 보니 돌에 맞아 머리가 터져 죽는 모습도 나름 흥취를 돋울 것 같았다.

그런데 막 계획을 실행에 옮기려던 고독정이 엔일인지 중간에 멈칫 동작을 멈췄다. 노인은 불에 올리기 전, 물고기를 나무에 꿰고 있었다. 고독정의 시선은 바로 그 물고기에 닿아 있었다.

고독정의 입가에 야릇한 미소가 걸렸다. 그는 물고기가 중독되어 죽은 것임을 단번에 알아보았다. 산신이 물고기를 주었다더니, 조금 전 물속으로 던진 독 때문에 죽어 떠내려 오는 물고기를 건진 모양이었다.

노인은 물고기에서 시선을 떼지 못하고 있는 고독정의 모습을 보며 혀를 찬다.

"쯧, 네놈도 먹고 싶으렷다? 하나, 이놈아, 아서라. 무릎을 꿇고 잘못을 싹싹 빈다면 모를까, 그전에는 어림도 없느니라."

고독정이 실소하며 말했다.

"켈, 나는 먹고 싶은 마음이 추호도 없으니 늙은이나 배터지게 처먹도록 해라."

얼마 지나지 않아 고기 익는 냄새가 솔솔 풍기기 시작했다. 독이 든 물고기임을 아는데도 절로 침이 고인다. 그 정도로 향이 고소했다.

독이라 하면 으레 쓰고 역겨운 맛을 생각하기 쉬우나, 그건 몰라서 하는 소리다. 극독일수록 달콤한 맛과 향으로 사람을 유혹한다. 지금 풍기는 향이 이토록 고소하다는 것은 그만큼 물고기에 든 독이 강하다는 반증이었다.

"고놈 참 맛있겠구나."

노인은 노릇노릇 익은 물고기를 한 치의 망설임도 없이 크게 한입 베어 물었다. 씹지도 않고 꿀꺽 삼킨 노인은 뜨겁지도 않은지 게 눈 감추듯 한 마리를 먹어치웠다.

"이제 한 마리 남았다. 이놈아, 어떠냐, 이래도 빌지 않을 테냐?"

"켈, 일없으니 마저 처먹도록 해라."

"이쯤해서 빌면 봐주려고 했건만 영 사람이 되기는 틀린 놈이로다. 오냐, 기다려라. 마저 먹고 네놈 볼기짝을 흠씬 두들겨 패주마."

노인의 입속으로 바싹 탄 꼬리까지 사라졌을 때였다.

"케헬헬헬!"

고독정이 난데없이 광소를 터뜨렸다.

"어린놈이 노망이라도 들었더냐? 왜 갑자기 웃는 게냐?"

노인의 말에 고독정이 웃음을 뚝 그치며 말했다.

"그건 뒈져서 염라대왕에게 물어보도록 해라."

"뭐라?"

의문을 표하는 노인에게 고독정이 버럭 소리쳤다.

"거꾸러져라!"

잠시 정적이 감돌았다.

한참 만에야 노인이 입을 열었다.

"미친 녀석이로다. 네놈이 무슨 신통력이라도 있는 줄 아느냐? 거꾸러지란다고 노부가 거꾸러지게?"

고독정은 고개를 갸웃했다. 이상하고 괴상한 일이다. 이 정도면 내장이 녹아내리고도 남을 만한 시간이다. 한데 피를 보하고 뒈지기는커녕 노인은 멀쩡하기만 했디. 그럴 리아 없겠지만 어찌 보면 멀쩡한 정도가 아니라 아까보다 더 팔팔해진 것 같기도 했다.

고독정의 머릿속에 물고기를 불에 굽던 모습이 떠올랐다.
설마 열기에 독이 날아가기라도 했단 말인가? 생각이 거기까
지 미쳤지만 고독정은 고개를 저어 부정했다.

"켈, 아니야. 그럴 리가 없지. 노부의 독이 어떤 독인데 그깟
불에 노출되었다고 사라지랴?"

"이놈아, 지금 뭐라고 지껄이는……."

노인이 말하다말고 갑자기 얼굴을 일그러뜨렸다. 원인을 알
지 못해 난감해하던 고독정은 그제야 득의한 웃음을 터뜨렸
다.

"켈! 그러면 그렇지!"

고독정이 쾌재를 부르고 있을 때, 입속에 손가락을 넣고 괴
로운 표정을 짓고 있던 노인이 이내 정상을 되찾았다. 고독정
의 입장에서는 황당한 노릇이었다.

"켈? 안 뒈졌다? 왜! 어째서?"

"얼빠진 놈이로다. 세상에 어떤 사람이 입안에 그깟 생선 가
시 하나 박혔다고 죽는단 말이냐?"

"뭐라? 생선 가시?"

"오냐, 급하게 먹느라 입안에 생선 가시가 걸린……."

노인은 말하던 도중 갑자기 불편한 안색을 띠었다. 고독정
의 얼굴에 다시 화색이 돌려는 찰나, 노인은 '꺼억' 하고 트림
을 하더니 또다시 멀쩡해졌다.

자신을 놀린다 싶을 정도로 기가 찰 노릇이었다.

"배도 채웠겠다, 이제 네놈을 혼내주는 일만 남았구나."

겉모습뿐만 아니라 노인은 정말 아무렇지도 않게 일어났다.

독이 든 물고기가 아니었다? 결국 그렇게밖에 생각할 수 없었다. 하릴없이 시간만 낭비하지 않았는가.

고독정은 괜스레 부아가 치밀어 올랐다.

"재수없는 늙은이, 죽여도 쉽게 죽이지 않으리라!"

"노부야말로 귀엽게 봐주고 넘어가려 했더니라. 하나 네놈 하는 꼴이 못내 수상쩍구나. 그냥 두었다가는 여러 사람이 상할 터!"

고독정은 노인의 새삼스레 진지해진 음색에 흠칫 놀라고 말았다. 그냥 진지해진 것만이 아니다. 내력이 섞인 것도 아닌데 말로 형언키 힘든 어떤 힘이 음성에 내재되어 있었다.

간이 철렁 내려앉았다.

'이건 아니다.'

오랫동안 강호를 주유하여 얻은 날카롭게 선 감각이 그렇게 말하고 있었다. 고독정이 놀람을 채 가라앉히기 전이었다.

스르르!

고독정의 눈이 화등잔만 하게 떠졌다.

별다른 도약도 없었건만 노인의 신영이 바위 위를 두둥실 떠오른다. 두 자쯤 솟아오른 노인의 신영은 수직으로 떠오르는 걸 멈추고 이번에는 계곡 쪽으로 향했다. 행보가 비단결 흐르듯 너무도 부드러웠다.

분명 가슴 어림까지 차오르는 깊이건만 노인은 계곡물에 발목까지도 잠기지 않았다. 물 위를 숫제 걸어오고 있다. 거의

구십 도로 굽어 있던 허리도 언제 그랬냐는 듯 곧게 펴져 있었
다.

고독정의 본신에 품은 무위도 무시할 정도는 아니었지만,
절정의 기량과는 거리가 있었다. 그러나 평생 독을 주무기로
사용하다 보니 눈치 하나만큼은 누구도 부럽지 않았다.

그 장점이 즉각 발휘되었다. 거의 뇌가 뻣뻣해질 정도로 놀
란 그였지만, 순식간에 지금 자신이 해야 할 일이 무엇인지 깨
달았다.

'상대는 이제껏 본 적이 없는 고수. 도망치지 않으면 죽는
다!'

다행히 경공 하나만큼은 어떤 절정 고수도 부럽지 않은 터.

쿵! 파팟!

고독정은 지팡이를 힘껏 찍는 동시에 전력으로 발을 굴렀
다. 고독정의 앙상한 몸은 엄청난 탄력을 받고 검게 물든 허공
을 향해 튕겨졌다.

"감히!"

도망치는 고독정의 등 뒤로 노인의 추상같은 음성이 뒤따랐
다. 그리고 거짓말 같은 일이 벌어졌다. 온 힘을 다해 도주하
던 고독정이 난데없이 허공에서 지상으로 내리꽂힌 것이다.

쿵!

"켁?"

고독정은 허공에서 보이지 않는 망치가 머리를 세차게 내려
치는 충격을 받았다. 하지만 목숨을 건지려면 아플 틈도 없었

다. 그는 깨질 것 같은 머리를 부여잡고 다시 도망치려 했다. 하지만 그것은 부질없는 몸부림에 지나지 않았다. 그의 몸은 곧 자신의 의지와는 상관없이 뒤쪽으로 맥없이 이끌려 가기 시작했다.

"켈! 이런 말도 안 되는 일이! 이, 이건 악몽이다!"

이건 꿈이다. 악몽도 이런 악몽이 없었다. 하지만 정수리에서 느껴지는 통증은 꿈이라기에는 너무 생생했고, 엄습하는 공포 또한 이성을 마비시킬 정도로 너무도 컸다.

몸을 돌려 바라보니 괴물 같은 노인이 방금 전까지 자신이 섰던 자리에 서서 한 팔을 앞으로 뻗는 자세를 취하고 있었다. 믿기지 않는 일이었지만 막대한 흡입력은 장심(掌心)으로부터 나오고 있었다.

노인의 손은 정확히 그의 목 부위를 향해 있었다. 이대로라면 노인의 손아귀에 목이 틀어 잡히는 것은 시간문제였다.

노인은 인간의 범주를 벗어난 무위를 보이고 있었다. 아니다. 이런 무공이 있을 리가 없었다. 이건 악마의 힘이라고밖에 설명이 안 된다.

그렇게 생각하자 어둠에 가려진 노인의 모습이 정말 악귀처럼 보였다.

그간 사람 목숨을 파리 목숨 다루듯했고 손가락으로 꼽을 수 없을 정도로 숱한 사람을 죽였다. 기어이 하늘의 진노를 사고 말았단 말인가.

극도의 공포에 사로잡힌 고독정은 자신을 지옥의 불구덩이에 처넣기 위해 사신이 방문했다고 생각했다.

"케헥, 괴, 괴물! 저, 저리 가라. 나, 난 죽기 싫다, 죽기 싫어!"

고독정은 아무리 안간힘을 써도 끌려가는 것을 막을 수 없자, 보물처럼 간직하고 있던 수백 종의 독을 무차별적으로 노인에게 던졌다.

기름종이에 감싸져 있던 분말 형태의 독이 뿌옇게 흩어지는가 하면, 액화 독이 비처럼 흩뿌려져 땅에 스며들었다. 독이 닿은 곳은 금세 독이 되었다.

독 가루에 노출된 풀잎은 순식간에 누렇게 말라 죽었고, 독이 스며든 땅에서는 희뿌연 연기가 부글부글 끓어올랐다.

그러나 정작 노인은 멀쩡했다. 독에 닿고도 멀쩡한 것이 아니라, 아예 독 자체가 노인에게 범접하지 못했다. 보이지 않는 방어막이라도 쳐진 듯 노인 주변으로는 액체든 분말이든 얼씬도 하지 못했다.

고독정의 몸부림은 이렇듯 허무하게 끝나고 이내 노인의 손아귀에 목이 틀어 잡히고 말았다. 금세 얼굴에 푸른 힘줄이 곤두선다. 고독정은 발버둥 치며 빠져나오려고 애썼지만 한번 조여든 노인의 손은 마치 강철처럼 옥죄어들었다.

"켈! 크르륵."

고독정의 얼굴이 푸르다 못해 검게 물들어가더니 점차 몸부림이 잦아들고 바지가 흥건히 젖어들었다.

눈동자에서 생의 기운이 빠져나갈 즈음,

철퍼덕!

"헉, 꺼억!"

노인이 고독정의 목에서 손을 풀었다. 노인은 고독정이 지옥의 문턱에 발을 들이밀었다가 가까스로 이생으로 귀환하는 모습을 내려다보며 중얼거렸다.

"살려두면 쓸모가 있을지도 모르지."

노인은 내리깔았던 시선을 이번에는 나무 위로 향했다. 실낱보다도 약한 두 가닥 호흡을 노인은 놓치지 않았던 것이다.

"목숨 하나는 지독히도 끈질긴 녀석들이로군. 녀석들에게 해약을 먹여라."

"켈! 존명!"

고독정의 음성에 완벽한 굴종의 의지가 엿보였다. 얼굴이 눈물과 콧물로 범벅이 된 고독정은 마치 노인의 명을 듣는 것만이 살길이라는 듯, 흑백괴동을 나무에서 내려 바닥에 반듯이 눕히고 해약을 입으로 가져갔다.

그러나 죽기 일보 직전인 자가 해약을 제대로 삼킬 리가 없었다.

고독정은 흑백괴동의 목숨이 끊어지면 자신도 살아남지 못하리라는 것을 직감했다. 그는 마치 부모의 목숨이 경각에 이른 양 해약을 꼭꼭 씹어 침과 함께 흑백괴동에게 차례로 먹여주었다. 그래도 질 넘기시 못하자 땀을 뻘뻘 흘리며 계곡에서 물을 날라 먹이는 수고도 마다하지 않았다.

고독정은 해약을 간신히 먹인 연후에도 애가 달았다. 해약을 너무 늦게 썼다. 흑백괴동은 간신히 한가닥 생명의 끈만 부여잡고 있을 뿐, 신진대사가 거의 정지한 상태였다. 이래서는 해약을 흡수하지 못한다.

추궁과혈을 통해 인위적으로 신진대사를 촉발시키는 수도 있기는 했지만, 내가 고수가 아닌 이상 시도 자체가 불가능했다.

"쯧, 모자란 것."

노인이 혀를 차자 고독정이 부르르 떨며 말했다.

"켈! 주인님! 목숨만은 살려주십시오."

"입 다물고 물러서거라."

고독정이 무릎걸음으로 기다시피 물러서자 노인은 침을 꺼내 순식간에 흑백괴동을 고슴도치로 만들어놓았다. 그동안 고독정은 넙죽 엎드린 채 감히 고개조차 들지 못했다.

말없는 시간이 지나갔다. 흑백괴동은 침술의 효력이 나타나는지 점차 혈색이 좋아지고 있었다. 그러나 워낙 해약을 늦게 복용한 탓에 쉽게 깨어나기는 힘들어 보였다.

한참 만에 노인의 입이 열렸다.

"네놈의 악행이 도를 넘었구나."

고독정은 부르르 떨었다. 칠십 평생 결단코 이 같은 음성을 들어본 적이 없었다.

노인의 음성은 잔잔하면서도 가슴을 압박하는 위엄으로 가득했다. 듣는 자로 하여금 절로 복종토록 만들었다. 불과 얼마 전까지 고독정과 말싸움을 벌이던 해악적인 모습은 온데간데

없었다. 정녕 이 세상 사람이 아닌 듯했다.

"노부를 따르겠느냐, 예서 쓸모없는 목숨을 버리겠느냐?"

고개를 땅에 처박은 채 눈을 질끈 감고 있던 고독정은 눈을 번쩍 떴다. 꼼짝없이 죽었다고 생각했다. 한데 생의 길이 열리고 있었다.

눈앞의 노인이 보름달이라면 풍소백은 반딧불이다. 불과 얼마 전까지 반딧불을 주군으로 섬기던 그인데 달을 따르지 못할 건 또 무언가. 이런 주인을 모신다면 세상에 두려워할 것이 무에 있으랴. 오히려 받아달라고 애원해도 모자랄 판이다.

"켈, 주군이시여, 삭신이 닳아 없어질 때끼지 따르오리나."

"네 녀석은 노부가 누구인 줄이나 알고 따르겠다는 것이냐?"

고독정은 자신의 충성이 의심받을까 두려워 즉시 이마를 찧었다.

쿵! 쿵! 쿵!

"켈! 이 늙은이는 주군이 설령 악마라 해도 따를 것이외다."

"노부는 약초나 캐던 늙은이니라."

약초 캐는 노인이라 했다. 세상에 약초 캐는 노인이 어디 한 둘일까마는,

'약노라… 약노… 약노…….'

한데 어디선가 늘어본 듯도 하다는 생각이 들었다.

고독정은 버릇대로 눈동자를 데굴데굴 굴렸다. 순간 퍼뜩 떠오르는 인물이 있었다. 당대 황제의 바둑 선생, 아니, 얼마

전 기대조의 자리에서 물러난 노인이 약노라 불렸던 것이 생각났다. 그 약노라면 약초 캐는 늙은이의 대표라 할 만했다.

고독정은 그럴 리가 없다고 생각하면서도 달리 생각나는 인물이 없어 물었다.

"켈, 주군께서는 혹여 황상의 스승으로 계신 적이 있지 않사오이까?"

"영 쓸모없는 놈은 아니로구나. 노부는 하늘과 맞닿은 산에서 약초나 캐며 세월을 보내다 적적하여 황상과 더불어 바둑을 논하였더니라."

눈치 빠른 고독정이 눈을 찢어져라 부릅떴다. 고독정은 심장이 당장 멎어도 이상하지 않을 정도로 경악에 차 있었다.

하늘과 맞닿은 산, 천산(天山). 천산의 다른 이름은 기련산이 아니던가.

기련산은 중원에서 수만 리나 떨어진 산이다. 그럼에도 기련산은 중원무인들에게 아득한 동경과 경외심을 선사한다. 단 한 사람으로 인해.

고독정이라고 예외가 아니었다.

중원에 쌍선(雙仙)이 있다면 관외에 일존(一尊)이 있다.

"켈! 관외일존, 기련존자!"

고독정은 스스로 말하고도 크게 놀라 양손으로 입을 틀어막았다.

무림인에게 있어 기련존자라는 이름이 가지는 힘은 남달랐다. 다름 아닌 정마쌍선에 비견되는 유일한 사람이 바로 그인 것이다.

그러나 무림의 거대한 별임에도 불구하고 기련존자에 대해 알려진 사실은 거의 없었다.

물론 쌍선도 마찬가지로 비밀에 싸인 인물들이기는 했다. 하지만 정선의 경우는 무당파의 전설로서 소재가 명확했다. 또한 그가 사용하는 병기가 무엇이며 절기가 무엇인지 대충은 알려져 있었다. 무당파 도사가 아닌 일반인들 중에도 그를 만난 적이 있나고 증언한 자 또한 수두룩했다.

열에 아홉은 허풍이라 쳐도 정선이 당대에 생존해 있는 것만은 분명했다.

마선의 경우도 마찬가지였다. 그에 대한 진실된 이야기야 강호인들 태반이 자세히 모르고 있기는 했지만, 각 대문파의 고위층 인사들은 마선에 대해 자세히 알고 있었다.

그러나 기련존자만큼은 달랐다. 그는 철저히 비밀에 싸여 있었다. 독문병기가 무엇이며 어떤 무공을 사용하는지 진혀 알려진 바가 없었다. 심지어 나이가 몇이고 어떻게 생겼는지조차 알려진 바가 없었다.

물론 그를 만났다고 떠벌리고 다니는 자가 없지는 않았지만 전혀 신빙성이 없었니.

그렇다면 어떻게 그도록 철서히 비밀에 싸인 사람이 어떻게 쌍선과 견주어지게 된 것일까. 거기에는 그만한 이유가 있었다.

기련존자라는 이름이 처음 흘러나온 것은 무당파에서부터였다.

정선이 검도의 궁극을 찾아 무당파를 나선 지 꼬박 칠 년 만에야 천하 주유를 마치고 무당파로 돌아왔다.

그날 저녁 정선을 둘러싸고 당대 무당파의 장문 무오를 비롯한 모든 장로들이 모여 앉았다. 모두의 궁금증을 대변하듯 무오 장문이 떨리는 음성으로 입을 열었다.

여보게, 그래, 검도의 끝을 보았는가?

정선을 향한 시선에 타는 목마름이 담겼다. 하나같이 고개가 끄덕이기를 바라는 간절한 눈빛들.

여태껏 그 누구도 닿지 못한 검도의 끝. 그 전인미답의 경지를 무당파의 존장인 정선이 밟게 된다면 무당파는 구파의 수장을 넘어 영원히 강호의 전설로 남을 터였다.

선정에라도 든 것일까? 정선은 타는 목마름을 외면하고 눈을 감은 채 묵묵부답이었다.

천만 근이나 되는 침묵이 무겁게 내실을 짓눌렀다. 수십 쌍의 시선에 핏발이 곤두서기 시작할 즈음, 비로소 정선의 고개가 움직였다.

직후 여기저기서 장탄식이 터져 나왔다. 고개가 위아래가 아닌, 좌우로 움직였던 것이다.

곧 정선의 입에서 납득할 만한 말이 조용히 흘러나왔다.

세상은 끝없이 광대하였네. 어쩌면 검도의 끝이란 건 없을
지도 모르지.

크게 실망한 무오와 뭇 장로들과는 달리 눈을 반개한 정선
은 오히려 옅은 미소를 짓고 있었다. 음성에도 담담함을 넘어
웃음기마저 감돌고 있었다.
자그마치 칠 년이다. 그토록 오랜 세월 동안 한 치 앞도 나
가지 못하고 제자리걸음을 한 셈인데 미소를 짓는다? 누가 봐
도 쉽게 이해할 수 없는 장면이었다.
정선과는 같은 사부 밑에서 동문수학하여 누구보다도 그를
잘 안다고 생각했던 무오는 혼란에 빠졌다. 정선은 칠 년 전
그가 알던 사람이 아닌 것 같았다.
그가 아는 정선은 혼(魂)과 신(神)이 오로지 검을 향해 있는,
그 자체가 한 자루 보검인 사람이었다. 목표를 정했으면 반드
시 도달하고야 마는 집념이 있었다. 실령 그 길에 어떤 난관이
있더라도 결코 돌아감 없이 단칼에 베어 넘기고 올곧게 걸어
가는 그런 사람이었다.
그러한 성품이야말로 천부적인 재능과 더불어 정선을 무낭
을 넘어 전 무림의 최고수로 우뚝 설 수 있게 해준 원동력이었
나.
그런데 칠 년 만에 돌아온 정선은 달랐다. 그는 어쩌면 검도

의 끝이란 건 없을지도 모른다고 했다. 설령 그런 것이 있다고 해도 잡지 못해도 상관없다고 했다.

아무리 노력해도 닿지 않은 목표에 자포자기를 한 것인가, 아니면 세상을 달관한 것인가.

정선의 달라진 모습에 무오 진인은 웃어야 할지 울어야 할지 갈피를 잡지 못했다. 무엇이 이토록 정선을 변하게 한 것일까.

무오와 장로들의 눈에는 짙은 의문이 아로새겨질 즈음,

정선의 눈가에 아련한 그리움이 깃들고 굳게 닫혀 있던 입이 다시금 열렸다.

천산, 그곳에서 빈도는 한 사람을 보았네. 믿을 수 없도록 강한 친구를.

정선은 무당을 떠난 칠 년 중 오 년이란 시간을 세외의 대산, 천산에서 보냈다고 했다. 그가 그토록 오랜 시간 천산에 발이 묶인 것은 천산의 험한 지세도, 기기묘묘한 경치도 아니었다고 했다.

정선이 천산의 이름 모를 준령에서 만난 한 사람.

정선은 그와 더불어 달이 차고 해가 가도록 무예와 기예에 대해 논했다. 일 년이 하루 같았고, 오 년이 닷새처럼 지나갔다고 했다.

무오 진인과 장로들은 경악하고 말았다. 정선의 무위와 기

예는 이미 중원제일로 추앙받고 있었다. 바둑으로는 기성(棋
聖)이라 일컬어지고 있었고, 검으로는 신선이라는 칭호를 듣
고 있었다.

그런 그와 더불어 기예와 무예를 논할 정도의 인물이 있다
니?

무오 진인이 마른침을 삼키며 기인의 정체를 물었을 때 정
선은 예의 옅은 미소만 머금은 채 고개를 가로저었다. 마치 더
이상 말하면 기인과의 추억이 멀리 날아갈 것을 염려하는 듯
해 누구도 더 이상 묻지 못했다.

고독정이 기련존자에 얽힌 이야기를 더듬고 있을 때, 약노
가 말했다.

"이후로는 약노라 부르도록 해야 할 것이다."

고독정은 목이 끊어져라 끄덕였다. 인세에서 가장 강하다는
세 사람 중 하나를 목전에 둔 그는 꿈인지 생신지 도무지 정신
을 차리지 못했다.

그때였다.

"끄응!"

"으음!"

약속이라도 한 듯 흑백괴동이 괴로운 신음과 함께 깨어났
다.

"기부좌하여 내식을 조절하라."

흑백괴동은 사경을 헤매다 가까스로 생로에 들어섰다. 그리

고 항거할 수 없는 기운을 지닌 음성을 듣고 무엇에 이끌리듯 가부좌를 틀었다.

엄청난 신분을 드러낸 약노는 흑백괴동의 모습에 고개를 끄덕였다.

"제법 쓸모있는 놈들이로다."

고독정의 얼굴이 해쓱해졌다. 자신에게는 쓸모없는 녀석이라 했는데 흑백괴동에게는 도리어 쓸모있는 놈이라 하지 않은가.

자신을 버리고 흑백괴동을 수하로 쓰겠다면 그로서는 달리 방도가 없었다. 스스로 생각해도 자신보다는 두 난쟁이 늙은이들이 더 쓸모가 있을 것 같았다.

그렇지 않아도 흑백괴동이 깨어나면 기댈 곳은 기련존자밖에 없는데 철석같이 믿었던 그가 이리 나오니 안절부절못하는 고독정이었다.

第四章
급변

급변 1

풍소천의 죽음이 몰고 온 파장은 실로 지대했다. 상황이 순식간에 급반전되어 물러가기로 마음먹었던 풍소백이 생각을 바꾸었다. 당연한 일이었다.

만평은 정신이 혼미한 와중에도 전신의 털이란 털은 모조리 곤두서고 안면 근육이 따끔거리는 것을 느꼈다. 모골이 송연하다는 말로는 턱없이 부족한 느낌이었다.

덕분에 찬물이라도 한바탕 뒤집어쓴 것처럼 흐릿했던 정신이 약간 돌아왔다. 하지만 그뿐이었다. 진기가 제대로 돌지 않아 시야는 여전히 어둑어둑했고, 귀도 먹먹했다.

그때였다.

"아무래도 우리에게 다음이란 없을 것 같군."

풍소백의 말이 있은 직후,

웅!

풍소백의 손에 들린 유엽도가 한 서린 울음을 토하며 살기를 내뿜었다. 살기가 향하는 곳이 어딘지 가늠한 무한은 다급히 외쳤다.

"만평!"

무한이 만평의 이름을 외침과 동시에 화우성의 가슴에서 피분수가 뿜어져 나오고, 무한이 있던 자리에는 한 쌍의 깊은 발자국만 남았다.

꺼지듯 자취를 감추었던 무한이 모습을 드러낸 곳은 풍소백의 측면이었다. 네 번째 현마진린보의 발동이었다.

현마진린보로 단숨에 거리를 일축한 무한은 혼신의 힘으로 쾌검을 쏟아냈다.

쐐액!

쩡!

주위 무사들이 귀를 싸잡고 비틀거릴 정도로 엄청난 금속성이 터지며, 불꽃이 사방으로 튀어 잠시 주위 경관이 환해졌다.

무한과 풍소백은 충돌 지점으로부터 각기 다섯 걸음씩 밀려났다.

만화와 유엽도의 부딪침. 아니다. 풍소백의 손에 들린 병장기는 유엽도가 아니었다. 검신이 두툼하고 손잡이 부분에 붉은 용 무늬 장식이 달린 범상치 않은 도였다. 그것은 경천도 풍소백의 상징인 적룡보도(赤龍寶刀)였다.

그렇다면 풍소천의 유엽도는 어디로 갔단 말인가. 그렇지 않아도 창백해진 무한의 안색이 급격히 어두워졌다.

무한의 시선이 급히 삼층으로 향했다.

퍼억!

마침 유엽도가 물결치듯 어둠을 갈라내며 솟구쳐 올라 누군 가의 넙적한 등 한복판에 틀어박히고 있었다. 그 모습이 꿈결 처럼 비현실적으로 느껴졌다.

족히 보통 사내의 두 배는 됨직한 등이다. 그리고 만평과 같 이 파르라니 깎은 머리를 하고 있었다. 얼굴을 보지 않아도 누 구인지 알 수 있다. 만평을 얼싸안고 대신 도를 맞은 사람은 중평이었다.

"컥!"

중평의 굳게 다문 입술을 비집고 기어이 외마디 비명이 터 졌다. 그 고통에 찬 신음은 무한을 인정하기 싫은 냉정한 현실 로 끌어냈다.

만평은 작금의 현실을 언뜻 이해하지 못했다. 아니, 믿을 수 가 없었다. 피를 너무 흘려서 헛것을 보고 있다고 생각했다. 그렇지 않고서야 이런 일이 일어날 리가 없었다.

"흐흐, 사형보다야… 살가죽 두꺼운 이 아우가 맞는 것이 낫 지 않겠소이까?"

"중평 사세, 이건 꿈일 거야. 그렇지?"

"에, 사형. 이건… 꿈… 꿈입니다. 꿈이고말고요."

중평의 입에서 나오는 말이 갈수록 힘겨워진다. 간신히 말을 마친 중평이 칼을 꽂은 채 무한을 향해 천천히 돌아섰다. 앞가슴에 삐죽이 나와 있는 칼끝에 선홍색 피가 방울졌다.

중평의 부릅떠진 눈과 무한의 떨리는 시선이 얽혀들었다.

"저… 전……."

중평은 할 말이 있었다. 꼭 해야 하는데 말이 나오지 않는다. 영감을 때려눕혀서 사형과 사제들만이라도 안전하게 지켜달라고 말해야 하는데 눈앞에 캄캄해진다.

무한은 가슴에서 뜨거운 것이 울컥 솟아올라오는 것을 느꼈다.

사숙이 원망스럽습니다. 왜 날 지켜주지 않았습니까.

중평의 눈은 그렇게 말하고 있었다. 사실이 아니었지만 무한은 중평의 눈이 그렇게 말하고 있다고 생각했다.

시선이 교차한 것도 잠시, 중평이 이내 한쪽 무릎을 꿇었다. 그리고 기어이 육중한 몸을 지탱하지 못하고 바닥에 몸을 눕혔다. 비틀거리면서도 기어이 쓰러지지 않고 버티던 만평도 뒤이어 쓰러지고 말았다.

어떤 상황에서도 흔들림이 없었던 무한의 시선이 걷잡을 수 없이 떨렸다. 이런 일만은 일어나지 않기를 바랐다. 하지만 세상은 냉혹한 현실 세계로 무한을 내동댕이쳤다.

"아악! 사형!"

경악에 찬 오평의 음성이었다. 이어 청평이 오열하는 소리가 가슴을 후벼 팠다.

"이게 웬일입니까. 사형들, 정신 차려요! 눈을 뜨란 말입니다!"

무한은 가슴에서 무언가 뜨거운 것이 복받치는 것을 느꼈다. 마음 같아서는 당장 만평의 상세를 확인하고 싶었다. 하지만 그는 자리를 떠날 수 없었다.

"청운!"

"예? 예, 말씀하십시오."

넋 나간 표정으로 삼층을 올려다보고 있던 청운이 무한의 부름에 떨리는 음성으로 답했다. 그에게도 만평의 일이 꽤나 큰 충격이었던 모양이다.

"남은 이들을 데리고 이곳을 떠나라."

이곳 삼성각은 지하 통로가 마련되어 있어 유사시 탈출로를 확보해 놓고 있었다. 삼성각뿐만이 아니다. 남경에서 북경으로 향하는 여러 갈래 길에 위치한 수십 개의 여곽이 그러한 용도로 비밀 통로를 마련해 두고 있었다.

태자는 경천신문이 도착하기 전 명탁의 호위하에 이미 통로로 빠져나갔고, 세자와 의혈단원들도 습격이 있은 직후에 통로를 통해 빠져나간 후였다.

청운은 하늘을 바라보며 시각을 가늠했다. 이 정도 시간이면 태자 일행이 지하 통로를 충분히 벗어났을 시간이었다.

하지만 청운은 무한의 명령에 선뜻 움직이지 않았다.

"저는 그럴 수 없습니다."

"시간이 없다. 만평과 중평을 살려야 한다. 어서 가란 말이다!"

무한의 음성에 서릿발 같은 노기가 깃들었다.

"하지만……."

"네 걱정이 무엇인지 알고 있다. 난 충분히 빠져나갈 수 있다."

무한의 거듭된 명령이 있고서야 청운이 망설임을 접고 삼성각으로 급히 발길을 돌렸다. 무한이 여러 차례 믿어지지 않는 보법을 선보였기에 충분히 가능하다고 생각한 것이다.

무한과 풍소백이 대치하고 있을 때, 빈객 중 유일하게 목숨을 부지한 설주봉이 풍소천의 시신을 수습한 후 수하들에게 지시했다.

"출입구를 봉쇄하고 불을 놓아라. 나오는 놈들은 태자든 누구든 한 놈도 남김없이 주살하라!"

경천신문의 무인들이 발 빠르게 움직여 삼성각을 둘러싸고 불을 놓았다. 한 귀퉁이에서부터 시작된 불이 삽시간에 건물 전체로 번져 나갔다.

무한은 당황하고 말았다.

"불을 지르다니, 이게 무슨 짓이오!"

설마 상대가 이렇게까지 나올 줄은 생각도 못했다. 쳐들어가지 않고 불을 지르는 것은 오히려 청운 등이 벗어나는 데 시간을 주는 일이다. 하지만 건물 안에는 그들만 있는 것이 아니다. 삼성각의 주인을 비롯해 사환 등 양민들이 다수 있었다.

“아악, 불이다!”

“불이다! 불이 났다!”

예상했던 대로 삼성각 안에서 한바탕 소란이 일었다. 싸움에 휘말리지 않기 위해 외진 곳에 꼭꼭 숨어 있던 사람들이 뒤늦게 건물에 불이 붙은 걸 알고 고래고래 소리치며 서로 빠져나오려 발버둥치고 있었다.

뜨거운 불길을 이기지 못해 삼층에서 뛰어내리는 자가 속출했다. 운 좋게 계단을 통해 먼저 빠져나온 사람들이 있었다.

하지만 목숨을 건졌다는 안도감을 가지기도 진, 기다리던 성난 이리 떼의 칼날이 춤을 추었다.

2

서걱, 서걱!

“아악!”

“으악!”

사람들은 경천신문의 무사들이 휘두르는 무자비한 칼날에 속절없이 목숨을 잃었다. 그렇게 십여 명이 넘는 사람이 순식간에 목과 몸이 분리되어 나뒹굴었다. 뛰어내려 다리가 부러진 사람들은 꼼짝없이 목을 내주었다. 다리가 성한 자라도 몇 걸음 도망치기도 전에 목과 몸이 분리되었다.

건물 밖에서 펼쳐지는 끔찍한 광경에 사람들은 나가는 길이 살길이 아님을 알았다.

“나가지 마라! 사람을 마구잡이로 죽인다!”

밖으로 나오던 사람들은 동료의 참혹한 죽음을 목격하고 비명을 지르며 애써 빠져나왔던 건물 안으로 뛰어들어 갔다. 하지만 얼마 안 가 다시 입구로 몰려나왔다.

지옥이 따로 없다. 앞에서는 살인귀들이 서슬 퍼런 칼을 들고 목을 치려 하고 뒤에서는 매캐한 연기와 함께 살을 태울 것 같은 불길이 이글거린다.

무한은 사람들의 절망 어린 절규에 얼굴이 붉게 상기되었다. 분노가 치밀었다. 중평을 지키지 못했다는 자책감과 더불어 저들의 비인간적인 모습에 화가 솟구쳐 견딜 수가 없었다.

잠깐 만에 다시 수십 명이 목숨을 잃었다. 그러는 동안 건물 전체가 화염에 휩싸였다. 수십 장 떨어진 곳까지 화끈한 열기가 느껴졌다.

풍소백은 끝내 태자와 그의 호위들이 모습을 드러내지 않는데도 별로 놀라지 않았다. 그 모습에 무한은 지독한 한기를 느꼈다. 활화산 같은 분노를 집어삼킬 만한 한기였다.

휘이익, 펑!

경천신문의 무리 가운데서 휘파람 비슷한 소리와 함께 폭죽이 솟아올랐다. 높이 치솟은 폭죽은 수십 장 높이의 허공에 노란빛 찬란한 불꽃을 수놓았다.

무한의 굳어진 모습에 풍소백이 서늘한 음성을 발했다.

“생각보다 단순하구나. 일국의 태자가 이런 허름한 곳에 머물렀다면 그 정도 의심은 해야 정상이 아니겠느냐?”

무한은 풍소백의 말을 중간 중간 알아들었지만, 전체적인 의미를 이해하는 건 어렵지 않았다. 한마디도 알아듣지 못했다 하더라도 무슨 뜻인지 짐작할 수 있었을 터였다. 경천신문의 어느 누구도 당황한 기색이 없는 것만 봐도 일이 틀어졌음을 알 수 있었다.

그가 알고 있는 바 대로라면 경천신문의 빈객은 열두 명이었다. 전열에서 이탈한 흑백괴동과 이곳에 온 셋을 제외하더라도 일곱이 더 있다는 얘기다.

경천신문을 오롯이 비울 수는 없었을 테니 그중 두셋을 제외한다고 해도 네다섯 명은 동원할 여력이 충분했다.

그뿐만이 아니다. 봉공과 빈객을 뺀 경천신문의 주력은 삼대와 일당이라 했다. 그중 일당은 추혼당을 가리키는 것으로, 직접적인 전투보다는 추적과 정보 수집을 담당한다 하였으니 실제 전력은 삼대라고 할 수 있었다.

삼대는 각기 이백여 명 정도로 이루어진 세 개의 무력 조직이다.

이곳에 동원된 자는 이백 내외. 복장으로 판단컨데 모두 같은 대 소속이다.

두 개 대가 빠져 있었다. 일 대가 본문을 지키고 있다손 치더라도 최소 한 개 대는 동원할 여력이 있다고 봐야 했다. 이제야 풍소백과 다른 경천신문 무인들의 얼굴에서 보이는 여유가 이해가 된다.

"태자를 발견 즉시 주살하라는 명령이 하달되었다. 이제는 건널 수 없는 강을 건넌 사이. 자, 망설임없이 보여라, 마선의 무예를!"

풍소백은 자식을 잃은 슬픔마저도 잠시 잊고 오로지 한 명의 무인으로 섰다. 전신에 서린 기운은 무적자의 그것이었다.

그에 반해 무한의 상태는 말이 아니었다. 보법을 무리하게 네 번이나 펼쳐 내력이 바닥을 치고 있었고, 작지 않은 내상마저 입고 있었다. 은밀히 내상을 다스리며 공력을 모았지만 풍소백의 무위를 대적하기에는 턱없이 부족한 수준이었다.

더군다나 완벽히 성공했다고 믿었던 전략이 고스란히 읽힌 마당이라 심적으로도 크게 동요한 상태였다.

이렇듯 싸움을 시작하기도 전에 승패는 반쯤 판가름이 나 있었다. 그러나 피할 수 없는 싸움이었다. 반드시 이겨야만 하는 싸움이기도 했다. 그것도 가능한 빠른 시간 안에.

차르륵!

무한의 마음에 화답이라도 하듯 만화가 고개를 쳐들었다. 파르르 떨리는 검신은 자기가 있는데 무슨 걱정이냐고 꾸짖는 듯했다.

주눅이 들었던가? 이런 믿음직스러운 녀석을 손에 쥐고?

무한은 착 감겨오는 만화의 검파를 더욱 강하게 움켜쥐었다. 검은 금속이다. 심장도 없고 호흡도 없다.

하지만 무한은 만화의 숨소리가 들리는 듯했다. 아니, 틀림없이 만화의 숨소리를 듣고 있었다.

풍소백은 무한이 순식간에 안정된 기색을 되찾는 것을 보며 무겁게 고개를 끄덕였다.

"과연 마선의 제자로다! 오라!"

풍소백의 전신에서 해일 같은 기세가 일어났다. 풍소백은 내심 긴장하고 있었다. 무한이 선보인 바 있는 마선의 보법은 그로서도 여유를 가지고 상대할 수 있는 것이 아니었다.

그러나 무한의 공격은 풍소백의 예상을 완전히 빗나가는 방향으로 전개되었다.

치리리링!

무한의 공격은 풍소백이 예상했던 마황신기의 폭발적인 힘과 현마진린보의 쾌속함 대신 맑은 금속성과 함께 볼을 간질이는 미풍처럼 찾아들었다.

어찌 보면 실소가 나올 정도였다. 그러나 풍소백은 웃지 않았다. 웃기는커녕 불같이 노했다.

"건방진! 노부와 더불어 장난이라도 하겠다는 것이냐!"

수직으로 떨어지는 적룡보도로부터 끈적끈적한 마기가 뿜어졌다. 노도와 같은 기세로 뻗어 나온 경기는 곧장 무한을 집어삼킬 듯이 밀려갔다.

쿠쿵!

파라락!

도에서 뿜어진 경기에 부딪친 만화는 갈피를 잡지 못하고 중심이 휘청 휘어졌다.

주르륵!

무한은 풍소백의 일격을 감당하지 못하고 땅에 깊은 고랑을 만들며 일 장여를 속절없이 밀려났다. 누가 보더라도 절망을 느낄 만한 수준 차였다.

무한은 입가에 흐르는 피를 닦아내며 중얼거렸다.

"역시 쉽지가 않아."

파팟!

말과는 달리 무한은 잠시의 짬도 없이 다시 달려들었다. 계란으로 바위를 치는 것처럼 무모해 보였지만, 보이는 것처럼 생각이 없는 것은 아니었다. 그는 작은 힘으로 큰 힘을 상대해 본 경험이 있었다. 두어 차례 한 자루 검으로 어마어마한 장력을 갈라낸 적이 있었던 것이다.

장력을 쪼갰는데 도기라고 쪼개지 못할 바 없다고 생각했다.

물론 이론상으로는 그랬다. 하지만 이론과 실제는 엄청난 차이가 존재했다.

우— 우— 웅!

슈아악!

풍소백의 연이어진 공격은 첫 번째보다 더욱 살벌하고 매서웠다. 장력과는 차원이 달랐다. 장력이 광범위하게 전신을 덮쳐 오는 것에 비해 도기는 그보다 현격히 압축된 형태로 날아들었다.

장력의 틈을 찾아 갈라내는 것조차 불가능에 가까운 일이었으니, 그보다 수십 배나 응집된 도기를 갈라낸다는 건 아예 있을 수 없는 일이었다.

그럼에도 무한은 살을 에는 마기 속에서 틈을 찾으려 안간
힘을 썼다. 그것 말고는 다른 방법이 없었다.
꽝!
압도적인 힘의 열세가 피부로 느껴졌다. 도와 검이 한차례
교차했을 뿐인데 순간적으로 머릿속이 아득해질 정도의 고통
이 따랐다.
무한의 얼굴에 극심한 고통의 표정이 떠올랐다. 휘몰아치는
경기에 온몸이 부서져 나가는 것만 같았다.
"큭!"
무한은 신음을 어지로 씹어 삼켰다. 숨도 쉬지 못할 정도의
압력이 전신을 지배했다. 한 발을 떼는 데 천 근 무게를 짊어
진 듯 힘겹다. 간신히 좌보를 밟으며 만화를 털었다.
쏴아악!
만화의 끝이 도기의 한자락을 비집고 스며들었다. 하지만
기쁨은 잠시뿐이었다. 풍소백이 도에 마기를 배가시켰고, 동
시에 강력한 반탄력이 생성되어 만화를 밀어냈다. 전신이 쩌
릿쩌릿했다.
입가에 흐르는 피가 확연히 짙은 빛을 띠었다. 내상이 커지
고 있다는 반증이었다. 그나마 위안거리라면 거센 도기를 어
쩌면 쪼갤 수도 있겠구나 하는 희망을 보았다는 것뿐.
풍소백은 내심 무한과의 승부에 긴장하고 있었다. 한데 상
대의 모습은 무기력하기만 했다.
풍소백의 얼굴에 실망의 빛이 드러났다. 그것은 무인으로서

의 실망이었다. 스스로가 몸이 정상이 아님을 밝혔지만 어느 정도는 마선의 후예다운 면모를 기대했던 그였다.

풍소백 정도의 초절한 고수에게 있어 적수를 만나기란 하늘의 별 따기와 같았다. 더욱이 일문의 문주라는 막중한 자리에 오르고부터는 싸움다운 싸움은 포기해야만 했다.

풍소백은 불과 얼마 전까지만 해도 아들을 잃어버린 아비였지만 무인의 본능은 상대가 강하기를 열망하고 있었다. 한데 아쉽게도 원하던 통쾌한 싸움은 할 수 없게 되었다.

그렇다고 예서 멈출 수는 없는 일. 아들을 잃어버린 아비가 복수를 미룰 수는 없었다.

생각해 보니 아쉬울 것도 없다. 마선의 힘을 그의 제자에게서 확인할 것이 아니라 마선 본인에게서 느낄 수도 있었다.

"마선의 힘을 볼 수 없다니 아쉬운 일이다. 하나, 너의 죽음이 마선을 불러올 터."

휘이잉!

풍소백의 주위로 거대한 진기의 폭풍이 일기 시작했다. 풍소백은 전투다운 전투를 할 수 없다면 단숨에 끝낼 심산이었다.

결심은 빨랐고, 움직임은 그보다 더욱 빨랐다.

츠스슷

풍소백의 신형이 빨려들 듯 삽시간에 무한의 코앞으로 들이닥쳤다. 현마진린보에 비할 바는 아니었지만 결코 쉽게 볼 수 없는 쾌(快)였다.

슈아앙!

파산(破山)의 기세를 머금은 적룡보도가 무한의 가슴팍을 정면으로 노리고 들어왔다.

무한은 순간적으로 자신을 향해 거대한 산악이 통째로 무너져 내리는 기분에 휩싸였다. 그 정도로 풍소백의 존재감은 엄청난 것이었다.

한편 풍소백은 이번 공격으로 승부에 종지부를 찍을 생각을 품었다. 여유를 가지고 마선의 절기를 엿보고 싶은 마음이 없는 것은 아니었지만 그러기에는 여러모로 길세 끌어 좋을 것이 없었다.

상대가 마선의 제자라고는 하나 여전히 애송이였다. 자칫 수하들에게 고전한다는 인상을 심어준다면 경천신문의 기반 자체가 흔들릴 우려가 있었다.

무한은 온몸을 휘감는 위압감을 간신히 떨쳐 내고 적룡보도에 시선을 집중했다. 얼마나 집중을 했는지 눈동자가 붉게 물들 정도였다.

퇴보를 밟으며 거리를 유지하려 애썼으나 물러서는 속도와 쇄도해 오는 속도가 같을 수는 없었다. 눈 깜짝할 사이 적룡보도의 도첨이 가슴 언저리에 이르렀다.

찌지직!

도기에 스친 가슴팍 옷자락이 찢어지다 못해 가루가 되어 흩날렸다. 목숨이 경각에 이른 순간, 무한의 붉어진 눈동자에 광망이 일었다.

번쩍!

그것은 환상적인 일이었다. 보인다는 표현으로는 부족한 그 무언가가 무한의 뇌리를 가득 채웠다. 시야를 가득 채우고 있던 적룡보도, 그 적룡보도를 감싸고 있는 기운이 적나라하게 눈에 들어왔다.

그것은 겉을 보는 것에서 그치는 견(見)이 아니라, 내부를 꿰뚫는 관조(觀照)였다.

풍소백이 틀어쥔 적룡보도의 도파에서 시작된 기운은 실핏줄처럼 도 전체에 빼곡하게 퍼져 있었다. 사람으로 치면 전신혈맥이라 표현해야 할 것이다.

적룡보도의 이면까지 꿰뚫어 보던 무한은 벼락같이 적룡보도 중단을 후려쳤다.

쩡!

도검이 부딪친 곳으로부터 강렬한 음향과 함께 새파란 불똥이 사방으로 튀었다.

파팟!

불똥이 채 빛을 잃기도 전, 무한을 몰아붙이던 풍소백이 무한의 전면에서 사라졌다.

다급히 물러선 풍소백은 어안이 벙벙했다. 그는 모골이 송연하다는 표현을 몸소 체험하고 있었다. 황하의 거대한 물줄기처럼 도도히 이어지던 진기다. 한데 가냘픈 검에 부딪친 순간 맥없이 끊어졌다. 그냥 끊긴 정도가 아니라, 물길이 막혀 상류로 역류하듯 진기가 오히려 단전을 향해 쏘아져 들어와

하마터면 낭패를 볼 뻔했다. 그렇다고 여타의 기운이 침습한 흔적도 없었다. 일반적인 상식으로는 도무지 납득할 수 없는 일.

"이, 이것이 마황신기의 위력!"

잘게 떨려 나오는 음성이 놀람의 정도를 대변하고 있었다.

물론 그것은 풍소백이 생각하는 마황신기의 공능이 아니었다.

무한이 선보인 것은 극상승의 무예. 보이지 않는 속도로 맞물려 돌아가는 내력의 톱니바퀴 사이에 실낱같은 진기를 끼워 넣은 것이었다.

평소 도선비기의 강대한 내력을 실어 힘으로 맥을 끊었다면 톱니바퀴가 잠시 멈춰 선 정도가 아니라 아예 부서지고 말았을 것이다.

하지만 무한의 상태는 정상이 아니었고, 톱니바퀴를 파고든 진기는 미미하기 그지없었다.

풍소백이 쏟아낸 내력의 십분지 일도 못 되는 힘으로 방어에 성공한 무한은 미처 절호의 기회를 놓쳤다는 생각을 히기보다는 그저 얼떨떨한 기분이었다. 심장이 백리를 단숨에 주파한 것마냥 빠르게 뛰고 있었다.

스스로도 믿어지지 않는 일. 기어이 검기의 틈새를 찾아 연결 고리를 부수는 데 성공했다. 불가능할 것 같은 일을 백척간두에 선 순간 이루어낸 것이다.

하지만 웬일인지 무한의 표정은 썩 밝지가 않았다.

무한은 극심한 두통을 느끼고 있었다. 입이 바짝 마르고 구역질이 치밀었다. 육체적인 한계는 둘째 치고 단시간 동안 엄청난 심력을 소모한 때문이었다. 본신의 실력보다 몇 단계 위의 무예를 발현했으니 뇌력이 견뎌낼 재간이 없었다.

막다른 길에 몰리지 않고서는 선택할 수 없는 도박수가 통했음에도 마냥 기뻐할 수 없는 이유였다.

무한은 느끼고 있었다. 마지막 순간 빛살처럼 찾아든 영감이 없었다면, 벌써 가슴에 구멍이 뚫려 있었을 것이라는 것을. 그것은 실력이라기보다는 차라리 운에 가까웠다.

같은 공격을 재차 당한다면?

운이 좋으면 이번에도 막을 수 있을 것이다. 그러나 매번 운이 좋기를 바랄 수는 없는 노릇이었다. 게다가 이런 몸 상태라면 한계는 명백하다. 집중력이 털끝만큼이라도 흐트러진다면 끝장이다. 이대로라면 채 몇 수가 교환되기도 전에 파탄이 드러나고 말 터였다.

타다닥, 타다닥!

마치 전각의 비명 소리 같기도 했고 어찌 보면 전각을 집어삼킨 화마가 입맛을 다시는 소리 같기도 했다. 어쨌든 덕분에 사방이 대낮같이 밝았다. 따로 내력을 돌려 시야를 확보할 필요가 없었다.

무한의 시선에 거대한 불길을 등진 풍소백이 잡혔다. 한층 신중한 자세로 도를 고쳐 잡는 모습이 비춰들었다.

최선을 다하는 것 외에 다른 선택의 여지가 없었다. 무한은

마음을 다잡고 검파를 말아 쥐었다. 그 순간 풍소백의 공격 의
지가 강하게 느껴졌다. 아니나 다를까,

파팟!

쩌어어엉!

"큭!"

굉음이 터진 직후 무한은 실 끊어진 연처럼 튕겨져 날아갔
다. 만화가 보도에 닿는 짧은 순간 마기가 거침없이 쏟아져 들
어와 한바탕 내장을 휘저었다. 하마터면 검마저 놓칠 뻔했을
정도로 충격은 결코 적지 않았다.

실패했다. 적룡보도를 감싼 마기의 이동이 더 이상 선명하
게 보이지 않았다.

그래도 완전히 헛짚지는 않았는지, 풍소백도 다소 충격을
받은 것 같았다. 풍소백이 어깨를 크게 흔드는 것이 시야에 들
어왔다. 그러나 그것은 잠깐뿐이었다.

파아앙!

무한의 발이 땅을 딛기도 전에 잠깐 멈칫하는 듯 보였던 풍
소백이 재차 들이닥쳤다.

풍소백은 한 번의 부딪침으로 무한의 상태를 알아챘다. 도
검이 부딪치는 순간 예의 이해할 수 없는 뭔가가 진기 운용을
방해했지만, 마기가 쏟아져 들어가는데도 아무런 반발력이 느
껴지지 않았나. 마음 깊은 곳에 남아 있던 마선에 대한 막연한
두려움이 서서히 걷히고 있었다.

힘의 우위가 명백하니 변식 따위는 필요없다. 풍소백은 우

직한 공세야말로 최선의 공격법임을 상기했다. 변식을 철저히 배제한 풍소백의 공세는 무시무시했다.

삼성각 외부를 두르고 있던 단단한 외벽이 도기에 스친 것만으로도 폭발하듯 터져 나갔다. 적룡보도에 담긴 마기의 위력은 내상을 입은 채로는 도저히 감당할 수준이 아니었다.

웅— 웅!

시간이 갈수록 적룡보도가 낮게 울며 새파란 한기를 줄기줄기 뿜어댔다.

첫 번의 성공은 단순히 우연이었던 것일까? 쉽지 않으리라는 것은 알았지만 몇 차례는 더 재현할 수 있으리라 여겼다. 한데 뇌력이 급격히 소모된 탓인지 아무리 적룡보도에 집중해도 뜻대로 되지 않았다. 적룡보도를 둘러싼 진기의 흐름이 도무지 읽히지가 않았다.

쩡, 쩡!

충돌이 거듭될 때마다 여지없이 내상이 커졌다. 속수무책이었다. 이래서는 안 된다.

무한은 진기의 맥을 끊는 걸 그만두고 되도록 도검이 부딪치는 걸 자제하려 노력했다. 막을 수 없다면 피하는 방법밖에 없었다.

거의 본능에 의지해 보법을 밟으며 도세를 흘렸다. 다행스럽게도 현마진린보는 폭발적인 속도가 아니라도 근접 거리에서의 전투에 충분히 묘용을 발휘했다. 상상을 초월하는 움직임은 위험한 고비를 수차례 넘길 수 있도록 도와주었다.

하지만 피하는 것만으로 할 수 있는 것은 아무것도 없었다.
위기는 생각했던 것보다도 빠르게 찾아들었다.

현마진린보의 움직임이 아무리 기기묘묘하다 한들 백전노
장의 눈을 오랫동안 현혹시킬 수는 없었다.

마기는 적룡보도를 가득 채우다 못해 도신 너머까지 넘실대
고 있었다. 시간이 갈수록 지치기는커녕 더욱더 무서워지고
있었다.

도가 이르지도 않았는데 살을 에는 통증이 느껴지고, 머리
칼이 경기에 휘말려 가닥가닥 잘려 나갔다.

쉬이익!

무한은 아슬아슬하게 피했다고 생각했던 도가 급속히 궤적
을 바꿔 옆구리를 쓸어오자 이를 악물었다. 이번에야말로 떨
쳐 내기 쉽지 않다는 걸 직감한 무한은 할 수 없이 검을 들어
막아갔다.

카라라랑!

그그긍!

검첨이 보도의 도신을 긁어내리며 새파란 불꽃을 만들었다.

만화로부터 시작된 막대한 기운. 순간적으로 심장을 멎게
만들 만큼 강력한 충격이 전신을 해일처럼 강타했다.

기어이 검붉은 선혈이 입술을 비집고 흘러내렸다. 도검이
낮낮은 것만으로도 내상이 크게 악화되고 말았다. 역시 정면
내결은 자살 행위다. 그러나 다른 방법이 없었다.

까가강!

"크윽!"

무한은 거친 힘에 떠밀려 말 그대로 장난감처럼 날아갔다. 그 궤적을 따라 입에서 뿜어진 핏줄기가 긴 선을 그리며 뒤따랐다. 혼미한 정신을 가까스로 부여잡았다. 찢어진 손아귀에서는 더 이상 통증마저도 느껴지지 않았다.

턱!

너덜너덜해진 손아귀로 만화를 간신히 부여잡고 버티고 섰을 때, 풍소백은 이미 지척에 이르러 있었다.

슈아앙!

섬뜩한 음향을 발하며 적룡보도가 세로로 쪼개왔다. 단숨에 정수리에서 사타구니까지 양단할 기세였다. 무한은 이를 악물며 신속히 퇴보를 밟았다.

쫘아앙!

또다시 어마어마한 충격파가 전신을 휩쓸었다. 무한은 다시 한 번 검은 피를 뿜으며 거칠게 튕겨졌다. 풍소백의 공세는 멈출 기미가 보이지 않았다.

"노부를 원망치 말라!"

무한은 흐릿한 망막으로 심장을 노리고 들어오는 도를 가늠할 수 있었다. 그러나 축 늘어진 팔에는 아무런 힘도 전해지지 않았다. 도무지 검을 들어 막을 수가 없었다.

어차피 도검이 다시 부딪친다면 죽음뿐이다.

이번에는 내상으로 그치지 않을 것이다. 마기가 거침없이 침입해 전신을 무참히 유린할 것이다. 현재 그의 단전은 마치 무주공산과도 같았다. 풍소백의 마기는 고사하고 삼류무인의 무력에도 대항할 힘이 없었다.

그러나 무한의 처지와는 상관없이 풍소백의 도는 거대한 압력을 수반한 채 옷깃을 파고들었다. 도가 닿기도 전에 살갗이 터지고 피가 뿜어졌다. 그 장면이 지겹도록 느리게 무한의 눈에 꽂혀들었다.

'이렇게 끝인가.'

절망의 끝에 다다랐다고 느낀 순간 수면으로 가라앉은 것처럼 귓속이 먹먹해졌다. 오감 중 청각을 잃어버린 것이다. 이어 시야가 흐릿해졌다. 시각이 기능을 잃었다.

온 세상이 멈추고 적막이 찾아들었다. 그때 아득해진 머릿속 저편에 불쑥 사람 얼굴이 떠올랐다.

사무치게 그리운 부모님의 얼굴도, 그렇다고 오랫동안 마음에 품었던 연향의 얼굴도 아니었다. 그렇다고 그에게 새로운 길을 열어준 박환이나 혜명도 아니었다.

머릿속을 가득 메운 자는 얕은 미소를 짓고 있었다. 뽀얀 피부에 동글동글한 얼굴, 순진한 인상, 미상 선한 얼굴의 사내였다. 미소 짓고 있던 사내의 얼굴이 와락 일그러진다. 입꼬리가 말아 올라간다. 비웃음이다.

무한을 비웃고 있는 자, 생의 마지막 순간에 떠오른 자는 다름 아닌 전립이었다.

'전립, 네가 나를 비웃는 것이냐!'

떠나올 때 쉽지 않은 일이 될 것임을 예상했었다. 하지만 내심 자신에 차 있었다. 드넓은 대륙에서 전립을 찾는 것이 문제일 뿐, 나머지는 감당할 수 있으리라 여겼다. 때문에 원적이 내민 손을 선뜻 붙잡은 터였다.

원적을 통해 전립이 있는 곳만 알아내면 그것으로 됐다고 생각했다. 한데 전립의 그림자도 찾지 못한 채 엉뚱한 일에 휘말려 이토록 허무한 죽음을 맞이할 줄이야.

자만이 부른 화였다. 비웃음을 당해도 싸다는 생각이 들었다. 하지만 후회한들 때는 이미 늦은 후였다.

무한은 가슴으로부터 전해지는 강렬한 통증을 느끼며 이끌리듯 현실로 돌아왔다. 수많은 생각이 오간 시간이었다. 수십 번은 죽고도 남을 시간이라 이미 목숨을 잃었을 거라 생각하며 천근같은 눈꺼풀을 들어 올렸다.

파팟!

"……?"

무한의 시선에 잡힌 광경은 참으로 뜻밖이었다. 풍소백이 도를 거두고 황급히 물러서고 있었다.

무한은 가슴 어림을 천천히 내려다보았다. 뜨거운 피가 꾸역꾸역 흘러나오고 있었다. 분명 깊이 찔렸다. 하지만 심장이 상했다거나 당장 어찌 될 정도로 치명적인 부상은 아니었다.

무한은 자신이 길게 느낀 시간이 실제로는 찰나의 순간이었다는 것을 깨달았다.

만약 그 멈춰진 것만 같았던 순간을 의지대로 활용할 수 있다면? 그것에 더해 상대의 진기의 흐름을 샅샅이 꿰뚫는다면?

전율이 일었다.

무한은 차원이 다른 무학의 가능성을 다시금 엿보았다. 그것은 지극히 높고 무상한 영역이 될 터였다. 도전해 보고 싶었다. 하지만 그건 당장 지금의 위기를 넘겼을 때의 일. 미지의 길을 걷자면 당장 이곳에서 살아나야 했다.

한데 무엇 때문에 풍소백이 물러난 것일까. 더욱 이해할 수 없는 것은 풍소백의 표정이었다. 풍소백의 이마는 땀으로 흥건했고, 얼굴 표정은 당황한 기색이 역력했다.

'긴장하고 있다? 대체 왜?'

무한은 그에 대한 답을 곧 얻을 수 있었다.

한기가 전신을 휘감나 싶더니 입이 바짝바짝 타고, 마른침이 저절로 삼켜졌다. 과다출혈 때문이 아니다. 출혈은 이미 혈을 점함으로써 멎은 터였다.

엄청난 기운. 담 너머로 어마어마한 존재가 느껴진다. 초절한 감각을 지닌 무한이지만 비기로 정제된 내력이 대부분 소진되고 감각이 무뎌져 이제야 거대한 그림자를 느낄 수 있었다.

숨이 절로 차오른다. 전신에 소름이 돋고 털이란 털이 모조리 곤두섰다. 숨을 쉬기 힘들만한 공포가 육신뿐 아니라 정신까지 지배했다. 무한이 이 정도니 다른 자들은 말할 것도 없었나.

경천신문의 무인들은 어느 누구 할 것 없이 대호의 냄새를 맡은 개처럼 사시나무 떨듯 하며 주춤주춤 물러섰다. 절정의 검술을 지닌 설주붕도 사정은 다르지 않았다. 설주붕이 뒷걸음질치며 떨리는 음성으로 중얼거렸다.

"설, 설마 이게 인간의 기운이란 말인가!"

풍소백이 내력을 가득 담아 소리쳤다.

"동요치 말라!"

풍소백의 내력 실린 외침은 공허하게 허공을 맴돌 뿐, 좀처럼 효력을 발휘하지 못했다.

풍소백은 수하들에게 소리치면서도 동요치 말라는 것이 얼마나 무리한 명령인지 잘 알고 있었다. 전 중원을 털어 손에 꼽는 고수인 자신조차도 동요하고 있는 마당에 수하들에게 침착하라 명한 자체가 무리였다.

하지만 곧 말도 안 되는 일이 벌어졌다. 거짓말처럼 경천신문 무사들이 물러서는 것을 멈추었다.

풍소백의 명령 때문이 아니었다. 순간적으로 질식시킬 듯이 뿜어지던 존재감이 씻은 듯 사라져 버린 탓이었다.

풍소백은 무한을 바라보며 땀에 젖은 이마를 잔뜩 찌푸렸다. 그는 무한을 죽이지 못한 자신이 못내 마음에 들지 않았다.

분명 죽일 수도 있었다. 도를 감싼 마기가 심장을 찌르기 직전이었으니 찰나의 순간이면 목숨을 빼앗기에 충분했다. 하지만 마지막 순간 물러서고 말았다.

그가 무한의 목숨을 취하지 않은 것은 물론 자의가 아니었다. 무한을 해하려던 순간 귓전을 파고든 한줄기 음성이 아니었다면 무한은 지금쯤 구천을 떠돌고 있었을 터였다.

귀전을 파고든 음성. 그것은 풍소백이 생전 처음 들어보는 종류의 음성이었다.

전음. 전음을 듣는 순간 몸이 저절로 반응했다. 이성적으로 대응할 틈도 없이 몸이 본능적으로 뒤로 물러서고 있었다.

무지막지한 내력을 이용해 억지로 짜낸 흑백괴동의 전음 흉내와는 차원이 달랐다. 그것이야말로 진짜배기 전음이었다.

풍소백은 생전 처음 겪은 굴욕에 직룡보도를 으스러져라 움켜쥐었다. 전음이라는 희대의 비기를 펼친 자는 곰처럼 모습을 드러내지 않고 있었지만 상대가 누군지 짐작하는 건 어렵지 않았다. 정마쌍선이나 기련존자 정도가 아니고서야 어찌 이런 일이 가능하겠는가.

'천하의 경천도가 음성만으로 겁을 먹고 물러서다니!'

정마쌍선이 아니라 설령 상대가 옥황상제라 해도 있어서는 안 될 일이었다.

정체를 알 수 없는 자의 출현으로 목숨을 건진 무한이 은밀히 내상을 다스리고 있을 때,

"고인은 속히 나서시오!"

풍소백의 음성에는 일문의 문주로서의 당당함이 깊이 아로새겨져 있었다. 내력 깃든 음성이 밤공기를 가르며 멀리 퍼져 나갔음에도 아무런 반응이 없었다. 방금 전까지 겪었던 진실할 것 같은 살기가 마치 꿈인 것만 같았다.

"그대의 제자가 예서 목숨을 잃는다 해도 상관이 없다는

뜻인가!"

풍소백은 당장이라도 무한의 목숨을 거둘 자세를 취했다. 그때 노회한 음성이 외벽을 넘어 들어왔다.

"쇠붙이를 거두어라."

아이를 타이르는 투의 음성에 이어서 음성의 주인공이 모습을 드러냈다.

공포에 질려 있던 사람들의 표정이 어정쩡하게 변했다.

사람들은 구두육미는 아니라도 기골이 장대하고 위협적인 기운을 철철 흘리는 고인을 상상하고 있었다. 한데 실제 모습은 정반대였다.

일렁이는 불길에 비친 모습은 도무지 고수다운 면모라고는 없었다. 아무리 높게 쳐줘도 늙은 촌부 그 이상도 이하도 아니었다. 구태여 범상치 않는 부분을 꼽으라면 바둑판처럼 쩍쩍 갈라진 주름 사이에 자리 잡은 한 쌍의 맑은 눈동자뿐이었다.

하지만 그 모습에 오히려 놀라는 사람이 있었다. 그 장본인은 바로 무한이었다.

무한은 자신의 눈을 믿을 수가 없었다.

"약노… 어르신?"

불현듯 나타난 노인. 약노가 표정없는 얼굴로 무한을 바라보았다.

"쯧쯧, 못난 놈이로다. 기껏 살려놓았더니 예서 또 죽을 등 살 등하고 있는 것이냐?"

그때 풍소백은 무한과는 약간 다른 의미에서 약노의 모습에 놀라고 있었다. 약노의 평범한 모습이 오히려 가슴을 더욱더 무겁게 짓눌렀다. 비범함을 넘어서면 오히려 평범해지는 이치를 그는 익히 알고 있었던 것이다.

풍소백은 놀람을 가라앉히고 입을 열어 묵직한 음성을 토해 놓았다.

"묻겠소이다. 노선배가 마선이시오?"

마선이란 말에 장내 공기가 크게 출렁였다.

약노는 무한에게서 시선을 돌려 풍소백의 전신을 잔잔한 눈빛으로 쓸어보았다. 그리고 이내 적룡보도에 이르러 시선이 멎었다.

"썩 좋은 놈이구나. 너만 한 놈도 흔치가 않지."

적룡보도의 매끈한 모습에 고개를 끄덕이며 감탄하던 약노였다. 한데 돌연 혀를 차며 고개를 저었다.

"쯧쯧, 일세를 풍미할 영웅의 손에 쥐어져도 손색이 없거늘, 아깝구나, 아까워."

무한이 처음 보았던 약노는 바둑 명인이었다. 두 번째 혼절했을 때 만났던 약노는 명의였으며, 세 번째 만난 약노는 상상할 수조차 없는 힘을 품고 있었다. 경천신문의 문주마저 압도할 정도였다.

신비롭기 짝이 없는 노인, 대체 또 어떤 모습이 숨겨져 있는 것일까.

의문은 그뿐이 아니었다. 벌써 두 번째 위기에 처한 자신을 구해주었다. 과연 우연이라 할 수 있을까?

　한편 약노의 말에 풍소백은 안색이 붉게 상기되었다. 병장기의 주인을 앞에 두고 병장기가 주인을 잘못 만났다며 한탄하다니, 이보다 더한 모욕이 없었다.

　풍소백이 딱딱하게 굳어진 얼굴로 말했다.

　"마선의 위명이 제아무리 천지를 진동한다 하나 노부 또한 일문의 문주. 사람을 너무 업신여기는구려!"

　약노는 풍소백의 말을 듣지 못한 듯 시선을 다시 무한에게 돌렸다.

　"아직도 썩 꺼지지 않고 게서 무엇을 하고 있는 것이냐!"

　무한은 약노의 호통에 퍼뜩 정신을 차렸다. 그는 자신의 어리석음을 책망했다. 태자와 사질들의 안위가 풍전등화인 지금, 약노에 대한 의문을 품고 있을 겨를이 없었다.

　"어르신, 이 은혜는 결코 잊지 않겠습니다."

　"쯧, 상세에 다소 도움이 될 것이다. 복용 즉시 운기를 하여야 효과를 극대화시킬 수 있을 것이야."

　약노가 던져 준 뭔가를 받아 든 무한인 무엇인지 살펴볼 겨를도 없이 황급히 어둠 속으로 몸을 묻었다. 감히 무한의 앞을 막는 자는 아무도 없었다.

第五章
깊어지는 오해의 골

棋劍神俠
신협

기검
棋劍神俠
신협

깊어지는 오해의 골 1

　무한이 떠난 후, 뜨거운 열기와 더불어 질식할 것 같은 긴장 감이 주위를 휩쓸었다. 일다경이 일 년 같이 더디게 흘렀다.

　경천신문 문도들을 쓸어보던 약노는 이윽고 풍소백의 얼굴 에 시선을 고정했다.

　"쯧쯧, 오합지졸들을 수하라고 거느리며 거드름을 피우고 있는 것을 보니 중원무림도 알 만하구나."

　"말씀이 과하시오!"

　"과하다? 자네는 노부의 말이 틀렸다고 말하고 싶은 것인 가."

　"본 경천신문은 마도의 수축이오! 본 문의 누구도 업신여김 을 받을 만한 자는 없소이다!"

"거참, 이상한 노릇이군. 내 보기에는 전혀 그렇지가 않은데 말이야."

혼잣말하듯 중얼거린 약노가 돌연 경천신문의 무인들을 쓸어보며 말했다.

"들어라!"

나직했지만 이상하게 모두의 귀에 가시처럼 박혀 들어가는 음성이었다. 시선이 모여들자 약노가 말을 이었다.

"마도의 하늘 아래 더 이상 경천신문은 없다. 각자 흩어져 삶을 도모하라!"

약노의 추상같은 호령에 경천신문 무인들이 흠칫 놀라 문주를 바라보았다. 죽음 같은 정적이 흐르는 가운데 지옥의 염화처럼 불길만 거세게 차올랐다. 전각 전체를 둘러싼 불길은 이제 절정에 이르러 있었다.

풍소백은 약노의 의도를 눈치채고 눈을 감아버렸다. 상대는 시험을 하고 있는 것이다.

뭇 문도들은 갈피를 못 잡고 혼란에 빠져들었다. 그때 일언반구도 없이 어둠 속으로 몸을 날리는 자가 있었다.

풍소백은 보지 않고도 사라진 자의 정체를 알 수 있었다. 거금을 들여 빈객으로 초빙했던 설주붕이었다.

기분이 썩 좋지만은 않았지만 참지 못할 바도 아니었다. 애초에 빈객에게 충성심을 바란다는 것 자체가 무리였다.

그러나 그의 이탈이 가져온 파장은 지대했다. 일반 문도들은 설주붕이 사라지자 크게 동요하기 시작했다. 설주붕은 문주 다음으로 고수다. 그런 그가 도망치듯 떠났다는 건 하늘처럼 따르는 문주에게 승산이 없다는 말과 다름이 아니었다.

이내 일반 문도 중에서도 속속 이탈자가 생기기 시작하더니, 불과 몇 호흡 만에 대부분 꽁무니를 뺐다. 남은 자는 고작해야 대여섯 명 남짓.

약노는 풍소백의 마지막 자존심을 지켜준 남은 자들을 둘러보았다. 문도 대부분이 그랬지만 유독 얼굴에 흉터가 많고 인상이 험악한 자들이었다. 그러나 생김새와 무공은 반비례였다. 앞서 떠난 자들과 비교해도 오히려 형편없었다.

약노의 시선이 왼뺨에 열십자 모양의 흉터를 가진 자에서 멈췄다.

"어찌하여 떠나지 않았느냐. 설마 죽음이 두렵지 않은 것이냐?"

약노의 시선을 받은 사내는 낯빛이 창백하게 굳어졌다. 다리도 후들후들 떨고 있는 것이 여차하면 아예 주저앉을 것 같았다.

"노부의 말이 들리지 않느냐? 양쪽 귀를 하나로 뚫어주랴?"

기겁한 사내가 더듬더듬 대답했다.

"어, 어찌 소, 소인들이라고 죽는 것이 두렵지 않겠습니까?"

"하면?"

"소, 소인들은 어차피 죽은 목숨입니다."

"무슨 뜻이냐?"

"그, 그게 워낙 원수진 일들이 많아서……"

"어차피 경천신문을 벗어나면 살 방법이 없단 말이렷다?"

"그, 그렇습니다. 같은 값이라면 원수의 칼에 시달림을 당하며 죽을 바에야 마, 마선의 손에 깨끗이 죽는 편이 여, 영광……."

약노가 팔을 들어 사내의 말을 제지했다.

"어떤가, 지금도 오합지졸이라는 노부의 말이 탐탁지 않은가?"

"으음……."

풍소백의 입에서 신음이 절로 나왔다. 결국 남은 자들도 충성심 때문이 아니란 얘기였다.

풍소백은 부친으로부터 경천신문을 일임받은 후, 무력을 키우는 데 열중했다. 그는 소문주로 있던 시절 부친의 경영을 못마땅하게 생각했다. 무인으로서 존경했지만 현재에 안주하는 모습은 항상 불만이었던 그였다.

풍소백은 먼저 이름만 들어도 벌벌 떠는 마두들을 대거 초빙해 열두 빈객을 세웠다. 그가 누구든 세간에서 어떤 평판을 듣고 있든 간에 강력한 무력만 있다면 영입하는 데 주저하지 않았다. 근래 들어서는 절독으로 악명이 자자한 고독정의 영입에도 성공했다.

일찌감치 정화와 손잡은 덕에 재정적인 어려움도 없었다. 정화와 손잡는 데 있어 그가 환관이라는 것과 나라의 근간을 흔드는 효웅이라는 것쯤은 아무런 장애도 되지 못했다.

그 성과로 경천신문의 입지는 반석 위에 올랐고 양적으로나

질적으로 배 이상 성장했다. 하북을 넘어 산동세가의 터전인 산동을 접수하는 것도 가시권에 들어왔다.

그 와중에 백여휘가 떠나갔고 흑백괴동이 등을 돌렸지만, 대의를 위한 작은 희생일 뿐이라 대수로울 것이 없다고 여겼다.

그런데 틀렸다. 그가 영원할 것이라 믿었던 것들은 물거품에 지나지 않았고, 정작 대수롭지 않다고 여겼던 것들은 없어서는 안 될 귀중한 것들이었다.

과거 그의 부친이 문주로 있던 시절에는 이렇지 않았다. 지금에 비해 보잘것없는 세력이었지만 그때는 적어도 주군과 수하 사이에 끈끈한 믿음과 뜨거운 의리가 있었다.

부친은 겁쟁이가 아니라 현명한 사람이었다. 힘보다는 사람이, 돈보다는 신의가 우선이라는 걸 알고 있었던 것이다.

'아! 그걸 이제 와서야 깨닫다니……'

때 늦은 후회였다. 자신의 어리석음으로 목숨을 잃은 아들은 영원히 돌아올 수 없는 길을 건넜고, 수하이기 이전에 벗이었던 수석 봉공 백여휘는 어리석은 자신에게 다시는 돌아오지 않을 터였다.

풍소백의 눈이 천천히 뜨였다. 눈이 마주치자 약노는 모든 것을 이해한다는 듯 고개를 끄덕였다.

"좋은 눈이로다. 이제야 안개 너머의 참 현실이 보이는가"

"허허, 후배가 못난 꼴을 보였소이다."

"이제라도 알았으면 되었네."

"후배의 도가 턱없이 부족하나 감히 가르침을 부탁드리오."

풍소백이 막강한 기도를 발하며 도를 전면에 세웠다. 말이 부탁이지 도전 의사를 분명히 했다. 그는 약노의 손에 죽을 결심을 한 것이었다.

"원한다면 못할 것도 없지."

약노는 두 손을 쥐지도 펴지도 않은 상태로 살며시 앞으로 내밀었다. 한겨울 된서리 같던 기도 대신 허허롭기 그지없는 기운이 그로부터 은은하게 퍼져 나갔다.

'역시 마선인가.'

풍소백은 칼날 같은 경기를 밀어내고 들어오는 유유한 진기에 거센 압박을 받았다.

"오게."

약노의 음성이 풍소백의 가슴에 천명처럼 다가들었다. 상대는 말 한마디에도 그만한 무게를 실을 수 있는 자였다.

일평생 허망한 뜬구름을 쫓아 살아온 어리석은 삶이었다. 그러나 마지막은 당대 최고의 무인과 마주했다. 이건 분수에 넘치는 행운이었다.

터어엉!

풍소백은 적룡보도에 혼신의 공력을 실어 땅을 박찼다. 약노 또한 유령 같은 신법으로 허공으로 솟아올랐다.

막대한 두 힘이 공중에서 맞닥뜨리기 직전이었다.

"안 됩니다. 두 분은 잠시 멈추십시오."

어딘가에서 한줄기 맥없는 음성이 들려왔다.

공중에 뜬 채 적수(赤手)로 풍소백의 도를 맞받아가던 약노
는 한줄기 음성을 듣자마자 그대로 일 장여를 날아 물러섰다.
허공을 직선으로 부유하는 귀신같은 신법이었다.

지상에 내려선 약노가 혀를 차며 말했다.

"쯧, 아무래도 자네의 칼을 맛보는 것은 후일로 미뤄야 할
듯싶으이. 다 죽어가는 걸 공들여 살려줬더니 이렇게 방해를
하는군."

풍소백은 약노의 어깨너머에 시선을 고정한 채로 굳어졌다.
마선으로 알고 있는 약노와의 일전을 앞두고도 당당히 기민 했
던 그인데 눈동자에 거센 격랑이 일고 있었다.

"어, 어째서 자, 자네가… 어찌 그런 꼴을……!"

급기야 눈빛뿐만이 아니라 목소리까지 거칠게 떨려 나오고
있었다.

풍소백의 시선이 닿은 곳, 불길은 한풀 꺾여 있었지만 사람
의 얼굴을 비추기에는 충분했다.

어른거리는 불 그림자를 받으며 크고 작은 네 개의 그림자
가 이쪽을 향해 서 있었다. 큰 그림자가 양쪽에 작은 그림자의
부축을 받으며 서 있고, 다시 그 곁으로 크지도 작지도 않은 그
림자 하나가 서 있는 형태였다.

부축을 받고 있던 큰 그림자가 허물어지듯 무릎을 꿇었다
농시에 풍소백의 신형이 번개같이 튀어나갔다. 무한과의 일전
에서 보였던 속도보다 오히려 빠르다 싶을 정도였다.

"여휘, 자네가 맞는가?"

"못난 수하가… 문주를 뵈오."

스스로를 못난 수하라 말하며 고개를 떨어뜨린 사람은 다름 아닌 풍운마도였다. 하만의 구유혈린창에 치명상을 입은 채 까마득한 단애 아래로 떨어졌던 그가 뜻밖에도 이곳에 모습을 드러낸 것이다.

"어찌하여! 자네가 이 꼴을 하고 있는가 말이야!"

풍소백의 음성에 경악과 분노와 안타까움 등 갖가지 감정이 소용돌이 치고 있었다.

"문주, 슬퍼하실 것 없소이다. 노부는 문주를 살아서 뵌 것만으로도 족하오."

풍소백은 자신을 떠났던 백여휘가 불과 며칠 만에 이런 모습으로 돌아오리라고는 상상조차 하지 못했다.

일도로 산이라도 쪼갤 것 같던 백여휘였건만 그런 모습은 더 이상 찾아볼 수 없었다. 살아 있다는 것 자체가 신기할 만큼 그야말로 처참지경이었다.

얼굴 반쪽을 온전히 가린 붕대에서는 누런 고름과 피가 섞여 밖으로 배어 나오고 있었고, 왼팔은 아예 어깨부터 사라져 흔적조차 보이지 않았다.

더욱 충격적인 것은 백여휘의 태양혈이었다. 태양혈이 반 치가 넘게 움푹 들어가 있었다. 그것은 한 팔이 통째로 사라진 것보다도 오히려 더욱 충격적인 일이었다.

대개 태양혈은 내력의 정도를 측정하는 혈도다. 내력이 고강할수록 혈이 눈에 띄게 솟아오르기 때문이었다.

　물론 일정 경지를 넘어서면 이야기가 달라진다. 그런 경우
는 일반인들처럼 겉으로 드러나지 않을 정도로 다시 밋밋하게
돌아가게 된다. 흑백괴동이나 백여휘 등 절정을 넘어선 경우
가 이에 해당했다.

　그러나 그러한 경우라도 밋밋하게 변할지언정 움푹 들어가
지는 않는다. 기력이 쇄한 일반인들마저도 태양혈이 함몰되는
경우는 없었다.

　태양혈의 함몰이 뜻하는 것은 단순히 내력의 유무가 아닌,
단전의 파괴를 의미했다. 그러니 풍수백의 충격이 클 수밖에
없었다. 백여휘의 상태는 폐인, 그 자체였던 것이다.

　"누군가! 대체 어떤 자들이 감히 자네를 이렇게 만들었는
가!"

　풍소백의 축축이 젖은 눈동자에서 분노에 찬 광망을 줄기줄
기 뻗어 나왔다.

　살기 짙은 눈이 고독정과 흑백괴동을 차갑게 쓸어갔다. 고
독정이 그 시선을 받고 흠칫 놀라 물러서며 손사래를 쳤다.

　"켈, 노부를 어찌 그런 눈으로 보시는 게요. 노부는 아무것
도 모르오. 사실을 아는 사람은 주군과 여기 풍운마도, 둘뿐이
란 말이오."

　"지금 주군이라 했는가."

　"켈, 문주에게는 미안한 말씀이지만 경천신문에 입문하기
로 했던 것은 취소요. 히힛, 오늘부터 노부는 존자, 아니, 약노
어르신을 주군으로 섬기기로 했소이다."

고독정은 남의 속도 모르고 약노를 주군으로 섬긴 것이 생각할수록 흐뭇해 누런 이를 드러내며 히죽히죽 웃어댔다.

풍소백이 백여휘를 잡아 일으키며 약노를 핏발 선 눈으로 바라보았다.

"여휘를 이리 만든 사람이 선배 당신이었소?"

풍소백이 분노의 화살을 애꿎은 약노에게 돌리자 백여휘가 힘겹게 입을 열었다.

"쿨럭, 문주, 존자께 무례를 범하지 마시오. 그분의 구원이 있었기에 그나마 노부의 목숨이 이렇게라도 붙어 있는 것이니."

백여휘의 말대로였다. 그는 구유혈린창에 거도가 관통당한 순간 극심한 열기에 얼굴에 심한 화상을 입었고, 이어 왼쪽 쇄골을 무방비 상태로 직격당했다.

감당할 수 없는 고통에 곧장 정신을 잃어버린 백여휘는 살기 위한 최소한의 몸부림조차 치지 못한 채 그대로 벼랑 아래로 곤두박질쳤다.

누가 봐도 살아남기 힘든 상황이었다. 하만 또한 당연히 백여휘가 죽었으리라 생각했다. 하지만 백여휘는 쉽사리 죽을 운명이 아니었다. 그렇지 않고서야 바위 틈새를 뚫고 뻗어 나온 낙락장송에 걸린 데 이어, 고명한 의술을 지닌 약노에게 발견되었을 리가 없었다.

풍소백은 백여휘의 말에 그제야 눈동자에서 살기를 풀고, 거만하지도 그렇다고 비굴하지도 않은 태도로 약노에게 감사를 표했다.

"오해하여 무례하였소이다. 여휘를 구해주셨다니, 감사드리오."

"노부가 고생이야 했지. 발견했을 때는 이미 산송장과 다르지 않았으니까. 그러나 노부의 노력만으로 살아난 것은 아니네. 단전에 깨지면서 공력이 전신으로 흡수되어 혈을 보호했어. 그러지 않았다면 살아나는 건 애초에 불가능했을 게야. 게다가 본인 스스로가 살고자 하는 의지가 강했네."

약노는 대략적인 설명을 마친 후, 백여휘에게 눈을 돌렸다.

"자네가 고집을 부려 할 수 없이 나오도록 허락은 했네만, 누누이 말했다시피 자네는 지금 온전히 살아 있는 사람이라고 볼 수 없네. 심지어 이렇듯 밤바람을 쏘이는 것만으로도 상세가 악화되어 죽을 수도 있다는 말이야. 밤이슬을 피해야 하니, 서둘러 할 말을 마치게."

약노의 말에 백여휘가 힘겹게 고개를 저었다. 마지막 불꽃을 피워 올리는 전각을 잠시 바라보던 그가 이윽고 바짝 마른 논바닥마냥 터지고 갈라진 입술을 열었다.

"이미 늦은 것 같습니다."

풍소백가 크게 낙담한 표정을 짓는 백여휘에게 물었다.

"무슨 소린가? 늦었다니?"

"분수, 노부가 이 꼴을 하고도 죽을 수 없었던 이유는 오로시 경전신분 때문이었소."

백여휘는 몇 마디 한 것만으로도 힘에 겨운지 마른침을 삼키고 천천히 말을 이었다.

"하지만 이제는 틀렸소. 문주께서 기어이 그자의 꾐에 빠져 태자를 시해할 줄이야."

무슨 말인가를 하려던 풍소백은 입을 다물었다. 백여휘의 안색이 더욱 거무죽죽하게 변했다. 풍소백이 부인하지 않자 태자가 진짜 불에 타 죽은 것으로 생각한 것이다.

물론 태자는 불에 타 죽지 않았다. 그럼에도 풍소백이 굳이 말하지 않은 건 어차피 반으로 나눈 다른 수하들에 의해 태자가 죽었을 것이라 판단했기 때문이다.

그때 콧방귀를 뀌며 태자의 죽음을 부정하는 사람이 있었다.

"흥, 뭔가 착각하나 본데, 태자는 절대로 죽지 않았소."

"맞소. 그는 당연히 죽지 않았지."

태자의 죽음을 부인하고 나선 자들은 흑백괴동이었다. 태자는 경천신문이 삼성각에 들이치기도 전에 은밀히 빠져나갔다는 것을 알고 있는 그들이었다.

"켈켈! 흑백괴동, 두 분의 말씀이 맞소."

흑백괴동의 눈치를 살피고 있던 고독정은 아무것도 모르면서 다짜고짜 맞장구치고 나섰다. 지은 죄가 있으니 어떻게든 잘 보여야 했던 것인데, 오히려 역효과가 나고 말았다.

외모가 아이의 그것 같다고 어디 속까지 그러랴. 흑백괴동은 무턱대고 아부를 떤다고 해서 마냥 좋아할 만큼 어리지도 그렇다고 어리석지도 않았다.

기분이 상한 흑괴가 안면을 와락 일그러뜨리며 말했다.

"빌어먹을 독쟁이 녀석아, 네 녀석이 뭘 안다고 나서는 것이냐?"

"만약 합당한 이유를 대지 못한다면 그 진물 흐르는 눈동자를 뽑아버리고 말 것이다."

고독정은 흑백괴동이 예상외의 반응을 보이자 가슴이 철렁 내려앉았다. 하지만 얼른 당황한 빛을 감추고 특유의 징그러운 웃음을 흘리며 말했다.

"케헬, 만약 그 돼지가 저 불속에서 그을려 돼졌다면 어찌 되었겠소? 고기 굽는 고소한 내가 코를 찌르지 않았겠소이까?"

흑괴가 버럭 소리쳤다.

"네놈 코에는 이 살 타는 냄새가 나지 않는단 말이냐? 하면 태자가 저 안에서 죽었단 말이렷다?"

아닌 게 아니라, 흑괴의 말대로 살타는 역한 냄새가 코를 찔렀다. 건물 내부에서 전투 중에 사망한 적지 않은 수의 경천신문 무인들이 그대로 화장되고 있었기 때문이었다.

"켈, 그, 그렇지만 이건 태자가 구워지는 냄새가 아니오."

당황한 고독정이 아무렇게나 지껄였다.

"이놈이 누굴 놀리느냐? 하면 네놈이 냄새만으로도 누가 불타고 있는지 구분할 수 있기라도 한단 말이냐?"

"켈, 마, 맞소. 노부는 알 수 있소. 이건 그, 그가 타는 냄새가 아니란 말이오."

고독정의 해괴한 말에 아직 고독정에게 당한 독기가 완벽히 가시지 않아 창백하던 흑괴의 얼굴이 붉게 달아올랐다. 어깨를 움찔움찔하는 것이, 당장에라도 손을 쓸 듯했다.

말도 안 되는 거짓말을 되는 대로 마구 지껄였던 고독정은 흑백괴동이 손을 쓸까 봐 낯빛이 거무죽죽하게 변했다. 이럴 때 그가 매달릴 수 있는 사람은 하나밖에 없었다.

고독정의 간절한 눈빛이 통했는지 지금껏 관망하고 있던 약노가 나섰다.

"쯧쯧, 네 녀석은 입 다물고 뒤로 물러서라."

"켈! 존명!"

고독정이 기다렸다는 듯 흑백괴동의 시선을 피해 약노 뒤로 몸을 숨었다. 고독정의 하는 양을 혀를 차며 바라보던 약노가 이번에는 흑백괴동을 핀잔했다.

"자네들도 언제까지 쓸데없는 농으로 시간을 보낼 참인가."

흑백괴동이 자세를 정갈히 하고 고개를 숙이며 이구동성으로 말했다.

"송구합니다. 잠시 분기를 참지 못했습니다. 차후에는 이러한 일이 없을 것입니다."

풍소백은 흑백괴동이 더없이 공손한 태도로 약노를 대하는 것을 보며 만감이 교차했다. 그는 흑백괴동이 드디어 주군을 택했음을 알았다.

그토록 포용하려 노력했어도 끝내 이런저런 이유를 대며 거절했던 흑백괴동이다. 성정이 자유로운 사람들이라 얽매이기 싫어 핑계를 대는 것이라 여겼었다. 한데 그것이 아니었다. 결국 저들을 품기에는 자신의 그릇이 작았던 것이다.

마선에 비해 턱없이 부족한 자신이었기에 흑백괴동의 선택이 당연하다 생각하면서도 입맛이 씁쓸한 건 어쩔 수 없었다.

한편 고독정은 또 고독정대로 심히 착잡했다. 주군이 자신에게는 이래라 저래라 해라체를 쓰며 마치 하인 부리듯 하는 반면, 흑백괴동에게는 하게체를 쓰며 제법 존중해 주고 있었다.

그렇지 않아도 흑백괴동의 눈치를 보느라 눈이 돌아살 지경인데, 이제는 아예 둘을 상전으로 모시게 생겼으니 마음이 편할 리 없었다. 약노를 주군으로 모신 순서로 치면 자신이 먼저가 아닌가 말이다. 아무리 생각해도 억울한 그였다.

풍소백과 고독정이 각자의 일로 고민하는 동안 약노가 흑백괴동에게 물었다.

"그래, 자네들은 태자가 저 불길 속에서 타 죽지 않았다고 확신하는 것 같은데, 이유가 뭔가?"

"태자는 죽지 않았습니다. 풍 문주가 들이치기 이전에 태자는 지하 통로를 통해 빠져나갔습니다."

백여휘의 낯빛이 다소 밝아지려는 찰나, 풍소백이 찬물을 끼얹었다.

"그럴 줄 예상하고 애초에 두 패로 나누어 움직였네. 태자는 십중팔구 죽음을 면치 못했을 것일세. 모두가 노부의 어리석음이 초래한 일. 어떤 식으로든 그에 대한 책임을 져야겠지."

"그것은 결코 문주 혼자서 감당할 수 있는 성질이 아니란 말이외다. 아, 결국 중원이 마교의 손에 넘어가고 마는가."

백여휘가 신음하듯 중얼거린 말에 장내의 공기가 돌연 서늘하게 변했다.

풍소백이 딱딱하게 굳은 얼굴로 물었다.

"자네, 그게 무슨 말인가?"

"노부가 비루한 목숨을 끊지 못하고 문주를 만나고자 했던 것은……."

백여휘가 기운을 잃고 말을 잇지 못하자, 약노가 침을 꺼내 빠르게 시침했다.

"침에 진기를 주입하였으니 당분간은 기력을 유지할 수 있을 걸세."

침에 진기를 주입하는 경지라니. 그 명칭조차 없을 만큼 유례가 없는 일. 무공과 의술이 결합한 의술의 신기원이었다. 그만큼 경이적인 일이었지만, 사람들의 관심은 약노의 의술이 아닌 백여휘의 입에 쏠려 있었다.

"휴, 노부는 정화 그자의 정체를 알아내고야 말았소."

"그게 무슨 소린가, 정화의 정체라니? 그자에게 다른 무엇이 있단 말인가? 설마……!"

"그자의 직책이 정확히 무엇인지는 모르오. 그러나 한 가지 확실한 것은 그자가 마교와 관계가 있다는 것이오."

다소 기력을 찾은 백여휘는 그간 자신이 겪었던 일을 꺼내 놓았다. 흑백괴동을 쫓다가 성내에서 하만을 만나 일전을 겨루었던 일과 그일 이후 하만에게 품었던 의문점, 그리고 그를 미행해 낙우산에서의 결전을 차례로 얘기했다.

백여휘의 말이 끝나고 잠시 정적이 흘렀다. 너무도 놀라운 선뜻 믿기 힘든 일이었다.

가장 먼저 침묵을 깬 사람은 풍소백이었다. 풍소백이 도무지 믿어지지 않는다는 얼굴로 물었다.

"자네가 말하는 하만이 동창의 첩형인 그 하만이 확실한가?"

백여휘가 묵묵히 고개를 끄덕였다.

"정녕 그자가 자네를 이리 만들었단 말인가? 그것도 마교 무공을 써서?"

"난생처음 보는 공력이라 뭐라 할 말이 없소. 하지만 그 느낌, 그 파괴력은 마교의 무공이 아니고서야 설명이 불가능하오. 무엇보다 그자의 창은 마교사대신병 중 하나인 구유혈린창이었고, 그자 스스로가 마교를 신교라 일컬었소."

더 이상 하만이 마교도라는 것에 대해 의심의 여지가 없었다. 하만이 정화의 수족인 것은 세상이 아는 일, 결국 정화 또한 마교도라는 결론이 내려진다. 그것도 핵심 인물일 가능성이 컸다.

소름 끼치도록 무서운 일이었다. 이미 사십여 년 전, 수만 병사의 발아래 짓밟혀 명맥이 끊어졌다고 생각했던 마교가 사실은 아주 가까운 곳에, 그것도 권력의 최상층을 점령하고 있었을 줄이야.

현재 사파의 거대 문파들은 중소 문파들과 차별화하기 위해 스스로를 마도라 칭하고 있었다. 거기서 한 걸음 더 나아가 서로 앞다투어 자신들이 마교의 명맥을 이었다며 정통성을 주장하고 있었다.

섬서의 진멸마문, 호북의 천주의륜장, 산서의 광마도룡곡, 사천의 현정흑령문 등이 그들이었다. 그러나 그들이 정말로 마교의 명맥을 이었다고 생각하는 사람은 아무도 없었다. 정말 그랬다면 벌써 황제의 군대에 의해 쑥밭이 되었을 터였다.

그럼에도 그들이 마교라는 간판을 얻고자 하는 데는 그만한 이유가 있었다. 마교라는 이름이 가진 두 글자가 가지는 위력 때문이었다.

마교는 명나라를 건국한 황제마저도 경계하던 미지의 두려움이었고, 동시에 백성들에게는 역병과 같은 공포였다.

간이 큰 무인들에게 있어서도 마교는 특별했다. 무림인에게 마교는 경외(敬畏)의 대상이었다.

경외라는 말은 이율배반적인 의미를 지니고 있다. 존경하면서도 한편으로는 두려워 가까이 하기를 꺼려한다는 뜻이다. 무림인들에게 있어 마교가 바로 그랬다.

스스로 마교의 명맥을 이었다고 소리치는 문파들도 정작 마교를 반기지는 않는다는 얘기였다.

고독정이 정신없이 오락가락하며 호들갑을 떨었다.

"켈, 난세로다, 난세야! 에그, 무서워라. 천년마교, 정말 마교란 말인가? 켈! 한바탕 평지풍파가 일겠구나. 명나라는 마교의 세상이 됐어."

평소 같으면 고독정에게 눈을 부라릴 법도 하건만, 흑백괴동은 심각하게 굳은 얼굴로 입을 다물고 있었다.

고독정의 말대로 난세가 도래한 것인지도 모른다.

마선의 제자가 출현한 데 이어 신비에 싸여 있던 또 다른 전설 기련존자가 세상에 나왔다. 게다가 이제는 사십 년 세월을 격하고 마교까지 모습을 드러냈다. 대체 세상이 어찌 돌아가려고 이러는 것인가.

생각을 정리한 흑괴가 무겁게 입을 열었다.

"어쩌면 태자가 죽었을지도 모르겠소."

백괴가 끄덕이며 동조했다.

"소제도 그럴지도 모른다는 생각이 듭니다."

흑백괴동은 무한이 지키는 이상 태자의 목숨은 건재하리라 여겼다. 한데 그게 아닐 수도 있다는 생각이 들었다. 만에 하나 마선과 정화가 한통속일 가능성도 배제할 수 없는 것이다.

아니, 생각할수록 그럴 가능성이 큰 것 같았다. 정화가 눈엣가시 같은 태자의 호위를 원적에게 맡긴 것부터가 수상쩍었다.

겉으로는 대립하는 척하면서 뒤에서는 은밀히 내통하며 태자의 호위를 맡겼다면?

그게 사실이라면 태사는 지금쯤 불귀의 객이 되었을 터였다.

풍소백은 갈수록 낯빛이 어두워지는 흑백괴동을 이해할 수 없다는 눈빛으로 바라보며 말했다.

"죽었을지도 모른다? 하면 자네들은 아직도 태자가 살아 있을지도 모른다고 생각했단 말인가?"

"아까까지만 해도 그런 줄 알았소. 그가 지키고자 하는 이상 태자를 해할 수 있는 사람은 거의 없으니까 말이오."

풍소백이 약노를 힐끗 보며 말했다.

"그라면 무한이라는 그 아이를 말하는 것인가?"

흑괴가 끄덕이며 말했다.

"그렇소이다. 앞서 문주께 말했다시피 그는 단신으로 혼천등마부를 멸한 마선의 제자요. 그런 그가 진심으로 지킨다면 정녕 누가 태자를 해할 수 있었겠소?"

풍소백은 흑괴가 마선을 앞에 두고 마선의 제자란 말을 아무렇지도 않게 하자 의아한 생각이 들었다.

"그건 자네가 틀렸네. 그 아이는 몸이 정상이 아니었네. 만약 제때에 마선 선배가 나타나지 않았다면 그 아이는 나의 도 아래 짧은 생을 마감했을 걸세."

"그, 그런! 설마 마선이 이곳에 나타나기라도 했단 말씀이시오?"

"자네, 지금 노부와 농을 하자는 것인가? 바로 눈앞에 마선 선배를 두고서 여기에 왔느냐고 묻다니?"

흑괴가 하얗게 질린 얼굴로 사방을 둘러보며 말했다.

"눈앞에 있다니, 대체 그가 어디 있다는 말씀이시오? 문주께서야말로 무슨 말씀을 하시는 겝니까? 노부의 눈에는 아무것도 보이지 않는데."

그제야 뭔가 이상함을 느낀 풍소백이 다소 자신없는 말투로 말했다.

"저 선배가 마선이 아니면 누가 마선이란 말인가?"

풍소백이 약노를 가리켜 마선이라고 하자 백여휘를 필두로 다들 얼굴에 어이없다는 표정이 떠올랐다. 그때 잠자코 있던 고독정이 몹시 화난 얼굴로 나섰다.

"켈! 당연히 우리 주군은 마선이 아니외다. 우리 주군은 천산에서 오신 분이시오. 어찌 감히 인간 백정인 마선과 비교를 하시는 게요?"

고독정의 말을 들은 풍소백이 약노를 바라보며 말했다.

"정말 선배가 마선이 아니란 말씀이오?"

"자네에게 뭔가 오해가 있었던 것 같군. 노부는 마선이란 사람이 아닐세."

"말도 안 되오! 마선이 아니라면 어찌 그런 힘을 보일 수 있단 말이오?"

고독정이 답답하다는 듯 지팡이를 내려찍으며 말했다.

"켈, 문주께서는 생각보다 둔하시구려. 내 분명 천산에서 오신 분이라 하였거늘."

천산, 천산이라면? 풍소백이 눈을 치켜떴다.

"기련己지? 성녕 신배가 기련존자란 말씀이오?"

"존자라… 노부가 그런 서창한 칭호를 받을 만한 존재인지는 모르겠네. 하지만 노부가 옛적 천산에서 살았던 것만은 확실하네."

속 시원한 대답은 아니었지만 약노의 말은 긍정과 다름없었다.

"허! 이럴 수가! 기련존자라니."

2

탄식을 토하며 고개를 흔들던 풍소백은 문득 떠오른 의문을 말했다.

"한데 어째서 존자께서는 그 아이를 도와주신 것입니까?"

"그전에 한 가지 내 물을 것이 있네. 아까부터 궁금한 차였는데, 듣자하니 그 아이를 마선의 제자라고 하는 것 같던데, 그게 무슨 말인가? 내 잘은 모르나 풍문에 듣기로 마선이란 자는 지극한 살성이었던 것으로 알고 있었네만?"

"누구보다 잘 알고 있는 자네들이 말씀드리는 것이 좋겠네."

풍소백이 흑백괴동에게 답을 미루자 흑괴가 북경혈사부터 시작해 혼천등마부를 무너뜨린 일 등을 소상히 말했다.

흑괴의 말을 묵묵히 듣고 있던 약노가 고개를 저었다.

"노부는 도무지 믿어지지 않는군. 결국 자네들은 그 아이가 직접 살인을 저지르는 장면을 보지 못한 것 아닌가? 내 보기에 그 아이는 절대로 그런 끔찍한 일을 벌일 만한 성정이 아니었네. 결코 수백 명을 멸할 만한 살기가 없었단 말일세."

"그건 주군께서 모르고 하시는 말씀입니다. 마선의 무공인 마황진기는 평소 때는 드러나지 않다가도 폭주했을 때는 전혀 다른 사람이 된다고 알려져 있습니다. 사람이 아니라 악마가 되는 것이지요."

흑괴의 말을 들은 약노는 심각한 얼굴로 말했다.

"노부는 그 아이와 진작부터 안면이 있었네."

흑괴가 의아한 얼굴로 말했다.

"명나라에 온 지 얼마 되지 않는 아이를 주군께서는 어찌 알고 계셨던 것입니까?"

"얼마 전까지 노부는 자금성에 있었네. 그때 기대조 시험에 응시한 그 아이를 만났지. 품은 힘도 힘이려니와, 기예가 보통이 아니었네. 아무리 봐도 예사 바둑이 아니라 눈여겨보았거늘, 그가 살성의 제자였을 줄이야."

흑백괴동은 그제야 이해가 간다는 듯 고개를 끄덕였다.

"이제 보니 주군께서 명성이 자자한 전대 기대조셨군요."

"허허, 그 역시도 허명일 따름이지. 그나저나 이를 어쩐다? 화근의 씨앗인 줄도 모르고 그 아이를 두 차례나 구해주었으니."

"두 차례라니요? 언제 또 그 녀석을 구명해 주신 적이 있다는 말씀이십니까?"

약노는 기대조 선발 결승전에서 있었던 일을 이야기했다.

"기대조를 뽑는 최종전에서 정화가 녀석에게 암수를 썼다네. 고작 '암수 따위' 라는 말로 깎아내리기에는 그 수가 너무도 대단했지.”

정화가 마교 인사라는 것이 밝혀진 이상, 무공이 있다는 것은 전혀 이상한 일이 아니었다. 하지만 그렇더라도 약노가 감탄할 정도라면 예삿일이 아니었다.

흑괴가 물었다.

“선뜻 이해가 되지 않습니다. 최종전이었다면 수많은 사람들이 대국을 지켜보고 있었을 것이 아닙니까? 더군다나 황제의 호위라면 결코 호락호락한 자들이 아닐 텐데, 그들마저 눈치채지 못했을 정도의 암습이라니요.”

“켈! 그 고자 놈이 필시 독을 쓴 것이 틀림없소이다. 히힛! 암습에 독만 한 것이 또 있겠소이까?”

고독정이 눈치없이 나서자 흑괴가 눈을 부라리며 말했다.

“네놈은 제발 입 좀 다물어라. 주군께서 어찌 고작 용독술 따위에 감탄을 하셨겠느냐!”

“노부조차도 처음에는 암습의 기미만 눈치챘을 뿐, 정화 그자가 무슨 수를 썼는지는 알지 못했네. 후에 무한이란 아이를 치료하다가 알게 된 사실이네만, 암습의 매개체는 놀랍게도 머리카락 한 올에 지나지 않았네. 정화는 머리카락을 조종해 혈도를 투과시킴으로써 전신을 유린했던 것일세. 노부가 제때에 치료하지 않았다면 그 아이가 마선 아니라 옥황상제의 제자였더라도 반신불수 신세를 면치 못했을 걸세.”

들을수록 가슴 철렁한 말이 아닐 수 없었다. 머리카락을 조종해 혈도를 투과시키다니?

흑백괴동은 누가 먼저랄 것도 없이 대뜸 머리카락을 한 올 뽑아 진기를 주입했다. 머리카락은 내가진기를 촌각도 견디지 못하고 먼지가 되어 사라졌다. 너무도 당연한 일이었다.

흑백괴동의 시선이 약속이라도 한 듯 풍소백을 향했다.

"그리 볼 것 없네. 노부로서도 가능한 일이 아닐세. 단순한 듯 보이지만 내력의 높고 낮음이나 조절 능력의 차이로는 극복할 수 없는 문제네. 기술이 아닌 경지의 차이란 말일세."

풍소백은 자타가 공인하는 초절정의 끝단에 섰다고 인정받는 고수. 그런 그가 정화를 자신과는 차원이 다른 고수라고 평가하고 있었다. 참으로 경악스러운 일이었다.

흑괴가 침중한 음성으로 탄식했다.

"점입가경이로군. 이거야 원, 역시 마교라고 해야 하나."

백괴가 그 말을 받았다.

"정화가 상상 이상으로 고수라는 건 분명 나쁜 소식이오. 하지만 우리는 정화가 무한 그 녀석에게 암수를 썼다는 것에 주목해야 합니다."

약노가 백괴의 말에 긍정했다.

"노부의 생각도 그와 같네. 노부가 판단하기에 정화는 진심으로 무한을 해치려 했네. 그로 미루어 정화와 마선이 연합하지 않았다고 보는 것이 옳을 것일세."

"하면 주군께서는 원적이 마선과 연합해 정화를 견제하고 있다고 보고 계시는 것입니까?"

"거기까지는 섣불리 단정 지을 수는 없네. 하지만 원적이 마선과 연합했다고 보는 것도 무리가 있네. 원적은 무한이란 아이가 마선의 제자란 사실도 모르고 있을 가능성이 크네. 어쩌면 정화조차도 원적의 뒤에 마선이 있다는 걸 모르고 있을지도 모르지."

"원적이 알든 모르든 어쨌거나 우리로서는 참으로 다행스러운 일입니다. 두 마리 호랑이가 서로 산을 차지하겠다고 으르렁대고 있으니 말입니다."

그때 고독정이 불쑥 끼어들었다.

"켈! 노부도 한 가지 궁금한 것이 있소이다. 그들이 한패가 아니라면 무엇 때문에 정화가 원적으로 하여금 태자를 호위하도록 명했을까 하는 것이오. 만약 자신의 심복에게 그 임무를 명했다면 풍 문주의 힘을 빌릴 것도 없이 주머니에 든 물건처럼 쉽게 태자의 목숨을 취할 수 있었을 텐데 말이외다."

흑백괴동도 이번만큼은 고독정을 핀잔하지 않았다. 제법 날카로운 지적이었던 것이다.

고독정의 지적대로 상식적으로 납득이 안 되는 부분이었다. 왜 정화는 쉬운 길을 버리고 돌아가는 길을 택했을까.

잠시 생각해 보던 백괴가 입을 열었다.

"노부의 생각에는 정화가 일석이조를 누리려 잔꾀를 쓴 것 같소이다. 태자를 해한 후, 원적에게 태자를 호위하지 못한 책임을 물으려고 말이오."

태자는 태자대로 제거하고 원적도 그 핑계로 제거한다? 그럴 법한 추측이었다.

백괴의 말에 흑괴가 끄덕이며 말했다.

"하면, 이러고 있을 때가 아닌 것 같소이다. 이 나라가 마선의 세상이 되든 마교의 세상이 되든 결과는 하나같이 지옥과 같을 것은 자명한 일! 속히 막아야 합니다."

풍소백이 고개를 저었다.

"노부 또한 자네의 말에 동의하네. 하지만 당장 어디서부터 어떻게 손을 쓴단 말인가. 오히려 벌집을 들쑤시기보다는 은밀히 힘을 모으면서 그들이 힘을 소모하도록 지켜보는 편이 낫지 않겠는가?"

풍소백은 오랑케로써 오랑케를 제압하는 이이제이의 병법을 말하고 있었다. 그러나 흑괴는 고개를 저었다.

"문주의 말씀도 일리가 있소이다. 하나 그들의 이전투구로 인해 벌어질 일을 생각한다면 마냥 손 놓고 있을 수만은 없소이다."

백괴가 즉시 동조했다.

"형님 말씀이 옳소이다. 이건 결코 시간을 두고 기다릴 사안이 아닙니다. 벌써 무한 그놈이 폭주하여 수백 명을 죽음으로 몰아넣었소. 무엇보다 두려운 것은 앞으로 일이외다. 몇 명이 더 희생될지 알 수 없는 노릇이오. 뿐이겠소? 정화의 폭정으로 도탄에 빠진 백성은 둘째 치더라도 벌써 문주의 경천신문도 놈의 꾐에 빠져 막대한 피해를 입지 않았소이까?"

흑백괴동의 말을 경청하던 약노가 끄덕이며 말했다.

"오랜만에 자금성을 벗어나 세상을 둘러보았네. 정화의 힘을 등에 업은 동창의 악행이 도를 넘어섰더군. 마선과 정화, 그 둘 중 하나가 쓰러지기 기다렸을 때는 이미 늦을지도 모르네. 그때쯤이면 중원은 회복할 수 없는 상처를 입고 있을 테니까 말일세."

잠시 생각에 잠겼던 풍소백이 흑백괴동에게 말했다.

"아무래도 노부의 생각이 짧았던 것 같군. 하면 어찌하면 좋겠는가."

비로소 뜻이 하나로 모이자 흑괴가 입을 열었다.

"마선이 정화와 손을 잡지 않은 것이 명백해진 이상, 태자는 살아 있을 가능성이 크다고 봐야 하오. 정화는 태자를 없애 주고후를 후대 황제로 세우려 하고, 마선은 반대로 지금의 태자를 이용해 정권을 잡으려 할 것이니 말이오."

"형님 말씀이 옳소이다. 현 상황을 주도하려면 태자와 세자를 손에 넣어야 하오. 그래야 저들의 의도를 원천봉쇄시킬 수가 있소이다."

풍소백이 도갑을 움켜쥐며 말했다.

"좋네. 하면 내 책임지고 다른 마도 대파에 연락해 힘을 모으도록 하겠네."

백여휘가 마교도로 확인된 하만에게 불구가 되었고, 마선의 세력으로 확인된 자들에게 아들이 죽었다. 본의 아니게 정화와 마선 모두에게 원한을 맺게 된 풍소백은 누구보다도 적극적으로 나섰다.

흑괴가 결연한 얼굴로 약노에게 말했다.

"주군, 저희 두 형제가 주군께 오롯이 몸을 의탁하기로 하였으나, 이번만큼은 독자적으로 행동할 수 있도록 허락해 주십시오."

약노가 고개를 저었다.

"독자적인 행동이라……. 불허하네."

뜻밖에도 약노는 흑백괴동의 첫 부탁을 단칼에 거절했다. 설마 이럴 줄 예상하지 못했던 흑백괴동이 당황하고 있을 때, 약노의 말이 이어졌다.

"어쨌든 독자적인 행동은 불허하네. 하지만 화의 씨앗을 두 번이나 구해준 셈이니, 노부 또한 손 놓고 있을 수만은 없겠지. 살린 싹을 다시 이 손으로 거둘 수밖에."

흑백괴동의 얼굴에 화색이 돌았다. 흑백괴동이 이 일에 나서는 것을 허락한 것뿐만이 아니라 약노 본인까지 돕겠다고 나선 것이다.

"정녕 주군께서 나서주시겠습니까?"

"허허, 자네들이 나선다니, 미력한 힘이나마 거들어볼까 하네."

뒤에 있던 고독정이 똥 씹은 얼굴로 돌아섰다.

"퀠, 주군, 하면 이 못난 수하는 주군께서 일을 마치실 때까지 잠깐 외유를……."

"이놈! 아직 정신을 차리지 못했느냐!"

약노가 버럭 고함치며 손을 뻗었다. 고독정은 막대한 흡입력을 이기지 못하고 질질 끌려와 뒷덜미를 내주고 말았다. 보는 자로 하여금 뒷덜미가 서늘해지게 만드는 장면이었다.

맥없이 뒷덜미를 잡힌 고독정이 기겁해서 소리쳤다.

"켈! 주군, 농이었소, 농이었단 말이외다. 그러니 제발 놔주십시오."

고독정은 정말 겁에 질려 있어 당장에라도 오줌을 지릴 것만 같았다.

"모자란 놈 같으니. 네놈이 그간 저지른 악행을 조금이나마 속죄할 기회다. 그러니 누구보다 열심히 뛰어야 할 것이다. 알겠느냐!"

"켈, 여, 여부가 있겠습니까."

그제야 뒷덜미를 틀어쥐었던 약노의 손이 풀렸고, 고독정은 누렇게 뜬 얼굴로 얌전히 약노의 뒤에 시립했다.

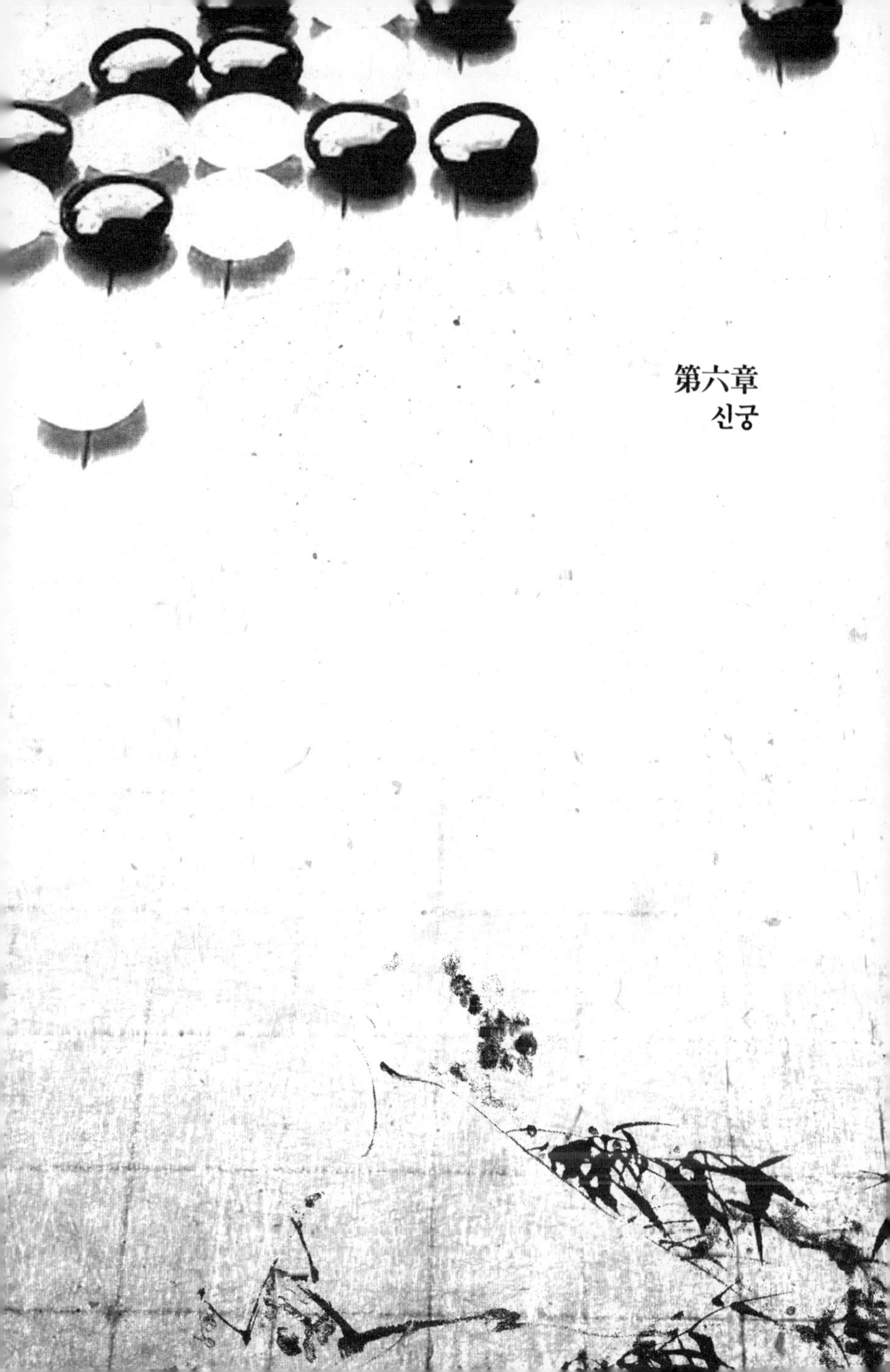

第六章
신궁

신궁 1

처참했다. 아니길 바랐지만 혹시나 하는 기대는 무참히 무너졌다.

어둠이 짙게 깔린 관도 주변으로 병사들의 시체가 즐비했다. 칼에 찢기고 장력에 터진 채 맞은 끔찍한 죽음이었다. 차마 눈을 감지 못한 병사들을 보려니 이가 절로 악물려졌다. 한 명이라도 더 살리고 싶어서 보낸 길이 죽음의 길이 될 줄이야.

싸움이 일어나면 가장 먼저 희생될 거라는 그의 예상은 틀리지 않았다. 삼성각을 빠져나간 병사들 중 반 이상은 여기서 숙은 것 같았다.

숙은 숫자에 비해 전투 흔적은 거의 없었다. 몇몇 시체 주변으로 활과 전통만이 어지럽게 흩어져 있을 뿐, 제대로 화살 한

발 쏘아보지 못한 듯했다.

일방적인 싸움, 아니, 싸움이라기보다는 도살이라 해야 옳았다. 반항할 사이도 없이 일격에 하나씩 죽었다는 걸 알 수 있었다.

병사들만 따로 있다가 죽었다. 믿기 싫은 일이었지만 시간을 벌기 위해 이들을 이용한 것이 분명했다.

무한의 참담한 심경을 아는지 하늘이 대신 통곡했다.

우르릉!

천둥소리가 천지를 진동하더니, 굵은 빗방울을 쏟아내기 시작했다.

무한은 하늘을 올려다보았다. 하루의 희망을 전해야 할 새벽하늘은 구름에 갇혀 한없이 어둡고 음울했다. 서쪽 하늘로부터 먹구름이 잔뜩 몰려오고 있었다. 이건 쉽사리 그칠 비가 아니었다.

먼저 떠난 태자 일행을 찾아가는 무한에게 새벽은 그렇게 찾아왔다.

비는 예상대로 시간이 지나도 그칠 기미를 보이지 않았다. 그러나 어둠은 제법 거쳐 따로 내력을 쓰지 않고도 사위를 분간하는 데는 아무런 지장이 없었다. 해가 보이지 않아 정확한 시간은 알 수 없었지만 아마도 묘시 부근이 아닌가 싶었다.

깊게 파인 마차 바퀴 자국을 따라 반 시진쯤 달렸을까. 제법 넓은 공터가 눈앞에 펼쳐졌다. 원래부터 존재했던 공터가 아니라, 치열한 전투로 만들어진 곳이란 걸 알 수 있었다.

"하아, 하아."

무한의 입에서 언제부턴가 거친 숨소리와 함께 뿌연 입김이 뿜어져 나왔다. 그의 몸 상태가 어떤지를 단적으로 보여주는 장면이었다. 따로 조식을 취하면 훨씬 나아지겠지만 지금은 그럴 짬이 없었다.

언뜻 보기에도 심상치 않은 전투가 벌어졌던 흔적이었다. 어른 머리만 한 바위가 조각조각 부서져 있고, 족히 몇 사람은 묻을 수 있을 법한 웅덩이가 군데군데 파여 있었다. 그런가 하면 어른 허리둘레쯤 되는 나무들이 허리부터 작신 부러져 있었다.

여기저기 흩어져 있는 오십여 구에 이르는 시신들. 무한은 아는 얼굴이 없기를 간절히 바라면서 정신없이 사체들을 확인했다.

이곳과는 전혀 어울리지 않은 의복을 걸친 시체들이 눈길을 잡아끌었다. 원색의 비단 장삼으로 치장한 젊은 시신들은 세자를 보호하겠다고 나섰던 의혈단원들이었다. 희생된 수는 모두 다섯 명. 나들이나 한다는 생각으로 나섰을 그들이 이곳에서 뼈를 묻고만 것이다.

떨리는 심정으로 주변을 살핀 무한은 안도의 한숨이 절로 터졌다. 의혈단원들의 죽음이야 안타까운 노릇이었지만, 우려했던 최악의 상황은 없었다. 물론 최악의 상황이란 만평 사형제와 감찰단원들의 희생이었다.

한숨 돌린 무한은 마음을 가라앉히고 냉정하게 전투 흔적을 살폈다. 이 정도의 전투 흔적은 적어도 절정의 기량을 보유한 자들의 대결이 아니고서야 만들어질 수 없는 것이었다.

적로와 청로가 나섰다. 물론 그들 상대는 경천신문의 빈객일 가능성이 높았다. 하지만 경천신문 무인으로 보이는 시체 중 빈객이라 할 만한 자는 없었다.

'이건 뭔가 이상하다.'

아무리 생각해도 경천신문이 태자 호위대에게 밀릴 이유가 없었다. 적청쌍로와 오평, 청평 등 무시할 수 없는 고수가 있다고 해도 마찬가지였다.

상대는 십이빈객 중 삼성각에 모습을 드러낸 셋과 경천신문에서 이탈한 흑백괴동을 빼고도 최대 일곱 명의 빈객과 천살대와 마룡대가 있었다.

전력 차가 확연함에도 결국 물리치고 마차가 무사히 빠져나갔다?

추격대가 전력을 기울이지 못했다는 결론이 나온다. 어느 정도 그림이 그려진다.

애초에 풍소백은 태자가 비밀 통로 등을 이용해 도주할 것을 예측했다. 그러나 예측 범위는 거기까지가 한계였다. 통로는 삼성각을 근 이십 년을 경영한 각주조차도 알지 못했다. 그 정도로 극비였던 만큼 경천신문 측에서 통로의 출구가 어디를 향해 있는지 정확한 위치를 알 리 없었다.

확실히 알지 못하는 이상 수색을 위해 전력을 나눌 수밖에 없었을 것이다. 몇 개로 나누었는지는 모르지만 이곳에서 싸움을 벌인 자들은 그중 한 무리일 가능성이 컸다.

서둘러야 한다. 이만한 싸움이 벌어졌다면 흩어진 다른 무리에게도 알려졌을 가능성이 컸다. 어쩌면 또다시 싸움이 벌어지고 있을지도 모를 일이었다.

흔적을 부지런히 쫓아가던 무한이 어느 순간 멈춰 섰다.

관도는 북쪽을 향해 구불구불한 형태로 뻗어 있었다. 마차 바퀴 자국은 관도를 따라 이어진 반면, 관도 옆, 산허리 쪽으로 나뭇가지가 노골적으로 꺾여 있고 무릎 어림까지 자란 풀들도 흙발에 밟혀 누워 있었다. 적어도 수십 명 이상이 지나간 흔적이었다.

추격자들에게 혼란을 주기 위해 무리를 두 개로 나누어 길을 잡은 모양이었지만, 정작 무한까지도 혼란에 빠져 버렸다. 어느 쪽으로 방향을 잡아야 할지 갈피를 잡지 못했다.

태자의 체구를 생각할 때 마차 없이는 이동의 거의 불가능했다. 하지만 그건 적들도 익히 알고 있는 사실이 아닌가. 그렇다면 누가 봐도 빤한 계략을 쓴 이유가 뭘까.

갈등하던 무한은 마차가 지나간 관도 대신에 산길로 방향을 잡았다.

얼마나 달렸을까, 바삐 움직이던 무한의 발길이 순간 멎었다. 또다시 흔적이 두 갈래로 갈려 있었다. 이번에는 어느 쪽을 택해야 하는가. 낭패였다.

그때였다.

휘이잉!

빗소리를 뚫고 날카로운 휘파람 소리가 메아리쳤다. 그러는
가 싶더니, 이어 굉장한 폭음이 뒤따랐다. 무한은 서둘러 고지
대로 이동해 소리가 들려온 쪽을 바라보았다. 먹구름으로 가
득한 북쪽 하늘에 녹색 연기가 바람을 타고 흩어지고 있었다.

무한은 단박에 경천신문의 연락 수단이라는 알아보았다. 거
리를 가늠해 보니 족히 이십 리는 떨어진 곳이었다.

무한의 걸음이 빨라졌다. 마음이 급했다. 간발의 차이로 자
칫 천추의 한을 남길 수도 있었다.

한편 악천후를 뚫고 산길을 달리던 하북삼협은 근처에서 들
려오는 폭죽 소리에 하나같이 얼굴을 일그러뜨렸다.

"생각보다 빠르게 따라잡혔는데?"

조의량의 말에 가진관이 끄덕이며 말했다.

"어쩔 수 없는 일 아닙니까. 이보다 더 속도를 냈다간 저들
이 우리 중에 태자가 없다는 걸 알아차리게 될 테니 말입니
다."

명조후가 비에 흠뻑 젖은 채 헐떡이고 있는 열 명의 병사를
둘러보았다. 폭죽 소리가 들리고부터 다들 겁에 질려있었다.

"모두 수고했다. 너희들은 먼저 떠나 살길을 도모해라."

명조후의 말에 병사들이 서로를 마주 보며 겁에 질린 시선
을 교환했다. 병사 중 하나가 떨리는 음성으로 말했다.

"우, 우린 가지 않겠습니다. 화살 한 발이라도 더 쏠 테니 제
발 버리지 말아주십시오."

“목이 떨어져도 화살을 쏘고 죽겠습니다. 그러니 저희를 버리지 말아주십시오!”

병사들의 말은 거의 울부짖음에 가까웠고 표정에는 죽을 수 없다는 절박함이 묻어났다.

명조후가 의아한 얼굴로 물었다.

“무엇 때문에 항명을 하는 것이냐? 그리고 버리지 말아달라니, 그건 또 무슨 소리고?”

“그리 말하셔도 앞서 따로 떨어졌던 병사들이 모두 죽었다는 걸 알고 있습니다.”

한 병사의 절규에 가까운 말에 명조후는 잠시 말을 잇지 못했다. 하지만 마냥 이러고 있을 수만은 없는 일이었다.

“휴, 너희들의 말을 부인하지는 않겠다. 하지만 지금은 그때와 상황이 다르다는 것을 알아야 한다. 우리 조는 너희들도 알다시피 싸우는 것이 목적이 아니라, 본대를 위해 시간을 끄는 것이 목적이었다. 우리는 만족할 만한 수준은 아니지만 목적을 거의 완수했고, 이제 남은 길은 각자 목숨을 챙기는 일이란 말이다.”

“그래도 저희는 가지 않겠습니다.”

병사들은 쉽게 믿지 않았다. 그들은 흩어지는 것보다 하북삼협과 함께 있는 편이 살 가능성이 크다고 생각하는 무양이었다. 답답한 노릇이었다.

지금과 같이 병사들을 모두 대동하고 산을 타자면 얼마 못 가 따라잡히고 말 것이다. 상대는 어중이떠중이가 아니라 제대로 훈련된 무림인인 것이다. 이대로라면 다 같이 죽는 길밖에 없었다.

하북삼협의 계획은 거창한 것이 아니었다. 이곳에서 병사들을 먼저 흩어 보낸 후, 그들 형제가 방향을 틀어 경천신문의 이목을 집중시킬 요량이었다. 물론 몇몇은 병사들의 흔적을 쫓겠지만 곧 단순한 병사들뿐이라는 걸 알게 될 것이고 추격을 멈출 것이다. 그 와중에 몇몇은 목숨을 잃을 수도 있겠지만 다 같이 이동하는 것보다야 병사들의 생존 확률은 대폭 높아질 것이었다.

한데 병사들은 그런 하북삼협의 속내를 모른 채 끝내 말을 듣지 않고 고집을 부렸다. 군령을 어겼으니 당장에 목을 쳐야 마땅하지만, 뼛속까지 강호의 협객인 하북삼협은 그런 생각을 추호도 하지 않았다.

조의량이 답답한 마음에 가슴을 치며 소리쳤다.

"이런 멍청한 것들! 우리 하북삼협이 네깟 것들을 방패 삼아 목숨을 부지할 것 같으냐?"

북경성 내에서 소리쳤다면 듣는 사람마다 고개를 끄덕이며 수긍했을 터였다. 하지만 당장 이곳에 있는 병사들에게는 아무런 신뢰도 주지 못했다. 남경에서 나고 자란 병사들이 저 멀리 하북성의 세 협사를 알 리가 만무했다.

"할 수 없다. 모두 데려간다. 운명은 하늘에 맡길 수밖에."

명조후의 전격적인 결정에 가진관이 놀란 얼굴로 말했다.

"대형!"

"어쩔 수 없지 않느냐. 하면 이들을 두고 떠나야겠느냐?"

경공을 펼쳐 산을 탄다면 이들 정도야 손쉽게 떨어뜨릴 수 있다. 하지만 그랬다가는 다들 우왕좌왕하다가 죽고 말 것이었다.

가진관은 병사들을 바라보았다. 비를 철철 맞고 오들오들 떨며 서 있는 병사들. 그들의 눈은 생에 대한 간절함으로 절절 끓어 넘치고 있었다.

그런 눈들을 보고 있노라니 가슴이 뜨거워졌다. 그와 더불어 이들을 보호해 줄 수 없는 자신의 나약함에 화가 치솟았다.

"제길, 까짓, 같이 갑시다. 그래 봐야 죽기밖에 더 하겠습니까."

가진관이 찬성하자 명조후가 조의량을 바라보았다. 의중을 묻는 눈빛에 조의량은 어깨를 으쓱하며 앞으로 나섰다.

"기왕 결정한 거, 한시라도 서두릅시다."

하북삼협은 결국 병사들을 밀어내지 못했다. 병사들과 함께 나선 길, 그렇지 않아도 힘든 산행인데 끝도 없이 내리는 비로 인해 약해진 지반마저 발목을 붙들었다.

예상대로 그들은 얼마 가지 못하고 적들과 마주치고 말았다.

명조후는 적을 발견하자마자 재빨리 주위를 살펴 적은 수로 다수를 상대할 만한 지형을 찾았다. 다행히 가까운 곳에 족히 높이가 십여 장은 됨직한 석벽이 버티고 서 있었다.

"저쪽이다!"

모두 명조후의 뜻을 읽고 석벽으로 이동했다. 하북삼협은 병사들을 안쪽으로 몰아넣고 반원 형태로 서서 적을 경계했다.

일단 등 뒤에 벽을 둠으로써 다수를 상대할 만한 위치를 고른 명조후는 날카로운 눈빛으로 적들을 훑었다.

명조후의 시선이 무리의 중심에 위치한 사십대 초반의 거한에게 닿았다. 침착함을 잃지 않았던 명조후는 거한을 발견한 후로는 시선이 눈에 띄게 떨리기 시작했다.

거한이 비릿하게 웃으며 말했다.

"잔꾀라… 역시 태자는 없다, 이건가? 유정!"

"예, 대주!"

거한의 뒤에 서 있던 자가 강하고 간결한 대답과 함께 품속에서 뭔가를 꺼내 하늘을 향해 쏘아 올렸다.

휘이잉! 펑!

나무숲을 간단히 뚫고 솟아오른 폭죽이 요란한 소리를 내며 폭발했다. 이번에는 흰색 연기가 하늘을 수놓았다.

"쥐새끼에 불과한 녀석들이나 귀찮게 만든 녀석들이니 살려둘 수는 없겠지. 쓸어라!"

거한의 명령에 포위망을 형성하고 있던 자들이 덮쳐들 찰나, 명조후가 소리쳤다.

"잠깐!"

팔을 들어 수하들을 제지한 거한이 칼날 같은 시선으로 명조후를 응시하며 말했다.

"유언이라도 남기겠다는 건가."

"병사들은 보내다오. 보다시피 힘이 없는 자들이다."

"힘이 없다… 그러니 보내 달라? 과연 협객 나부랭이는 다르구나."

앙천대소하던 거한은 언제 웃었냐는 듯, 급작스럽게 웃음을 그치고 예의 싸늘한 얼굴이 되어 말했다.

"하지만 아무래도 너는 내가 누군지 모르는 모양이구나."

"알고 있다. 그대가 천살대 대주 무정쌍도 나후겸이라는 것을."

"그걸 알면서도 동정을 바라느냐?"

"부탁이다. 오늘 한 번만은 정을 베풀어다오."

명조후는 생전 처음으로 적에게 고개를 숙였다. 조의량과 가진관은 그 모습에 으스러져라 주먹을 쥐었지만 결국 명조후의 뜻을 알기에 그를 따라 고개를 숙였다.

그 모습에 유정이란 자가 비웃음을 터뜨렸다.

"주제 파악도 못하고 협객 흉내를 내고 다닌다는 소문은 들었다만, 이런 식으로 비굴하게 빌어서 사람들을 구하고 다니는 줄은 몰랐구나."

유정의 조롱에 가진관이 참다못해 버럭 소리쳤다.

"놈! 우리 형제를 모욕하지 마라! 우리가 바라는 겄은 저들의 목숨이지, 우리 형제의 목숨이 아니다!"

병사들은 하북삼협의 협의에 찬 모습에 그제야 자신들이 그들을 오해했음을 깨달았다. 하지만 이미 때는 늦은 후였다.

병사들이 어찌할 바를 몰라 하고 있을 때 나후겸이 마치 진리라도 되는 양 말했다.

"무력(無力)은 곧 죄(罪)다. 죄를 지었으면 응분의 처분을 받는 것이 당연한 일 아니겠느냐! 무엇보다 네놈들을 살려두면 이 무정쌍도가 유정쌍도가 될 테니 안 될 말이지."

명조후가 검파를 으스러져라 움켜쥐며 소리쳤다.

"아우들, 아무래도 오늘이 마지막이 될 것 같구나. 협의의 도를 바로 세우라는 노사의 유언은 열에 하나도 지키지 못했으나, 아우들과 함께한 시간들은 저승에서도 기억하마."

"이 못난 아우도 마찬가지요."

"형님들, 저승에서 뵙시다!"

조의량과 가진관이 각각 소리친 후, 검을 세차게 뽑아 들었다. 그들의 검에서 협기라 할 만한 기세가 줄기줄기 뻗어 나왔다.

그 모습에 두려움에 떨고 있던 병사들이 거짓말처럼 떨림을 멈췄다. 협기에 고무된 병사들은 죽음의 공포를 이겨내고 저마다 이를 악물며 활시위에 화살을 얹었다.

그러나 나후겸을 위시한 천살대 대원들의 눈에는 마냥 우스워 보일 뿐이었다. 겁을 상실했다고 해서 실력 차가 어디 가는 것은 아니었다.

"뭣들 하느냐! 한 놈도 남김없이 쓸어버려라!"

나후겸의 명령과 동시에 유정을 위시한 천살대 대원들이 성난 이리처럼 짓쳐들었다.

차자장!

검과 도가 세차게 얽혀드는 것을 기점으로 죽이고자 하는 자들과 살고자 하는 자들의 치열한 전투가 시작되었다.

띠딩! 촤라락!

하북삼협은 싸움이 시작되자 실로 눈부신 면모를 드러내기 시작했다. 세상에 남은 형산파 유일의 진산절기, 형산운형검법은 절대로 녹록한 검법이 아니었다.

하지만 하북삼협의 실력은 검술의 높낮이로는 설명할 수 없는 뭔가가 있었다. 세 형제가 죽기를 각오하고 전투에 임하니 그야말로 본 실력을 훨씬 뛰어넘는 기량을 선보이고 있었다.

손 씀씀이에 망설임이 없을 뿐 아니라, 형제들 간의 호흡이 감탄을 자아낼 만큼 대단했다. 톱니바퀴처럼 맞물려 돌아가는 방어 체계가 절로 탄성을 불러일으켰다.

정면에서 들어오는 공격은 스스로 막고 사각에서 들어오는 칼은 서로 막아주는 식이었다. 마치 생사를 넘나드는 전투가 아니라 잘 짜인 한편의 경극을 보는 듯했다.

서로에 대한 확고한 믿음과 형제를 목숨보다 아끼는 마음이 없다면 결코 불가능할 연수합격의 백미였다.

하북삼협이 활약을 펼치는 동안 병사들도 가만히 있지만은 않았다. 그들은 틈이 날 때마다 화살을 쏘아댔다.

내력 한 줌 없는 화살이라 치명적이지는 않았지만 워낙 근거리에서 날아오니 막기가 여간 까다롭지 않았다. 벌써 두셋은 팔뚝에 화살을 맞아 피를 흘리고 있었다.

나후겸은 쉽사리 결정될 것으로 생각했던 승부가 의외로 질질 끌리자 분통이 터졌다. 자신의 생명을 서로에게 내맡긴 채 엄청난 수준의 연수합격을 선보이는 하북삼협. 누구라도 감동할 그 모습에서 나후겸은 감동은커녕 배알이 뒤틀리는 중이었다.

그에 눈에 비친 하북삼협의 일련의 행동들은 모든 것이 위선으로 느껴질 뿐이었다.

"이런 머저리 같은 놈들! 유정, 물러서라!"

나후겸의 진노 가득한 음성에 가진관의 어깨를 찔러가던 유정은 재빨리 뒤로 물러섰다. 그 빈자리는 곧 나후겸으로 채워졌다.

무정쌍도 나후겸. 그는 경천신문 소속 천살대 대주로, 한 쌍의 도를 귀신같이 쓰는 자였다. 굳이 협공이 아니라도 하북삼협 정도는 홀로 상대하고도 남을 정도로 애초에 하북삼협과는 격이 다른 고수였다.

그럼에도 불구하고 나후겸은 거리낌없이 수하들과 협공을 감행했고, 그 이유는 곧 드러났다.

나후겸은 두 아우를 이끌며 공수를 완벽하게 조율하고 있는 명조후의 전면에 버티고 섰다. 잠시 칼날 같은 시선으로 수하들과 하북삼협의 공방을 살피던 나후겸은 천살대 대원 중 하나가 조의량의 옆구리를 노리고 도를 찔러 넣는 것을 보며 폭발적인 발도술을 펼쳤다.

쐐애액!

일격필살의 기세와 더불어 쾌속함을 두루 겸비한 도격이 명조후의 가슴과 가진관의 옆구리를 동시에 노리고 들어갔다. 쌍도혈세(雙刀血世)라는 거창한 이름을 가진 발도술은 두 자루의 도로 펼치는 세상에 둘도 없는 초식이었다.

의제를 노리는 도를 막아가던 명조후는 나후겸의 엄청난 공격이 들이닥치자 순간 머릿속이 아득해졌다. 전력을 다해도 막을 수 있을지 장담할 수 없을 만한 공격이었다.

열일을 제쳐 두고 혼신의 힘을 기울여 막아야 했다. 하지만 그렇게 되면 의제 조의량이 당한다. 조의량의 진면에는 이미 세 자루의 테도(太刀)가 들이닥치고 있어 옆구리를 노리고 들어오는 칼은 막을 수 있는 형편이 아니었다.

명조후의 눈동자에 갈등의 빛이 스쳤다. 그 눈빛의 의미를 읽은 나후겸은 입가에 조롱을 매달았다. 바로 이것이었다. 나후겸은 진정으로 자신의 목숨이 위협받는 상황에서도 명조후가 위선을 부리는지 시험해 보고자 했던 것이다.

하지만 명조후의 갈등은 그리 길지 않았다. 아니, 갈등했다고 보기에도 어려우리 만큼 망설임은 찰나에 지나지 않았나.

명조후는 자신의 가슴을 갈라오는 나후겸의 도를 아예 보지 못한 것처럼 조의량을 노리는 태도를 쳐냈다.

까가강!

쉬아악!

"커억!"

짧은 비명과 함께 붉은 선혈이 뿜어졌다. 그 주인공은 명조후가 아니라 뜻밖에도 가진관이었다. 명조후가 조의량을 돕는 사이 가진관이 자신을 노리는 도는 아랑곳없이 명조후를 구원한 것이었다.

"컥!"

"으악!"

가진관이 쓰러지자 방어벽 일각이 허물어지며 병사들 셋이 고스란히 희생되었다.

명조후와 조의량은 가진관이 쓰러진 걸 알고 피눈물을 흘렸지만, 끝없이 밀려들어 오는 칼을 막느라 상세를 살필 수조차 없었다. 물론 보지 않아도 상태가 어떠하리라는 걸 알 수 있었다.

"아우야, 먼저 가거라. 내 이놈들을 저승 길동무로 데리고 뒤따라가마."

아우를 잃은 명조후와 조의량은 입술을 질끈 깨물고는 검을 맹렬히 휘둘렀다. 그 기세가 어찌나 사나웠던지 합공하던 천살대원 중 하나가 가진관이 쓰러진 것을 보고 방심했다가 그만 목이 잘리고 말았다.

나후겸은 발도술을 펼치며 제 살기에 급급한 하북삼협의 모습을 기대했었다. 그러면 마음껏 위선자라고 비웃어줄 요량이었다.

한데 목숨을 버리면서까지 서로를 구하자 속이 부글부글 끓어올랐다.

"모두 물러서라!"

나후겸이 버럭 소리쳐 수하들을 뒤로 물렸다. 더 이상 합공할 이유가 없었다. 물론 그 자신이 손을 쓸 이유는 더더욱 없었다.

하지만 나후겸은 분노가 치밀어 하북삼협을 직접 처리해야 속이 시원할 것 같았다. 언제나 정파 위인들은 위선적이며 추악하다고 생각하며 살아온 그였다. 그런데 하북삼협의 목숨마저 뛰어넘는 의리를 보자 기분이 더러워진 그였다.

"미친놈들! 하긴 미치지 않고서야 어찌 제 목숨보다 타인의 목숨을 위하겠는가. 그토록 서로를 위하다니 한시 바삐 모두 저승으로 보내주도록 하마!"

바야흐로 쌍도에 진력을 있는 대로 쏟아부은 나후겸이 본격적으로 살기를 일으키려는 순간이었다.

"멈춰라!"

2

짙은 분노와 경고의 뜻이 담긴 차디찬 음성. 사람들의 시선이 일제히 소리가 들려온 곳을 향했다.

언제부터였을까. 한 남자가 쏟아지는 비를 고스란히 맞으며 병사들과 하북삼협이 등진 절벽 위에 우뚝 서 있었다, 폭죽 소리를 듣고 급히 달려온 무한이었다.

나후겸과 그의 수하들은 곧 죽어도 이상하지 않을 정도로 혈색이 없는데다 비루먹은 개마냥 빼빼 마른 자가 구원자랍시고 나타나자 실소했다.

하지만 병사들의 반응은 전혀 달랐다. 병사들은 홀연히 나타난 무한의 모습을 눈을 비비고 다시 보았다. 도무지 믿어지지 않는다는 표정들이었다.

"신, 신궁이다!"

"신궁이 왔다!"

"와아! 살았다!"

병사들이 희열에 찬 목소리로 저마다 떠들어대는 소리가 멀리 메아리쳤다.

나후겸를 비롯한 천살대 대원들은 병사들이 신궁 운운하며 살았다는 반응을 보이는 것을 보고 어처구니가 없었다. 병사들 중 제법 활 좀 쏠 줄 아는 자인 모양인데, 그것을 가지고 신궁 운운하니 우스운 노릇이었다.

명조후가 언제 재개될지 모를 공격을 경계하는 사이 조의량은 가진관의 상세를 살폈다.

"어떠냐?"

명조후의 물음에 조의량은 무겁게 고개를 저었다. 사실 상세를 살피고 말고 할 것도 없었다. 나후겸의 발도술을 온몸으로 막은 가진관은 이미 숨이 끊어져 있었다.

무한은 조의량의 붉어진 뺨 위로 흐르는 굵은 눈물을 보며 말했다.

"늦어서… 미안하다. 그리고 감찰대원이 되게 한 것도……."

약간은 어눌한 무한의 음성에 조의량이 가진관의 시체를 안고 일어서며 말했다.

"결국 살아 돌아온 것을 보니 그의 제자가 맞구려. 하지만 이제는 상관없소. 당신이 그의 제자이든 아니든 말이오."

명조후가 그 말을 받았다.

"지금 이 순간 당신이 악마의 제자라도 상관없소. 복수를 도와주시오."

무한은 명조후와 조의량의 말을 대부분 알아듣지 못했다. 하지만 복수라는 한마디는 송곳처럼 귓속을 파고들었다.

"하하하! 뒈질 때가 가까워지니 단체로 실성들을 힌 모양이구나! 세상에 활 없는 신궁이라니."

유정의 비꼬는 말에 병사들의 안색이 변했다. 그제야 병사들은 무한의 손에 활은커녕 어떤 무기도 없음을 상기한 것이다.

본래 안색이 좋지 않았지만 지금은 더했다. 내상의 흔적이 뚜렷했다. 아무리 마선의 제자라고는 해도 경천도 풍소백을 상대하기란 결코 쉬운 일이 아니었으리라.

"유정이라 했던가. 말해줘서 고맙군."

조의량은 말과 함께 잠시 가진관을 내려놓고는 죽은 병사의 활과 화살이 가득 든 전통을 집어 들었다. 무한에게 활을 전해주려는 행동이 명백했다. 그럼에도 비웃기만 할 뿐, 누구도 제지하지 않았다.

한데 조의량이 막 활과 전통을 던져 올린 순간이었다.

"막아라!"

굳은 표정으로 뭔가를 고민하던 나후겸이 버럭 소리치며 솟구치고 있는 활을 향해 몸을 날렸다.

"어림없는 짓!"

나후겸의 일거수일투족을 살피고 있던 명조후가 기다렸다는 듯 형산운형검법의 절초를 펼쳐 나후겸을 공격했다. 나후겸은 도를 뻗으면 충분히 활을 쳐낼 수 있었다. 하지만 그랬다가는 가슴으로 명조후의 검을 받아낼 판이라 검을 막지 않을 수 없었다.

까가강!

한 번의 충돌 후 나후겸이 땅에 내려섰을 때, 활과 전통은 이미 무한의 손에 쥐어져 있었다.

"이런 빌어먹을!"

나후겸의 기색은 사뭇 심각하기까지 했다. 그도 처음에는 무한이 나타났을 때 병사들이 보인 반응에 대해 비웃지 않을 수 없었다. 하지만 명조후와 조의량이 아우의 복수를 부탁하는 것을 보자 비웃을 생각이 천 리 만 리 달아났다.

나후겸은 가슴에 한기가 드는 것을 느꼈다. 하북삼협은 결코 어리석은 자들이 아니다. 그들은 강호 경험이 풍부한 자들로, 나후겸의 능력을 잘 알고 있는 자들이었다. 그런 자들이 저토록 진지하게 복수를 부탁할 정도라면 분명 뭔가가 있다는 소리였다.

유정과 천살대원들은 나후겸의 심각한 표정을 이해할 수가 없었다.

유정이 말했다.

"대주, 어찌 그리 심각하십니까. 저런 놈 정도는 당장 돌이라도 던져서 떨어뜨리면 그만 아닙니까."

유정은 말뿐이 아니라 정말로 제 주먹만 한 돌을 집어 들었다. 유정이 고개를 들어 무한을 보았을 때, 마침 무한은 화살 한 발을 장전하고 있었다.

"네놈들이 말했던 신궁이 어찌 죽는지 똑똑히 보아라!"

파아아앙!

유정이 던진 돌은 강렬한 파공음을 동반하며 무한을 향해 쏘아졌다. 유정의 무위는 이물에 내력을 실을 정도는 아니었지만 내력을 휘돌린 팔로 던졌기에 범인이 던진 것과는 비교할 수 없을 정도로 위력이 있었다.

팅!

순간 비파 뜯는 소리를 내며 화살이 시위를 벗어났다.

파스스!

병사들의 머리 위로 돌가루가 부스스 흩날렸다. 실로 놀라운 광경이었다. 돌가루의 정체는 매서운 기세로 날아가던 돌이었다.

"화살로 맞췄다?"

도무지 상식을 벗어난 일에 유정은 눈을 크게 뜨고 턱이 빠져라 입을 벌린 채 굳어버렸다.

그때 천살대원 중 하나가 눈을 껌뻑이며 중얼거렸다.

"기, 기가 막히게 운이 좋은 놈이군. 그렇지 않고서야……."

팅! 휘익!

"컥!"

천살대원이 말을 하다 말고 숨넘어가는 소리를 토했다. 그
는 천천히 고개를 숙여 자신의 가슴을 내려다보았다. 확장될
대로 확장된 동공이 부르르 떨리고, 앙다문 입술을 비집고 새
빨간 피가 주르륵 흘러내렸다. 심장에 화살이 꽂혀 있었던 것
이다.

"제, 제길, 우연이 아니었어……."

쿵!

심장에 화살이 꽂힌 대원은 그 한마디를 남긴 채 나무토막
처럼 쓰러졌다. 천살대원의 급작스러운 죽음, 그것은 시작에
불과했다. 절대적으로 유리한 위치를 점한 무한은 아무런 제
약도 받지 않고 화살을 난사했다.

팅, 팅! 휘이익!

"컥!"

"컥!"

시위를 떠난 화살은 어김없이 천살대원의 심장에 꽂혀들었
다.

무한의 상태가 비록 정상은 아니었지만 정확한 조준과 약간
의 내력, 그것이면 충분했다. 아래를 보고 쏘는 화살이라 화살
은 시위를 떠날 때보다 목표물 근처에 이르렀을 때 더욱 강력
한 힘을 품었다.

잠깐 사이에 열 명이 넘게 쓰러졌다. 그렇지 않아도 무서운 화살인데, 내리는 비로 시계까지 흐려 도무지 막을 수도, 피할 수도 없었다. 실로 간담이 서늘해지는 궁술이었다.

나후겸은 내력이 실린 화살을 보고 우려대로 상대가 일반 병사가 아님을 알아차렸다. 활을 쏘는 위치 등 모든 이점을 감안해도 일반 병사의 화살에 이토록 처참히 당할 수하들이 아니었다.

팅, 휘익!

"윽!"

유정마저도 화살을 온전히 피하지 못해 허벅지에 화살이 꽂혔다. 사태의 심각성을 깨달은 나후겸은 수하에게 날아드는 화살을 쳐내며 분노에 겨워 소리쳤다.

"이놈! 당장 그만두지 못하겠느냐!"

물론 쏘지 말란다고 멈출 무한이 아니었다. 나후겸이 동분서주하며 수하들을 지키려 노력했음에도 불구하고 잠깐 사이에 다섯 명이 더 심장에 화살을 박고 쓰러졌다.

이제 남은 자는 나후겸을 포함해 다섯뿐이었다. 그나마 유정은 다리에 화살을 맞아 거동이 자유롭지 못했다.

"뒤로! 뒤로 피해라!"

살아남은 자들은 겁에 질려 나후겸의 뒤로 숨어들었다

팅, 팅! 깡, 깡!

연이어 날아든 화살을 막아낸 나후겸은 상대의 무위가 별것 아니라고 생각했다. 궁술이야 귀신이 울고 갈 실력이지만 정작 화살에 실린 내력은 형편없었던 것이다.

"이놈! 쥐새끼처럼 숨어서 활이나 쏘다니! 네놈이 무인이라면 당장 내려와 나와 더불어 백 초를 겨뤄보자!"

그 말에 무한이 활쏘기를 멈췄다. 자신의 도발에 넘어갔다고 생각한 나후겸이 내심 득의만면해 하고 있을 때, 무한이 명조후에게 말했다.

"더 필요한가."

명조후가 대답했다.

"아니오. 그거면 충분하오."

충분하다? 조의량으로서는 납득하기 힘들었다. 나후겸 하나도 당해내기 힘든데 아직 그 말고도 넷이 더 있었던 것이다.

"형님!"

"의량, 그는 할 만큼 했다. 남은 자들은 복수를 해내든 못해내든 우리들 몫이다."

명조후의 말에 조의량은 이내 고개를 끄덕였다. 복수를 해야 한다는 마음이 앞선 나머지 중요한 것을 잊고 있었다. 아우의 복수를 온전히 남에 맡긴다는 것은 있을 수 없는 일이었다.

다른 사람의 손에 마무리된다면 어찌 그것을 복수라 하겠는가.

오히려 복수에 성공하지 못하더라도 최선을 다하다 숨이 멎는다면 저승에서 아우를 만난다 해도 떳떳하리라.

두 형제는 말없이 결의를 다지며 나후겸의 전면으로 나섰다. 나후겸을 당할 수 없다는 걸 누구보다 잘 알고 있었지만 더 이상 무한에게 의지하고 않겠다는 강한 의지를 드러내고 있었다. 누구라도 감복할 만한 모습이었지만 나후겸의 입가에는 감탄 대신 조롱이 걸렸다.

나후겸은 아무래도 꺼림칙해 시선을 돌려 슬쩍 위를 올려다보았다. 아군과 적군이 뒤엉켜 싸울 때 활을 쏘지 않는 건 상식이었다. 하지만 상대는 맹렬히 날아드는 돌을 쏘아 맞출 만큼 상식이 통하지 않는 실력을 지닌 자였다. 쉽게 안심할 수가 없었다.

무한은 나후겸의 근심을 알기라도 하듯 아예 활을 손에서 내려놓고 가부좌를 틀고 있었다.

물론 나후겸의 근심을 덜고자 한 행동은 아니었다. 무한은 간신히 모아둔 내력마저 활을 쏘느라 모두 소진한데다 간신히 억눌러 왔던 내상 치료를 위해 운기요상이 불가피했다.

가부좌를 튼 무한은 품속에서 은박에 싸인 작고 둥근 물건을 꺼내 들었다. 약노에게서 받은 단약이었다. 여태 운기할 기회가 없어 지니고 있었던 터였다.

물론 지금도 조식이나 하고 있을 처지가 아니었다. 서둘러 저들을 처리하고 태자 일행을 찾아가는 일이 시급했다. 하지만 무한은 나후겸이 자신의 화살을 손쉽게 막는 것을 보고 냉정을 찾지 않을 수 없었다. 이 상태라면 태자 일행을 찾아간다 해도 그들을 구해낼 수 없다는 것을 깨달은 것이다.

무한은 은박을 조심스레 벗겨냈다. 향긋한 약 냄새가 대번에 보통 물건이 아님을 알게 해주었다.

단약을 통째로 삼키려던 무한은 문득 만평과 중평에게 생각이 미쳤다. 고민 끝에 일부를 떼어 입에 넣고 나머지는 은박에 도로 싸서 품속에 넣었다. 그리고 즉각 운기에 들어갔다.

줄기차게 쏟아지던 비가 한풀 꺾이고 있었다.

무한이 운기에 들어간 것을 확인한 나후겸은 일말의 불안마저 말끔히 씻어냈다.

반면 병사들은 무한의 행동에 적잖게 당황했다. 적이 아직 멀쩡하게 살아 있는데 활쏘기를 그만둘 줄은 상상도 못했던 그들은 어찌할 바를 몰라 하고 있었다.

"저놈도 제정신은 아니군. 이런 놈들을 믿고 한가롭게 운기라니. 오라! 네놈들이 얼마나 한심한지 몸소 깨우쳐 주겠다!"

"가르침, 감사히 받도록 하지."

명조후가 이를 갈며 선공을 펼치고 조의량도 뒤이어 살기 짙은 검격을 날려왔다.

까가강! 까강!

요혈을 노리고 들어오는 명조후의 절초는 매섭기가 된서리 같았지만 나후겸은 손쉽게 빗겨냈고, 이어진 조의량의 공격마저 어렵지 않게 막아냈다. 나후겸이 방어에 그치지 않고 조의량의 가슴을 갈라갈 때, 명조후가 온몸을 내던지는 기세로 검을 찔러 들어왔다.

숫제 같이 죽자는 공격이라 나후겸으로서는 조의량을 노리던 도를 거둘 수밖에 없었다.

그것은 시작에 불과했다. 이미 목숨에 미련을 버린 두 형제는 둘 중 하나가 공격을 당하면 죽음을 불사하고 달려들었다.

싸움은 시간이 갈수록 맹렬해지고 치열해져만 갔다. 아직 누구도 이렇다 할 공격을 성공시키지 못했지만 곁에서 보기에는 선혈이 난무하는 것처럼 보였다.

엄밀히 따져 나후겸과 두 형제와의 무공 수준은 현격한 차이가 있어 웬만해서는 좁혀지기 힘들 정도였다. 수준 차이가 명백한 만큼 정상적인 대결이라면 이삼십 초 안에 승부가 나야 마땅했다.

하지만 대결의 전개 양상은 그렇지가 않았다. 삼십 초 겨룸을 넘어 오십 초를 맞교환하두록 승부의 추는 어느 쪽으로도 기울어지지 않고 있었다. 명조후 형제의 목숨을 아끼지 않는 극단적인 전투가 양측 간의 무공 간극을 상당히 좁혀 버린 탓이었다.

나후겸은 짜증이 치밀어 올랐다. 한편으로는 시간이 갈수록 슬그머니 불안감이 싹트기 시작했다. 짜증의 근원은 미친개처럼 앞뒤 안 재고 달려드는 두 형제였고, 불안의 근원은 활을 귀신같이 쏘는 무한이었다.

사실 명조후 등은 별 걱정거리가 아니었다. 당장이야 너 죽고 나 죽자는 식으로 나오니 쉽사리 처치할 수 없었지만, 시간이 흐르면 자연히 자신에게 승기가 넘어오게 돼 있었다. 그런 식의 공격은 심적, 육체적으로 무리가 따를 수밖에 없었기에 공력이 심후한 나후겸에게 절대적으로 유리했다.

하지만 마냥 시간을 끌 수만은 없는 이유가 있었다. 놈이 언제 운기를 끝내고 활을 쏠지 알 수 없었다. 설상가상, 비가 그치자 산안개가 뿌옇게 내려앉아 도통 위쪽이 보이지가 않았다.

아직도 운기를 하는지, 달아났는지 그것도 아니면 자신을 향해 화살을 재고 있는지 보이지 않으니 불안하기 짝이 없었다.

물론 이쪽에서 보지 못하는 것처럼 놈 또한 이쪽을 보지 못하겠지만, 그렇다고 안심이 되는 것은 아니었다. 녀석이 아군의 희생을 감수하고 화살을 날려올 수도 있기 때문이다.

그리되면 큰일이었다. 짙은 안개가 시야를 가려 꼼짝없이 당할 수밖에 없는 것이다.

한 팔을 내주는 정도의 희생을 감수한다면 물귀신처럼 물고 늘어지는 두 형제를 단박에 처리할 수 있을 테지만, 그는 결코 그럴 생각이 없었다.

한편 허벅지에 깊이 틀어박힌 화살을 간신히 빼내고 지혈을 마친 유정은 돌아가는 상황을 확인했다. 씹어 먹어도 시원치 않을 것 같은 자는 안개가 구름처럼 절벽 위를 뒤덮어 보이지 않았고, 대주는 예상외로 아직도 하북이협과 전투를 벌이고 있었다.

그의 눈에는 하북이협이 대주에게 같이 죽자고 악다구니를 치는 듯했다. 쥐새끼도 막다른 골목에 몰리면 고양이를 문다더니, 딱 그 짝이었다.

그때 나후겸이 신경질적으로 조의량의 검을 쳐내며 소리

쳤다.

"유정! 쓰레기들을 처리하지 않고 무엇을 하는 것이냐!"

유정과 천살대원들은 그제야 정신을 차리고 칼을 고쳐 쥐었다. 불꽃 튀는 싸움에 도취되어 있던 병사들도 그 소리에 놀라 자신들의 처지를 상기했다.

천살대원들의 입가에 살기가 짙어짐에 따라 병사들의 낯빛은 하얗게 질려갔다. 목이 빠져라 절벽 위를 올려다보았지만 차라리 구름이라 해도 좋을 만큼 짙은 안개에 가려 아무것도 보이지 않았다.

유정은 겁에 질려 떨고 있는 병사를 보며 입꼬리를 치켜올렸다. 허벅지가 참기 힘들 만큼 욱신거려 기분이 더러웠다. 당장에라도 피를 봐야 조금 진정이 될 것 같았다.

"물러서라. 놈들은 내 몫이다."

앞으로 나서려던 천살대원들은 유정의 음산한 음성에 뒤로 물러섰다. 그들은 유정이 이런 음성을 낼 때면 항상 사람을 잔인하게 찢어 죽인다는 것을 경험으로 알고 있었다.

또다시 구역질나는 장면을 봐야 한다는 생각에 천살대원들이 안색을 찌푸리는 그때, 유정이 양 떼를 덮치는 호랑이처럼 병사들을 향해 도약했다.

파팟!

닝, 슈욱!

퍽!

"큭!"

정말이지 순식간에 벌어진 일이었다. 지극히 짧고 둔탁한 몇 마디 음향과 함께 허벅지의 고통을 무릅쓰고 도약했던 유정이 땅으로 곤두박질쳤다.

치열한 전투를 벌이고 있는 세 사람을 제외하고 모든 이의 시선이 일제히 유정을 향했다. 유정은 바닥에 배를 깔고 엎어져 있었는데, 잠시 사지에 잔경련을 일으키더니 그것도 곧 잠잠해졌다.

"세, 세상에, 심장에 꽂혔어."

병사 중 누군가의 마른침을 꿀꺽 삼키며 한 말이었다. 그의 중얼거림대로 유정의 사인은 심장을 뚫고 삐져나온 한 발의 화살이었다. 유정의 등 위로 피 묻은 화살이 반 넘게 튀어나와 있었다.

"위에 신궁이 있다."

"그분은 우리를 버리고 가지 않으셨다!"

환호작약하는 병사들에게 화답이라도 하듯 안개를 뚫고 화살이 날아들었다.

슉, 슉슉! 슈슈슉!

"아악!"

"으악!"

"크악!"

남은 세 명의 천살대원은 각자 개성있는 비명을 지르며 나동그라졌다. 여섯 발의 화살이 만들어낸 결과였다. 천살대원들은 하나같이 다리를 부여잡고 있었는데, 세 명 모두 쓰러지고도 괴로운 신음을 멈출 줄 몰랐다.

　나후겸은 연달아 강력한 초식을 퍼부어 두 형제를 뒤로 멀찍이 물렸다. 잠시 짧은 틈이 생기자 주위를 둘러본 그는 그야말로 심장이 튀어나올 정도로 놀라고 말았다.

　유정은 화살에 심장이 꿰여 죽어 있었고, 나머지 수하들은 신음을 토하며 벌레처럼 바닥을 기고 있었다. 양 허벅지에 화살 한 발씩을 꿰인 채였다.

　세상에, 안개를 꿰뚫어 보는 능력이라니.

　놀라움은 그뿐만이 아니었다. 무엇보다 놀라운 것은 화살의 위력이었다. 화살에 실린 내력이 형편없어 궁술 외에는 대수롭지 않다 여겼는데, 그것이 아니었다.

　화살은 넓적다리에 박힌 정도가 아니라, 아예 단단한 넓적다리 뼈를 꿰뚫고 반대편으로 나와 있었다. 그것이 바로 대원들이 비명을 그치지 않는 이유였다.

　정신을 한데 팔고 있던 나후겸은 갑자기 느껴지는 섬뜩한 예기에 소스라치게 놀라 몸을 틀었다.

　찌지직!

　명조후의 검이 옆구리를 아슬아슬하게 스치고 지나갔다. 옷깃이 찢겨 너풀거렸고 은근한 통증이 느껴지는 것을 보니 살갗도 상한 듯싶었다. 위험천만한 순간이었다.

　계속된 싸움에서 나후겸은 무한을 경계하느라 제 실력의 반의반도 발휘하지 못했다.

　반 각이라는 시간이 순식간에 지나갔다. 단단히 감겨 있던 무한의 눈이 번쩍 뜨여졌다.

무한은 자리를 털고 일어났다. 영약의 공능에 절로 감탄이
나왔다.

적어도 사흘은 꼬박 정양해야 어느 정도 수습할 내상이 잠
간 사이에 상당히 치료되었다. 비록 평소에 비해 턱없이 부족
했지만 텅 비어있던 단전에서도 상당한 내력이 느껴졌다.

무한은 명조후 등을 신경 쓰느라 오롯이 운공조식에 집중할
수 없었다. 심지어 운공조식 중간에 조식을 멈추고 병사들을
공격하는 유정 등에게 화살을 날리기까지 했었다. 한데도 이
정도 회복이라니.

조금 더 조식을 취한다면 말끔히 치유될 터였지만, 그 잠깐
의 시간이 태자와 사질들의 목숨을 좌우할 수도 있었기에 잠
시도 지체할 수가 없었다.

무한은 아래를 내려다보았다. 천살대원들의 신음 소리와 도
검 부딪치는 긴박한 소리만 들려올 뿐, 짙은 운무가 시야를 완
전히 차단하고 있었다.

하지만 무한은 운무 너머의 상황을 손바닥 보듯 꿰뚫고 있
었다. 비록 시각은 차단되었을지 몰라도 시각을 제외한 나머
지 감각들은 벼려진 칼처럼 날카롭게 서 있었다. 오히려 눈으
로 보는 것보다도 더 객관적인 정황을 전달해 주고 있었다.

이제 나후겸을 상대할 충분한 힘을 얻은 무한이었다. 한데
바라만 볼 뿐, 웬일인지 나설 생각이 없는 듯했다.

"군영에서 기다리마."

무한은 나서지 않을 뿐만 아니라 아예 등을 돌렸다.

절벽 위에서 들려온 무한의 기다린다는 말에 명조후와 조의량은 가슴이 뜨거워졌다. 그들이 나후겸을 반드시 이길 거라는 무한의 믿음을 느낄 수 있었다. 오히려 무한이 나후겸을 상대하겠다고 나섰다면 자존심에 크나큰 상처를 입었을 터.

무한에 의해 복수가 완성된다면 이후로 다시는 협객입네 하며 강호를 활보하지도 못할 것이다.

무한의 말이 들려온 후로 하북이협은 더욱 날카로운 공세를 펼쳤다. 반면 나후겸은 공수에 걸쳐 더욱 흐트러진 모습을 보였다. 그는 무한이 가는 척 연기하여 방심을 유도한 후 자신을 노리고 있다는 생각에 더욱 신경을 쓰고 있었다.

"반드시 돌아가겠소."

떠나는 무한의 귀에 명조후의 음성이 박혀들었다.

3

아직은 어둠에 잠긴 방 안. 당당한 체구의 노인이 눈을 지그시 감은 채 침상에 앉아 있었다. 그는 약노 등과 헤어진 풍소백이었다.

풍소백은 아직 치료가 필요하다는 말에 풍운마도 백여휘를 약노에게 딸려 보내고 마지막까지 남아 있던 수하늘을 급파했다. 혹시라도 테지가 아직 살아 있을 수도 있으니 모든 명령을 철회한다는 명령을 전하기 위해서였다.

풍소백은 더없이 편안한 마음으로 앞으로의 일에 대해 정리했다. 이제까지는 마도의 정점에 오르기 위해 살았다. 하지만 그런 덧없는 것을 쫓아 살기에는 남은 일생이 너무 짧았다.

문파의 재건? 물론 해야 한다. 하지만 절실하지 않았다. 선대에게 물려받은 문파니 이대로 망하도록 둘 수는 없었지만, 문파를 부흥시켜도 물려줄 자식이 더 이상 그에게는 없었다.

물론 풍소천이 독자는 아니었다. 하지만 다른 아이들은 일파를 이끌 그릇이 되지 못했다.

문파의 재건은 다음이다. 우선은 마선의 문제가 시급하다.

마선은 제자가 무차별적인 혈사를 저지르는 것을 방치했다. 저주받은 마공을 전수했다는 것 자체가 좋은 뜻으로 모습을 드러낸 것이 아님을 보여주고 있었다.

이제 그가 할 일은 전 마도에게 그 사실을 알리고 대비책을 세우는 것이었다.

호북 마도의 패주 천주의류장, 산서의 광마도룡곡, 섬서의 진멸마문, 사천의 현정흑령문…….

다섯 명의 봉공과 십이빈객이 온전했을 때의 경천신문 전력과 비교해도 손색이 없는 마도의 대표적인 방파들.

각 방파를 이끄는 종주들의 면면을 상기했다.

천주의류장의 파륜도 곽굉, 광마도룡곡의 도룡객 마유, 현정흑령문의 흑야왕 환지, 진멸마문의 멸혼제 위지천.

풍소백 자신을 능가했으면 했지, 절대로 못하지 않은 마도의 거성들이었다. 무력만을 말하는 것이 아니었다. 그들은 하나같이 마도 일통을 꿈꾸는 효웅들이었다.

그런 자들을 설득해야 했다. 위기에 빠진, 아니, 빠질지도 모르는 강호를 위해 분연히 떨쳐 일어나자고 설득해야 했다.

아마도 처음에는 코웃음을 칠 것이다. 분명 저들의 뜻을 한데 모으기는 쉽지 않은 일이었다.

하지만 해야 했다. 할 자신도 있었다. 비록 경천신문의 반석이 으스러지고 기둥뿌리가 흔들리고 있지만, 그는 아직 경천신문의 문주, 경천도 풍소백이었다.

미명이 새벽을 밀어내고 창문을 두드린다.

묵철처럼 단단한 각오를 다진 풍소백이 감았던 눈을 번쩍 뜨며 일어섰다. 그가 방을 나서려 막 발을 떼는 순간,

"이른 아침부터 어딜 그리 급히 가려는가?"

"누구냐!"

풍소백은 도파에 손을 얹으며 급히 방향을 틀었다. 그의 음성은 비록 평소와 다름없었지만, 사실은 심장이 철렁할 정도로 소스라치게 놀란 상태였다.

세상에, 방 안에 다른 사람이 있었다. 언제 어떻게 들어왔는지 방 한 귀퉁이에 놓여 있는 의자에 앉아 차까지 따라 마시고 있었다. 채 스무 평도 안 되는 공간에서 같이 숨 쉬고 있었으면서도 존재를 알아채지 못했다니.

미명이 밝았다고는 해도 비가 쏟아지는 궂은 날씨였다. 침입자의 얼굴에는 짙은 음영이 드리워져 있었다. 하지만 이런 정도의 어둠은 내력을 잔뜩 끌어올린 상태에서 아무런 장애가

되지 못했다.

짙은 청색 장삼을 걸친 노인. 상대는 생전 본 적이 없는 자였다.

"정화, 그가 보냈는가!"

침입자는 부인하지 않았다. 대신 품속에서 무언가를 꺼내 들었을 뿐이다.

"재미난 물건을 만들어 쓰더군. 하늘 높이 치솟아서 터지던 데 말이야. 허허, 꽤나 멋진 장난감 아닌가?"

풍소백은 침입자의 존재를 알았을 때만 해도 속으로 놀랐을 망정 겉으로는 침착함을 유지했었다. 한데 이번만큼은 얼굴이 몰라보게 굳어졌다.

"그것은!"

"쥐새끼들을 보냈더군. 태자에 대한 공격을 전면 중지하라고 명했다면서?"

풍소백은 태자 시해 철회 명령을 받고 떠난 수하들이 모두 죽었음을 깨달았다. 그들을 굳이 막았다는 것은?

"태자가 아직 살아 있구나."

"물론, 살아 있네. 아마 당분간은 죽을 일이 없을 게야."

풍소백은 노인의 말을 이해할 수가 없었다.

태자 시해 명령을 철회하라는 명령을 가지고 떠난 수하들을 죽인 것을 보면 태자가 죽기를 바라는 자가 분명하다. 한데 말을 들어보면 그게 아닌 것 같았다.

"궁금한 것 같은데, 애석하군. 설명할 시간이 없으니 말이야."

노인은 찻잔을 내려놓고 천천히 일어섰다. 단지 일어선 것뿐인데 엄청난 기파가 밀려들었다.

드드드!

사방으로 퍼지는 막대한 진력에 지진이라도 일어난 듯 탁자가 심하게 들썩였다.

풍소백의 낯빛이 순간 해쓱해졌다. 노인의 기도는 기련존자에 비견될 정도는 아니었지만 상상을 초월하는 것이었다. 하지만 풍소백이 놀람은 그 때문만은 아니었다.

이 기운, 이 느낌!

노인의 얼굴이 생소하듯 이 기운 또한 난생처음 느껴보는 기운이었지만, 기운의 정체를 알 것 같았다.

"당신은……!"

"그 도, 뽑을 기회를 주지."

"……?"

노인의 음성이 착 가라앉았다.

"스스로 죽을 기회를 주겠다는 말이야."

풍소백의 얼굴에 찰나간 복잡한 빛이 서렸다. 처음부터 노인의 정체를 예상했어야 했다. 풍운마도에게서 마교와 정화와의 관계에 대해 듣고도 눈치채지 못했다니.

"마교에서 그대의 위치는 무엇인가!"

"일인지하만인지상(一人之下萬人之上)."

웃어넘길 대답이 아니었다. 일인지하만인지상을 논할 정도면 적어도 경천신문에서 풍운마도 백여휘의 위치, 즉 수석 봉공쯤은 된다는 말이었다.

풍소백은 결코 비굴한 모습을 보이지 않았다.

"감히! 일개 봉공 따위가!"

"그 기개, 마음에 드는군. 그러니까 스스로 죽을 뜻은 전혀 없다는 거로군."

드드드드!

와자작!

탁자의 들썩임이 심해지자 탁자 위에서 몸살을 앓고 있던 찻잔이 바닥으로 떨어지며 산산조각 났다. 동시에 노인의 상체가 급격히 앞으로 기울어졌다. 당장에라도 출수할 움직임이었다.

상대가 마교의 봉공 아니라 설령 교주라 해도 맥없이 당할 풍소백이 아니었다.

스아앙!

경쾌한 소리를 발하며 풍소백의 도가 도갑 밖으로 뽑혀 나오며, 쇄도해 오는 노인을 거칠게 갈라갔다. 때를 같이해 풍소백의 뒤쪽에 위치한 나무로 된 창이 폭발하듯 터져 나갔다.

파사사삭!

"으음!"

박살 난 창문 잔해가 방 안을 온통 비산하는 가운데 억눌린 신음이 내실 공기를 무겁게 짓눌렀다. 풍소백의 시선이 거칠게 떨리기 시작했다.

쇄도했던, 아니, 분명 그럴 거라 생각했던 노인은 처음 그 자리에 우뚝 서 있었다. 노인은 애초에 한 걸음도 떼지 않았다. 단지 제자리에서 풍소백의 도로부터 밀려온 예기를 맞아 긴 소매로 파리 쫓듯 털어낸 것이 전부였다.

일부러 검풍을 실은 것이라면 모를까, 쇄도해 올 것을 계산하고 베려고 뿌린 도였다. 위력이 있을 리 만무했다.

풍소백은 천천히 시선을 내렸다. 피 묻은 손이 보였다. 등 뒤로부터 무참히 복부를 뚫고 나온 손, 피에 절은 손에서 김이 모락모락 피어오르고 있었다. 실제로 그의 피는 급격히 온도를 높여 끓어오르다시피 하고 있었다.

기괴한 공력, 자신을 암습한 자를 직접 볼 수는 없었지만, 그 또한 전면에 선 청의노인에 못하지 않을 거란 생각이 들었다.

"왜… 이런… 암습 따위를……."

풍소백의 상식으로는 암습할 이유가 전혀 없었다. 그렇기 때문에 전혀 방비하지 않았고, 이토록 허무하게 당하고 말았다.

"물론 암습을 하지 않아도 노부는 자네를 쓰러뜨릴 힘이 있네."

"한데 어째서……."

"아까 말했지 않나. 노부는 시간이 없다고. 빠른 길을 두고 굳이 돌아갈 게 무에 있겠나."

평생노복 무를 닦아온 무인에게 암습이라는 치욕적인 방법으로 죽음을 내린 이유가 고작 바빠서라니.

풍소백은 마교가 그토록 무서운 이유를 깨달았다.

지켜야 할 최소한의 도리 같은 건 애초에 없는 자들. 저들은 무인이 아니다. 그러면서도 무력은 지독히 강하다. 그래서 마교가 무서운 것이었다.

"자네의 도는 훌륭하네. 아마 오륙십 초는 겨루어야 했겠지. 자부심을 가져도 되네."

선심이라도 쓰는 투였다. 차라리 마지막 말을 듣지 않았다면 죽음이 조금은 덜 초라했을 것을.

"참으로… 더러운… 죽음이로다."

풍소백의 고개가 힘없이 꺾였다.

풍소백의 숨이 끊어지자 암습을 가했던 자가 복부를 꿰뚫었던 손을 털어냈다. 숨이 끊어진 풍소백의 육신이 힘없이 바닥으로 내동댕이쳐졌다.

"죽음이란 애초에 하나같이 더러운 것인 걸 이제야 알았더냐."

부서진 창문을 통해 들어온 한줄기 바람에 적의(赤衣)가 펄럭였다.

第七章
귀로의 길목에서

기검신협
棋劍神俠

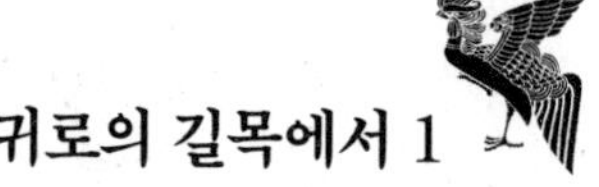

귀로의 길목에서 1

　“헉, 헉……!”

　의혈단 단주 이원은 턱까지 차오른 숨을 거칠게 뱉어냈다. 태어나 이렇게 힘든 경험은 처음이었다.

　이건 무거워도 정도가 있지, 조금이라도 내력을 풀라 치면 팔이 빠지는 것 같고 발이 땅에 파묻히려 했다. 이제는 내력이 고갈되어 때려죽인다고 해도 더 이상은 한 발자국도 못 걸을 것 같았다.

　“이, 이보게들, 이제 교대하세.”

　“헉! 무슨 말씀을. 이제 겨우 반 각이 지났을 뿐입니다.”

　이원의 말에 곁에 있던 의혈단원들이 들어서는 안 될 소리라도 들은 것처럼 도망치듯 멀찍이 피했다.

무슨 일이 있었는지 부잣집 귀공자들이 다들 눈이 퀭하고 낯빛이 해쓱했다.

사실 이들은 정신적, 육체적으로 끔찍한 고통에 시달리고 있었다. 삼성각을 떠난 후, 두 번째 결전에서 동료 다섯 명이 눈앞에서 죽었다. 그 때문에 충격이 이만저만이 아니었다. 게다가 교대로 태자가 탄 가마를 들고 밤새 산길을 달려온 터라 다들 진이 빠질 대로 빠진 상태였다.

거추장스럽게 늘어진 비단옷이 빗물을 흠뻑 머금어 혼자 몸으로도 천근만근이다. 그런 상황에 근 사백 근에 육박하는 태자까지 들려니 그 고역은 말로 다 못할 지경이었다. 가마는 또 무엇으로 만들어진 것인지 무겁기가 한량없었다.

대로(大路)라면 네 명이서 가마를 들 수 있으련만 길도 없는 산을 오르다 보니 두 명이서 감당해야 했다. 일 인당 이백 근에 가까운 무게가 지워지는 셈이었으니, 차례가 돌아와 가마를 들 때만큼은 동료들의 죽음을 슬퍼할 정신조차 없었다.

부스럭, 전면에서 들려오는 인기척에 일행이 일순 얼어붙었다. 다행히 모습을 드러낸 이는 일행보다 한 발 앞서 주위를 살피러 나갔던 장량이었다.

"어떻습니까?"

청운의 물음에 장량이 고개를 끄덕였다. 주변에 이상 징후가 없다는 뜻이었다.

이번에는 호위대장 명탁을 바라보자 명탁이 고개를 끄덕이며 말했다.

"적청이로(赤靑二老) 두 분께서 주변에 계시니 탈이 있다면 먼저 감지하실 것이다."

청운이 고개를 마주 끄덕여 보이며 말했다.

"여기서 잠시 쉰다! 이조는 흩어져 사방을 경계하라!"

청운의 명령에 여기저기서 살았다는 안도의 한숨이 터져 나왔다.

이원은 바위 위에 주저앉아 한숨을 돌렸다. 그의 눈이 자연스럽게 사 장쯤 떨어진 오평과 청평이 있는 곳을 향했다. 그들 곁에는 태자가 탄 것만큼이나 커다란 가마가 놓여 있었다. 중상을 입은 만평과 준평을 실은 가마였다.

오평과 청평이 두런두런 뭔가 얘기를 나누는가 싶더니, 잠시 후 청평이 숲 속으로 사라지는 것이 보였다.

그때 이원의 곁으로 의혈단원 두 청년이 다가와 앉았다. 얼굴이 유난히 하얗고 갸름한 청년은 남경에서는 제법 알아주는 송가무관의 소관주 송안이었고, 반대로 볕에 그을려 구릿빛 피부를 한 청년은 역시 남경 일대에서 행세깨나 하는 운경장의 소장주 평산이라는 자였다.

이원은 송안과 평산이 다가와 앉는 동안에도 오평에게 닿은 시선을 떼지 않았다. 두 청년의 시선도 자연스럽게 이원의 시선을 쫓았다. 세 사람의 눈에 하나같이 경이의 빛이 담겨 있었다.

"정말 대단한 분들 아닌가?"

"누가 아니라나. 조선인이라고 얕봤던 내 자신이 다 부끄러울 정도였네.”

송안이 솔직한 속내를 털어놓자, 평산이 고개를 끄덕여 동조했다.

삼성각에서 본 경이로운 궁술도 궁술이려니와, 도주하는 동안 경천신문 무인들과 맞닥뜨렸을 때 보여준 오평과 청평의 활약은 가히 발군이었다.

물론 빈객 둘을 격퇴시킨 적로와 청로의 무력과 경천신문 마룡대주를 상대로 대등한 무위를 선보인 장량의 활약에 비할 바는 아니었다. 하지만 정작 의혈단원들은 수준을 짐작할 수 없는 절정고수들의 무위보다 오평과 청평의 무위에 더욱 고무되었다.

이원 등은 한평생 그런 파격적인 박투를 본 적이 없었다.

적로와 청로가 이름만 들어도 다리가 풀리는 두 빈객을 상대하고, 장량이 마룡대주를 상대하는 동안 의혈단원들은 살인귀들 같은 마룡대원들과 치열한 전투를 벌였다.

의혈단원 개개인의 무위는 마룡대원들과 비교해도 전혀 꿀릴 것이 없었다. 하지만 상대는 밤낮없이 살인 기술을 습득하고 실제로도 수많은 살인을 저지른 경험이 있는 자들이었다.

더군다나 마룡대원들의 독문병기는 흔치 않은 채찍이었다.

실전이 전무하다시피 한 의혈단원들이었기에 애초에 대등한 승부는 무리였다. 결정적인 순간에 검첨이 떨려 기회를 잃었고, 과단성을 보여야 할 때 움찔거려 기회를 잃곤 했다.

덕분에 찾아온 것은 위기, 또 위기였다. 의혈단원들은 한 명

두 명 채찍에 맞고 쓰러졌다. 동료들이 당하자 간신히 버티고 있던 나머지도 손발이 어지러워지는 등 극도의 혼란에 빠졌다.

그런 그들을 구원해 준 것은 절정고수 적청이로(赤青二老)도, 화산의 진검 장량도 아니었다. 그들의 구원자는 적수공권으로 성난 사자와 같은 기세로 뛰어든 오평과 청평이었다.

두 사형제는 동에 번쩍 서에 번쩍, 의혈단원들이 위기에 처할 때면 번개같이 나타났다. 그리고는 한 치의 망설임도 없이 정권으로 적의 턱을 부수고, 강력한 각법으로 놈들의 정강이를 부러뜨렸다.

권과 각의 과감한 수발은 물론이요, 보법이 어찌나 경쾌하고 자연스러운지 비산하는 채찍 사이를 귀신같이 유영했다.

곱씹어 생각해도 당장 칼을 버리고 주먹질을 배우고 싶은 충동이 일 정도였다. 그들의 활약이 아니었다면 의혈단원의 희생은 결코 다섯 정도로 끝나지 않았을 터였다.

밤새 이동하는 동안에도 의혈단원들의 오평과 청평에 대한 감탄은 계속되었다.

오평과 청평은 밤새 만평과 중평이 든 가마를 들고 달렸음에도 별로 지친 기색이 없었다. 네다섯 차례씩 교대했음에도 파김치가 되어버린 의혈단원들과는 대조적이었다.

청평이 물을 구하러 간 사이 오평은 두 사형의 상세를 살폈다.

만평은 숨이 제법 고르고 혈색도 검은 기운이 많이 사라진 상태였다. 지난밤에 비하면 정말이지 믿기 힘들 정도로 기적적인 회복력이었다.

반면 중평의 상세는 살아 있는 것이 신기할 정도로 좋지 못했다. 입술이 가뭄철 논바닥처럼 갈라지고 얼굴에 핏기라고는 없었다. 숨소리도 귀를 가까이 가져가야만 간신히 들릴 정도로 기식이 엄엄했다. 그나마도 중평이 쓰러지고 얼마 후, 장량이 적자색 단약을 먹이지 않았다면 이렇게 살아 있지도 못했을 터였다.

"중평 사형, 살아야 합니다. 그따위 칼 하나에 찔렸다고 죽는 시늉이 다 뭡니까."

오평이 눈물을 간신히 억누르며 피고름이 잔뜩 배인 붕대를 갈고 있을 때, 청평이 대나무를 잘라 만든 통으로 물을 받아서 돌아왔다.

청평이 물 묻은 수건으로 중평의 마른 입술을 적시며 말했다.

"사형, 아무래도 안 되겠소. 이러다간 정말 중평 사형이 죽겠습니다."

"사숙이 곧 오실 테니 그때까지만 버티면……."

오평의 말에 청평이 상기된 얼굴로 말했다.

"아니, 제 생각은 다릅니다. 사숙이 오신다 해도 중평 사형을 살리지는 못할 겁니다."

"사제, 어째서 그런 말을 함부로 하느냐?"

"사형도 알잖습니까. 왜 자신을 속이십니까?"

"무슨 말이냐. 내 자신을 속이다니?"

"사숙은 의원이 아닙니다. 더군다나 사숙께서 중평 사형에게만은 비기를 전수하지 못한 것을 잊으셨습니까?"

분명 그랬다. 무한은 중평에게 비기를 전수하지 않은 것이 아니라 못한 것이었다. 무한은 중평이 체질적으로 도선비기와 맞지 않는다고 했었다. 무한이 온다 해도 손을 쓰지 못할 가능성이 농후했다.

오평이 벌떡 일어섰다.

"네 말이 맞다. 어리석게도 사숙이 오면 해결될 거라는 막연한 기대를 하고 있었어. 가자. 이대로 중평 사형을 죽게 내버려 둘 수는 없다."

출발 준비를 서두르는 오평과 청평을 본 명탁이 다가와 말했다.

"거기, 무슨 일인가?"

"가야겠소."

명탁이 어림없다는 듯 앞길을 막아섰다.

"간다?"

"바로 그 뜻이오."

"아니 될 말! 태자 전하를 호위하겠다는 자들이 어딜 마음대로 가겠다는 건가!"

"뭐라는 선시 모르지만 우린 누가 뭐래도 가야겠으니 길을 비키시오."

오평이 으르렁거리듯 말했지만 명탁은 물러서지 않았다. 오평과 청평의 무위를 이미 두 눈으로 똑똑히 보았던 그였다. 그러니 현재 호위대 전력의 상당 부분을 차지하는 그들을 보내고 싶은 마음이 들 리 없었다.

소란이 일자 청운이 놀라서 달려왔다.

“무슨 일이십니까?”

“중평 사형이 위중하다. 의원에게 속히 보여야 한다. 이러고 있을 시간이 없어!”

청운은 오평의 말을 듣고 즉시 소동의 원인을 알 수 있었다.

“그 문제라면 진 무사님을 기다리시는 편이 좋지 않겠습니까?”

“아니, 그렇지 않다. 사숙께서도 중평 사형만큼은 어쩌지 못하신다.”

청운은 오평의 말이 정확히 무슨 뜻인지 알지 못했지만 그들이 이러는 이유가 있을 거라 여겼다. 하지만 그로서도 난감하기는 마찬가지였다.

어디까지나 만평 사형제는 태자 호위대였고, 위험이 가시지 않은 현 상황에서 이탈한다는 건 있을 수 없는 일이었다. 그렇다고 죽어가는 중평을 보고만 있을 수도 없는 일이었으니.

청운이 선뜻 결정을 하지 못하고 있을 때, 세자가 가마 밖으로 모습을 드러냈다.

“무슨 일인데 이 소란들이냐?”

“저하, 별일 아니니 신경 쓰지 마옵소서.”

명탁의 말에 세자가 콧방귀를 뀌며 다가왔다.

"흥! 별일이 아니다? 한데 감히 태자 전하께서 계신 곳에서 소란을 피운단 말인가?"

명탁이 괜스레 핀잔을 듣자 명탁의 곁에 있던 수하가 말했다.

"저하, 실은 저자들이 떠나겠다고 해서 대장께서 막고 계셨사옵니다."

세자가 그 말을 듣고 안색이 변해서 청운을 바라보았다.

"이자의 말이 사실이냐?"

"전하, 그것이 스님들 중 한 분이 상세가 위중하여……."

"그만!"

성난 기색으로 청운의 말을 막은 세자가 오평과 청평을 쓸어보며 말했다.

"그대들의 사형제에 대한 애틋한 마음을 모르는 바 아니다. 하나, 그대들의 소임은 태자 전하를 무사히 호위하는 것. 어찌 소임을 저버리겠다는 말을 함부로 하는 것이냐."

세자의 말은 구구절절 옳았다. 하지만 오평과 청평은 세자의 말을 청운에게서 전해 듣고도 전혀 자세를 바꾸지 않았다.

"개뿔, 우리는 무식해서 소임이고 나발이고 모른다고 전해라. 우리가 아는 것은 당장 사형의 목숨이 위태롭다는 것뿐이다."

"내 생각도 오평 사형과 같다. 소임을 저버린다면 배덕자로 남겠지. 하지만 여기서 사형들의 죽음을 방관한다면 폐륜아가 될 것이다."

“저들이 뭐라는 것이냐?”

세자에게 곧이곧대로 전할 수는 없는 노릇이었다.

“전하의 말씀이 구구절절 옳다고 합니다. 하지만 사형제의 죽음을 지켜볼 수 없으니 선처를 베풀어 달라고 부탁하고 있사옵니다.”

순간 세자의 눈빛이 섬뜩한 칼날을 품었다.

“네가 감히 나를 우습게 보는구나. 선처를 바란다는 자들의 태도가 정녕 저러하단 말이냐?”

청운은 세자의 날카로운 지적에 목덜미까지 붉게 달아올랐다. 영명하기로 소문난 세자를 어쭙잖게 속이려고 한 시도부터가 무리였다.

“저하, 소신이 한 말씀 올리겠사옵니다.”

“말하라.”

“사실은 저분들에게 호위 의무를 강제할 권리가 없사옵니다.”

“저들이 아무리 조선인이라 하나 금의위의 직분을 가졌으면 응당 그에 대한 책무를 다해야 하는 것이 아니냐!”

“물론 그렇사옵니다. 하지만 저분들은 정식으로 금의위 위사로 임명된 바가 없사옵니다.”

“정식으로 임명된 바가 없다?”

“저분들과 북진무사님은 숙질지간이옵니다. 저분들은 북진무사님의 일을 돕고자 이번 일에 나선 것이라, 금의위 직책을 받지도 않았을뿐더러 그에 관해 나라의 녹을 받은 일도 없사옵니다.”

“그 말이 사실이냐!”

“한 치의 거짓도 없사옵니다.”

청운의 말대로라면 군신의 책무를 강요하며 붙들 권한이 없었다. 오히려 자신들과 전혀 상관없는 일로 인해 중상을 입은 만평 사형제에게 감사와 위로를 해야 마땅했다.

하지만 잠시 생각에 잠겼던 세자는 단호히 고개를 저었다.

“너의 말이 사실이라 해도 여전히 저들을 보내줄 수 없다. 황제 폐하의 은혜가 온 천하를 아우르는 바, 조선 또한 그 영역에 있음이다. 그러니 조선의 백성 또한 황제 폐하의 신하라고 할 수 있은즉, 어찌 저들이 폐하의 신하가 아니라 할 수 있겠느냐!”

세자의 말은 일견 맞는 것 같았지만 만평 사형제 입장에서는 억지나 다름없었다. 실제로 세자의 뜻을 전해 들은 오평과 청평은 분노가 폭발했다.

“누가 누구 마음대로 신하라는 거냐!”

“끝까지 그렇게 나온다면 모두 쓰러뜨리고라도 갈 수밖에!”

분위기가 험악하게 흘러가기 직전, 가마 안으로부터 태자의 음성이 흘러나왔다.

“세자는 저들을 보내주어라.”

내사의 명은 누구도 예상지 못한 일이었나.

“하시만 전하…….”

태자의 진노성이 들려왔다.

"세자는 정녕 저들이 아니면 본 태자의 목숨을 지킬 수 없다
는 말을 하고 있는 것이냐!"

"전하, 그런 것이 아니라……."

"그만! 더 이상 입을 열지 말라!"

태자의 음성에 짙은 노기가 서렸다. 하지만 청운은 진노 이
면에 자리한 쓸쓸함과 참담한 심경을 읽을 수 있었다.

청운은 오평에게 태자의 명을 전했다.

"어차피 이리된 것, 반드시 꼭 두 분을 살리시리라 믿습니다."

"당연하다. 두 분 다 반드시 살린다. 이따위 상처로 절대로
죽을 분들이 아니야."

"그래야지요. 꼭 그럴 겁니다."

오평과 청평은 말은 그리해도 밀려드는 두려움은 금할 길이
없었다. 답답한 마음을 간신히 억누르며 걸음을 떼려는 순간,
이원 등이 쭈뼛쭈뼛 다가왔다.

"뭔가."

"저, 늦기 전에 스님들께 감사하다는 인사를 하고 싶어 왔습
니다."

이원의 말을 전해 들은 오평과 청평이 인상을 구겼다. 차라
리 욕이라도 하면 마음이 편하련만 고맙다고 인사를 하러 왔
단다.

그런 의혈단원들을 보자 저들을 두고 떠날 수밖에 없는 상
황과 항상 짐이 되었던 무능한 자신들의 모습을 보는 것 같아
괜스레 부아가 치밀어 올랐다.

"내 말, 똑바로 전해라."

오평의 말에 청운이 고개를 끄덕였다.

"인사 따위는 필요없으니 앞으로는 자기 몸이나 제대로 건사하도록 해라. 명심해라. 누구에게 짐이 된다는 건 무인으로서 최악이니."

분명 참기 힘든 모욕이었다. 그러나 그 말을 들은 이원 등은 누구도 화를 내지 않았다. 오평을 겁내서도 자존심이 없기 때문도 아니었다. 태어나 귀하게만 자라온 그들이었기에 자존심이라면 누구보다 강한 자들이었다.

그들이 분노를 표하지 않은 것은 오평의 음성에서 풍기는 느낌 때문이었다. 그것은 질책이나 조롱의 의미가 아닌, 똑같은 입장이 되어본 사람만이 느낄 수 있는 그런 감정이었다.

이원 등은 직감적으로 오평과 청평도 자신들이 느낀 감정을 현재, 혹은 과거에 경험해 본 적이 있다는 걸 느꼈던 것이다.

저만큼 멀어지던 오평이 아무래도 마음에 걸렸는지, 잠시 걸음을 멈추고 등을 돌리지 않은 채 말했다.

"다음에 만나면 술 한잔 사마."

청평도 거들었다.

"속곳이라도 팔아서 살 테니 꼭 살아라."

굳어 있던 이원 등이 비로소 미소를 지으며 말했다.

"공짜 술 얻어먹기 위해서라도 반드시 살아남을 테니 약속은 꼭 지키십시오."

돌아선 오평과 청평의 입가에도 미소가 걸렸다. 재수없는 녀석들인 줄로만 알았는데, 알고 보니 나름대로 괜찮은 녀석들이 아닌가.

강해져야 할 이유가 하나 더 생겼다. 이제는 누군가에게 짐이 되지 않게 위해서뿐만이 아니라, 잃고 싶지 않은 자들을 자신의 힘으로 지켜주고 싶었다.

그리고 지금은 먼저 두 사형들을 지켜야 했다.

"역시!"

이원은 오평과 청평이 산을 날듯이 오르는 것을 보며 탄성을 질렀다. 지금껏 자신들과 보조를 맞추느라 얼마나 답답했을지 이해가 갔다.

2

한 사람의 고수가 절실한 태자 호위대 입장에서 오평과 청평의 이탈은 커다란 손실이었다. 병사들은 물론이고, 애써 표정을 감추려 했지만 의혈단원들의 얼굴에도 불안한 기색이 역력했다. 사실상 오평 사형제가 떠남으로써 가장 큰 위험에 처한 것은 그들이었다.

오평 사형제가 전열에서 이탈한 지 반 각 정도 지났을 무렵, 일행은 휴식을 끝내고 출발을 서둘렀다. 한데 막 출발하려는 시점에 일이 벌어졌다.

장량이 팔을 높이 치켜들어 일행의 행동을 정지시켰다. 긴장한 빛이 역력한 장량의 모습에 나머지 일행도 덩달아 바짝 얼어붙었다.

"무슨……."

"쉿!"

명탁의 말을 막은 장량이 숲 속으로 몸을 날렸다. 수풀 헤치는 소리는 물론 옷자락 스치는 소리조차 나지 않을 만큼 은밀한 경공이었다.

여느 때 같았으면 암향표라는 절묘한 경공에 다들 감탄했을 사람들이 지금은 그저 긴장 가득한 눈빛으로 장량이 사라진 방향을 쫓을 뿐이었다. 얼마 후, 일행의 긴장을 극대화시키는 일이 벌어졌다.

챙! 채챙!

이건 분명 병장기 부딪치는 소리였다. 기어이 일이 벌어졌는가?

긴장을 넘어 공포가 엄습할 즈음, 혹시 있을지 모를 적습을 살피러 나갔던 병사 셋이 장량과 함께 모습을 드러냈다. 병사들의 얼굴은 지옥을 탈출한 사람의 그것이었다.

분명 주위를 순찰하러 나간 병사는 이조 전원, 일곱 명이었다. 한데 일곱이 나가서 셋이 돌아왔다?

"어찌 된 것이냐!"

명탁의 추궁에 병사 하나가 덜덜 떨며 말했다.

"모, 모르겠습니다."

정운의 시선이 장량의 손에 늘린 검에 머물렀다. 핏기가 비쳤다. 하지만 청운의 시선을 붙잡은 건 피 묻은 장량의 검이 아니라, 반대편 손에 들린 검이었다.

버들가지를 연상케 하는 가느다란 검, 그것은 분명 동창 번 복의 상징인 세류검이었다.

"역시 동창이 맞는 것이냐?"

장량이 세류검을 내밀며 묻자 청운은 무겁게 고개를 끄덕이 며 말했다.

"혹, 놈의 소매를 보셨습니까?"

장량이 잠시 기억을 더듬는 듯 이마에 주름을 만든다.

"네 송이의 흑화가 있었던 것 같다."

장량의 대답에 청운의 안색이 더욱 어두워진다.

장량은 '같다' 라는 불확실한 대답을 했다. 장량이 완벽주의 자라고 할 만한 사람은 아니었지만 그렇다고 허술한 사람도 아니었다. 애초에 허술한 사람이 기예에 통달할 리가 없었다.

그럼에도 불확실한 대답을 한 것은 적을 놓쳤다는 말과 다 름 아니었다. 만약 녀석을 쓰러뜨렸다면 장량의 성격상 다시 가서 정확히 확인했을 것이다.

청운은 장량이 녀석을 놓친 것으로 보아 흑화가 네 개였다 는 말은 맞을 거라 생각했다.

동창은 흑화의 수로 서열을 표시한다. 대개 보통 번복은 두 개, 많아야 세 개다. 네 개부터 다섯 개까지는 일급 번복으로 분류되며, 무공부터 침투, 작전 수행 능력까지 모든 면에서 타 의 추종을 불허한다.

그들이 수행하는 일 자체가 특급 기밀에 해당했다. 때문에 쉽게 볼 수 없는 자들이었다.

"한 명뿐이었습니까?"

장량이 고개를 끄덕이며 말했다.

"굉장히 날랜 놈이었다."

본대보다 한 발 앞서 정찰을 나온 자가 틀림없다. 정찰을 나선 자가 흑화 네 개짜리 번복이라니. 뒤를 쫓는 동창의 면면이 어떠하리라는 것을 충분히 짐작케 하는 대목이었다.

이제 경천신문에 이어 동창까지 모습을 드러냈다. 동창의 추격은 처음부터 알고 있던 사실이었지만 직접적인 위해를 가해오지 않았기에 안심했다. 아니, 경천신문에게 쫓기는 판에 그들까지 나선다면 그야말로 최악의 상황이라 애써 의식하지 않았다.

하지만 지금부터는 달랐다. 애당초 저들이 적의를 분명히 한 이상, 의식하지 않는다고 해결될 일이 아니었다.

그리고 다른 문제가 있었다. 동창 번복이 접근해 병사들을 해치는 동안 적청이로, 두 노인은 무얼 하고 있었단 말인가. 은밀히 따르며 주변을 경계하고 있다고 여겼는데 병사들 몇이 죽어나가노록 그들은 모습을 드러내지 않고 있었다.

청운이 느낀 의아함을 다른 이라고 느끼지 못했을 리 없다.

분위기가 대번에 삭막해졌다.

"괜히 적지, 이 정도 일에는 모습을 드러내지 않겠다는 뜻인 게지. 놈들이 진짜 나타나면 이련히 모습을 드러내실까."

싸해진 분위기를 느낀 명탁이 무리를 핀잔했다. 명탁의 말은 확실히 진정 효과가 있었다. 무리의 눈에서 안도감이 스쳤다.

후두두둑!

잠시 그쳤던 비가 다시 쏟아지기 시작했다.

"빌어먹을, 죽어라, 죽어라 하는군."

병사 중 하나의 푸념이었다. 무심결에 죽음에 관련된 말을 내뱉은 병사는 한동안 따가운 눈총에 시달려야 했다. 장난이라도 죽는다는 말을 해서는 안 될 만큼 언제 어디서 어떻게 죽을지 모르는 긴박한 순간이었다.

일행은 짧은 휴식을 끝내고 출발을 시작했다. 아무도 말이 없었다. 다들 멈추면 죽는다는 생각에 걸음이 빨랐다. 반 시진이 훌쩍 지나고 한 시진이 넘도록 아무런 기미가 없었다. 빗소리만 고요를 사정없이 흔들 뿐이었다.

산길을 벗어나 제법 너른 관도로 들어섰다. 악천후와 극도의 긴장감 속에 이루어진 산행이 끝나고 다들 안도의 한숨을 내뱉을 즈음, 장량이 다시 일행을 정지시켰다.

언제 나타난 것일까, 적청이로가 거짓말처럼 나타나 태자가 탄 가마 곁에 서 있었다.

명탁은 적청이로를 잠시 응시하다 뿌옇게 흐린 전방으로 시선을 돌렸다. 그리고 목청껏 소리쳤다.

"전하를 보호하라! 전투 차비를 갖춰라!"

무림 고수에 비해 미치는 시야가 형편없는 명탁이었지만, 백전노장답게 저 너머에 어른거리는 살기를 놓치지 않았다. 적청이로가 모습을 드러낸 것 또한 사단이 났다는 한 증거였다. 과연 명탁의 직감은 정확했다.

"경천신문이군."

장량의 말대로 동창이 아니라 경천신문이었다. 근 백여 명에 이르는 숫자도 숫자지만 그들에게서 풍기는 기운은 태자 호위대를 위축시키기에 충분했다.

특히 선두에 나란히 선 노인 셋과 중년인 하나는 적로와 청로마저도 낯빛이 변하게 만들었다. 여섯 명의 절정고수가 불꽃 튀는 눈싸움을 하는 동안, 장량의 시선은 한 사내의 얼굴에 못 박혀 움직일 줄 몰랐다.

사십대 중반 정도로 보이는 사내였는데, 용모가 상당히 특이했다. 지나치게 길게 째진 눈과 얇은 입술은 표독스러운 인상을 심어주었고, 역삼각형 모양의 얼굴형은 흡사 사마귀를 연상케 했다.

외모는 우스꽝스러울지 모르나 경천신문에서 그가 맡은 직책은 결코 웃어넘길 만한 것이 아니었다. 그가 바로 경천신문의 삼 대 중, 상대하기 가장 까다롭다는 마룡대를 맡고 있는 마룡대주 마룡편(魔龍鞭) 당사영이었기 때문이다.

"표독스런 사마귀, 또 보게 되는군. 이거, 반갑다고 해야 하나?"

실로 반나절 만의 재회다. 그들은 이미 한 번의 격돌로 서로를 인식한 터였다.

장량의 지극적인 발언에 당사영이 입꼬리를 슬쩍 말아 올리며 눈에서 한기를 발했다.

"곧 시체가 될 놈이니 입이라도 마음껏 놀리는 것도 괜찮겠지."

당사영은 장량을 싸늘히 쏘아붙인 후 수하들에게 명했다.

"뭣들 하느냐! 단 한 놈도 빠져나가지 못하도록 하지 않고!"

당사영의 명령에 팔십여 명쯤 되는 자들이 일제히 태자 호위대를 에워쌌다. 팔십여 명 중 반은 가슴에 천(天) 자를, 반은 마(魔) 자가 새겨진 무복을 입고 있었다. 각각 천살대원과 마룡대원들이었다.

둘러싼 적들을 바라보는 청운의 표정은 갈수록 어둡게 변했다. 천살대원과 마룡대원은 씨실과 날실처럼 번갈아가며 배치되어 있었다. 천살대원 옆에 마룡대원이, 다시 그 옆에 천살대원이 서 있는 식이었다.

우연한 배치가 아니다. 의도된 배치임이 확연했다.

천살대원들은 도를 사용하는 반면, 마룡대원의 독문병기는 채찍이다. 분명 어울리지 않는 조합이었다. 하지만 이러한 배열을 장난으로 짰을 리가 없었다.

'설마 장병기와 단병기의 조합을 이루어내기라도 했단 말인가?'

청운이 걱정하는 것은 바로 그것이었다. 우려가 사실이라면 저들의 포위를 뚫기란 요원한 일이 될 것이다.

명탁이 자신들을 에워싼 무리가 살벌한 기세를 풍기자 분노에 겨워 호통 쳤다.

"이런 죽일 놈들! 감히 어느 분의 행차인데 앞길을 막는 것이냐!"

명탁의 호통은 공허한 메아리조차 만들어내지 못했다. 누구도 노병(老兵)의 호통을 신경 쓰는 자가 없었다. 분기탱천한 명탁이 재차 침을 튀기며 소리쳤다.

"극악무도한 놈들, 내 말이 들리지 않느냐!"

적청이로의 면면을 살피고 네 명 중 맨 좌측에 선 비쩍 말라 날카로운 인상의 노인이 새파란 안광을 발하며 입을 열었다.

"늙은이, 시끄럽군. 어디 한마디만 더 해봐라."

듣는 자로 하여금 가슴에 한기가 스미게 만드는 협박이었다. 곁에서 듣는 자가 한기를 느낄 정도였으니, 살기 가득한 눈빛까지 받은 명탁은 오죽할까.

명탁이 익힌 무예라고 해봐야 말을 달리고 활을 쏘는 등의 전장 무예가 전부였다. 내력이라고는 한 푼도 없는 그에게 절정고수의 살기는 그야말로 아찔한 공포로 다가왔다.

하지만 명탁은 공포를 이겨낼 만한 힘이 있었다. 그것은 바로 자존심이었다. 정신을 지배하던 공포를 순식간에 집어던진 명탁은 자신이 잠시라도 공포를 느꼈다는 것에 대해 크게 분노했다.

"이노옴! 이 천하의 명탁이 네놈 같은 무뢰배 따위에게 행여 겁이라도 먹을 줄 알았더냐! 지금이라도 당장 무릎을 꿇고 머리를 조아린다면 내 내사 전하께 특별히 간하여 목숨만은 붙여……."

명탁의 호기로운 외침이 끝나기도 전이었다. 노인의 눈이

순간 시리게 번뜩였다. 그 직후,

스팟!

노인이 번개같이 털어낸 손에서 번뜩이는 뭔가가 명탁을 향해 날아들었다.

명탁보다 두어 걸음 비스듬히 앞서 있던 장량은 본능적으로 검을 휘둘렀다. 그러나 검은 맥없이 허공을 갈랐을 뿐이었다.

급작스러운 출수였음을 감안해도 구벽검 중 가장 빠른 초식을 펼치고도 스치지도 못하다니. 장량으로서는 당혹스럽지 않을 수 없었다.

파라락!

장량의 검이 허공을 가르는 순간 장량의 뒤에서 옷자락 휘감기는 소리가 들려왔다. 장량이 급히 돌아보니, 청로가 명탁의 앞을 천신처럼 가로막고 서 있었다.

청로의 왼쪽 소매가 길게 늘어져 있는 것과는 달리 오른 소매는 세로로 둘둘 말려 있었다. 말렸던 소매가 스르륵 풀리며 청로의 손에 뭔가가 쥐어졌다.

너덜너덜해진 청로의 소매에 잠시 머물렀던 청운의 시선이 곧 청로의 손바닥으로 옮겨졌다.

그것은 칠흑처럼 검은 단도였다. 단도는 검은색이라는 것 외에도 손잡이가 없는 특이점이 있었다. 게다가 길이가 고작 세 치에 지나지 않아 어린아이 장난감 같았다. 앙증맞다는 생각까지 들었다.

청로의 시선이 청운을 향했다. 청로의 뜻을 읽은 청운이 말했다.

"흑령비(黑靈匕)라는 것입니다. 흑령비도 소요의 독문병기입니다."

청로가 알았다는 듯 고개를 끄덕이며 흑령비를 던진 노인에게 말했다.

"장난감을 던지는 못된 버릇이라니."

청로의 자극에도 비쩍 마른 노인, 흑령비도 소요는 얼굴색 하나 변하지 않았다. 그 점이 더욱 청로의 마음을 무겁게 만들었다.

비도술로 일가를 이룬다는 것은 결코 쉽지 않은 일. 어느 무공도 마찬가지지만 비도술에 있어 가장 중요시되는 것은 상대의 약점을 꿰뚫는 냉철하고 치밀한 판단이었다. 비도에 담긴 강력한 내력이라든지 은밀한 손속은 그다음 일이었다.

그런 소요를 몇 마디 말로 자극하는 건 애초에 쉽지 않은 일이었다.

청로가 내심 소요에 대해 감탄과 경계심을 품고 있을 때, 소요가 청로와 적로를 번갈아 보며 목소리에 형체가 있다면 입에서 토해지자마자 꽁꽁 얼어버릴 것 같은 음성으로 말했다.

"특이한 자들이군. 자네들이 고전을 했던 것도 이상한 일이 아니야."

그 말에 소요의 곁에 선 두 노인이 무겁게 고개를 끄덕였다. 둘 무두 얼굴에 은은하게 푸른빛이 돌았다. 영락없이 얼마산 내상을 입은 흔적이었다.

　두 노인은 경천신문의 빈객으로, 각각 촉산귀수(蜀山鬼手) 원규소와 탈명도(奪命刀) 완도명이라는 자였다. 그들은 당사영 등과 함께 무리를 이루어 태자 호위대를 추적하다 새벽녘에야 태자 호위대를 발견했다.

　본래는 발견 즉시 폭죽을 쏘아 올려 나머지 동료들을 불러 모아야 했다. 하지만 그들은 호위대가 다수의 병사들과 겉멋만 잔뜩 든 철없는 도련님들로 구성된 것을 보고 자신들만으로 충분하다고 판단했다.

　그러나 결과는 예측을 한참이나 빗나갔다.

　수발이 귀신같다고 붙여진 촉산귀수의 수공은 적로의 두 주먹에 맥을 추지 못했고, 뽑히면 어김없이 상대의 목숨을 앗아 간다던 탈명도는 청로의 소맷자락에 완벽히 가로막혔다.

　그뿐이 아니었다. 마룡대주 당사영의 마룡편은 화산의 구벽검을 쓰는 자와 혈전을 치렀다. 그나마 마룡대원들은 철없는 도련님들을 상대로 우위를 점했다. 한데 그들도 얼마 못 가 불쑥 끼어든 신출귀몰한 보법을 선보이는 두 중에게 당하기 시작했다.

　결국 그들은 호된 맛을 보고 물러설 수밖에 없었다.

　새벽에 있었던 전투를 회상하던 촉산귀수 원규소는 이마를 찡그렸다.

　무섭다. 생각할수록 무서운 공력이 아닐 수 없었다. 화령단을 복용하고서야 내상이 간신히 가라앉다니.

　원규소는 적로를 상대할 때 평생 자랑으로 여겨온 금나수가 통하지 않아 애를 먹었었다. 금나수가 먹히지 않은 이유는 상대의 수가 더 높아서가 아니라 괴이쩍은 내력 때문이었다.

갈고리 같은 손아귀로 상대의 손목을 휘감을라 치면 어김없이 찌릿한 기운이 흘러들어 왔다. 싸움 내내 맥을 추지 못한 이유는 바로 그 때문이었다.

느낌이 좋지 않았다. 상대의 내력이 심상치 않은 만큼 그는 절대 무리를 할 생각이 없었다.

아무리 문주의 대접이 좋다고는 해도 경천신문에서 그의 위치는 어디까지나 빈객, 즉 손님이었다. 상대에 대한 정보가 전무한 상태에서 모험을 할 이유가 전혀 없었다.

탈명도 완도명 또한 밀리는 형국이라 망설임없이 몸을 뺐다. 그 후, 퇴각하여 흩어진 동료들에게 연락을 취하는 한편, 은밀히 적을 추적하기 시작했다. 한데 오래지 않아 예기치 못한 일이 발생했다. 전투 중에는 분명 큰 탈이 없었다. 그런데 반 시진쯤 지나자 원규소와 완도명 모두 아랫배에 은은한 통증을 느꼈다.

내상이었다. 하지만 경미한 내상이라 대수롭지 않게 여겼다. 미약한 내상 정도야 따로 조식을 하지 않아도 절로 치유가 되는 법. 하여 아무런 조치를 취하지 않았는데, 시간이 갈수록 나아지기는커녕 통증의 강도가 심해졌다.

그제야 심식함을 깨달은 그늘은 추격을 멈추고 운기조식에 돌입했다. 하지만 운기조식 또한 별반 소용이 없었다. 일심으로 조식을 하였으나 호전되는 기미가 없더니, 급기야 얼굴에

황달 기운까지 비치기 시작했다.

독소가 간에까지 미친 증상이었다.

대경실색한 원규소와 완도명은 서둘러 품속에서 화령단을 꺼내 복용하고 다시 운기조식에 돌입했다. 화령단은 그들이 빈객이 될 당시 풍소백이 선물한 것으로, 소림사의 대환단이나 무당의 태청환만은 못해도 그에 버금갈 정도로 귀한 단약이었다.

과연 이 년이 넘도록 화령단을 아껴놓은 보람이 있었다. 급격히 악화되어 가던 내상이 화령단의 약효를 받아 빠르게 치유되기 시작했던 것이다.

화령단이 없었다면 어찌 되었을까. 아찔한 회상을 마친 촉산귀수가 흑령비도 소요에게 물었다.

"확실히 본 적이 없는 자들이시오?"

"저런 자들이 강호에 있다는 말은 아직 들어보지 못했네."

촉산귀수가 이번에는 흑색 학사모를 쓴 중년인에게 물었다.

"광풍검(狂風劍)도 저들을 모르시는가?"

광풍검이라 불린 자는 채 오십도 되지 않은 중년인이었다. 한데 육십을 넘긴 촉산귀수의 태도는 마치 선배라도 대하는 양 흑령비도 소요를 대할 때보다도 더욱 조심스러웠다.

강호에서 특히 마도에서의 서열은 나이 순서가 아닌 무공순, 광풍검의 무력이 어떠한지를 보여주는 단적인 모습이었다.

광풍검 곽부는 십이빈객 중 최상의 무력을 보유한 자로, 마도에서는 보기 드문 절정검사였다. 경천신문의 제일봉공 풍운

마도와 견주어도 손색이 없다는 것이 중론이었다.

그는 무지막지한 검술과는 달리 말수가 극히 적고 감정을 좀처럼 드러내지 않는 성격이었다. 그러한 모습은 광폭한 모습만큼이나 사람을 주눅 들게 만드는 면모가 있었다.

지금도 촉산귀수의 물음에 묵묵부답이었다.

한데 모두를 어리둥절하게 만드는 일이 일어났다. 광풍검이 돌연 검을 느릿하게 뽑더니 검첨으로 적로를 가리키며 이렇게 말하는 것이 아닌가.

"도전한다."

흡사 바짝 마른 나무껍질처럼 고저가 없는 딱딱한 음성이었다.

광풍검 곽부에 대해 조금이라도 아는 사람은 모두 자신의 귀를 의심했다.

도전이라니? 도전이란 말은 무력이 약한 자가 강자에게 대결을 청할 때나 하는 말이다. 그렇다는 것은 광풍검 스스로 자신의 무력이 적로보다 못함을 인정했다는 뜻과 같았다.

적로 또한 말이 없기로는 둘째가라면 서러운 바, 그의 대답은 이랬다.

"거절한다."

적로가 일대일 도전을 받아들이지 않자 사람들은 그러면 그렇지 하는 표정을 지었다. 스스로 부족함을 알고 물러서는 것이라 여긴 것이다.

그런 생각은 적로와 같은 편인 청운도 다르지 않았다. 적청

이로의 무공이 흑백괴동과 비슷한 수준이니 당연히 혼자서는
광풍검 곽부의 상대가 아니라 여긴 것이다.

"이 검이 그대의 상대로 부족하다는 것인가?"

적로가 고개를 저으며 대답했다.

"너의 검은 충분히 날카롭다."

"한데 무엇 때문에 거부하는가?"

"노부는 무인이 아니라 호위이기 때문이다."

사람들은 자신도 모르는 새 둘의 단답형 대화에 심취해, 말
이 오갈 때마다 수많은 시선이 같이 이동했다.

"잠시 무인이 되어보는 것은 어떤가?"

"노부가 그럴 수 있도록 도와주겠다는 뜻이냐?"

광풍검은 대답을 하는 대신 말없이 흑령비도와 촉산귀수 등
을 바라보았다. 자신과 적로가 대결을 펼치는 동안 태자 호위
대를 공격하지 말라는 무언의 요청이었다.

광풍검의 뜻을 모를 그들이 아니었다.

"노부들로서는 자네의 행사를 쉬이 이해할 수가 없네."

촉산귀수의 말에 광풍검 곽부의 눈매가 급격히 가늘어졌다.
대번에 광풍검의 심사가 뒤틀렸음을 알아챈 촉산귀수가 얼른
말을 돌렸다.

"험! 이해할 수는 없네만, 자네가 유희를 즐기겠다는데 어찌
외면을 하겠는가."

第八章
혈전 속의 구원자

혈전 속의 구원자 1

곽부가 적로에게 대결을 청한 것은 상대의 비범함을 꿰뚫어 봐서라기보다는 적로의 눈빛 때문이었다. 적로는 자신들을 대함에 있어 한 치도 눈빛이 흔들리지 않았다. 그것은 단순한 객기나 용기에서 기인한 것이 아니었다. 그것은 분명 여유였다. 여유는 강자만의 전유물. 과연 강자인지 검으로 시험코자 했나.

휘리릭, 파라라라!

검파에 매달린 은색 수술은 용의 수염인 양 진기를 머금고 뻣뻣하게 일어서고, 짙은 푸른색 섬신은 깅룡의 기상을 닮고 사위를 벼락같이 가른다.

곽부는 자신의 별호가 왜 광풍검인지 몸소 보여주겠다는 듯 시작부터 공격을 퍼부어댔다. 숨 쉴 틈 없는 공격은 자못 포악스럽기까지 했다. 일검, 일검이 질풍 같고 노도와 같았다.

우르릉, 파팡!

적로 또한 맥없이 당하지 않았다. 피처럼 붉은 소맷자락이 너울너울 검신을 감을 듯 다가섰다. 곽부의 청강검으로부터 해일처럼 밀어닥치던 폭발적인 기운은 신기하게도 소매 바람을 쐬고 나면 한풀 꺾여 버렸다.

그러고도 여전히 맹렬한 기세로 검이 짓쳐들면 소맷자락에서 불쑥 주먹이 튀어나와 검풍을 뿜어냈다.

쿠쿠쿠쿠쿵!

막대한 진력에 공기가 와락 일그러지며 광포한 소음이 쏟아졌다.

격렬한 소리만큼이나 엄청난 대결이었다. 사람들의 시선이 차차 경이로움으로 물들었다. 곽부의 검이야 그렇다 치더라도 적로의 선전은 실로 뜻밖이었다.

그러나 시간이 지나면서 승부의 향방이 극명하게 갈렸다. 곽부의 검이 위력을 더해가는 반면 적로는 눈에 띄게 위축되어 가고 있었다.

곽부는 쉴 새 없이 적로를 몰아붙여 한순간도 적로가 공격할 틈을 주지 않았다. 적로는 갈수록 광포해지는 공격을 근근이 막아내고 있을 뿐이었다.

힘의 우열은 누가 보기에도 명백했다. 내심 일말의 근심을 품고 있던 촉산귀수와 탈명도는 그제야 적잖이 안심하며 입가에 미소를 머금었다. 이제 그들의 관심거리는 적로가 과연 언제까지 버텨줄까 하는 것뿐이었다.

적로는 당장에라도 피를 뿌리며 쓰러질 것 같았다. 적로의 위태위태한 모습을 심각한 안색으로 바라보던 청운이 청로의 표정을 살폈다.

'기이하다.'

청로의 얼굴을 보고 문득 든 생각이었다. 기이하게도 청로는 근심하는 기색이 전혀 없었다. 어찌 보면 느긋한 것 같기도 했다.

청로의 표정이 뜻하는 바가 무엇이었는지는 서서히 모습을 드러내기 시작했다. 얼마 못 버티고 쓰러질 것 같았던 적로는 이십 초, 삼십 초를 교환하도록 쓰러지지 않았다.

일검, 일검을 막아내는 장면은 마치 살얼음판 위에서 한 걸음씩 떼는 것처럼 보였으니, 적로는 그 살얼음판을 서른 걸음이나 깨지 않고 지나온 것과 다르지 않았다.

광풍검 곽부는 촉산귀수와 탈명도가 경험했던 것처럼 적로를 폭풍처럼 몰아치면서도 이따금씩 밀려드는 섬뜩한 기운을 느꼈다. 이미 그것에 대해 촉산귀수에게 들은 바가 있었기에 더욱 신경 쓰지 않을 수 없었다.

괴이한 공력을 오래 쏘이면 좋지 않다는 생각에 속전속결을 해내려 했다. 만대 상대는 그토록 무시막시한 공세를 낭하고도 쓰러질 듯 끝내 버텨내고 있었다.

어디까지 버티나 보자는 생각에 더욱 강력한 공격을 퍼부었

다. 언제 이러한 검법을 펼쳐 보았나 싶을 만큼 통쾌한 검격을
연달아 퍼부었다.

여유를 둔 공격을 가까스로 막아냈으니 전력을 다한 공격은
막지 못해야 옳았다. 하지만 상대는 그마저도 가까스로 막아
냈다. 그 점이 광풍검을 섬뜩한 기분에 휩싸이도록 만들었다.

등골을 타고 식은땀이 흘러내렸다. 아무리 생각해도 이상한
일이었다. 자신이 시험을 하는 것이 아니라 시험을 당하고 있
는 것이 아닌가 하는 생각이 들었다.

이쯤 되자 사람들의 시선이 바뀌기 시작했다. 그러고 보니
언젠가부터 곽부의 공세가 눈에 띄게 약해지기 시작했다.

아직도 권과 검이 오가며 천둥 소리가 났지만 분명 처음의
가공할 기세는 찾아볼 수 없었다. 촉산귀수의 입가에서 미소
가 차츰 지워져 갔다. 그리고 어느 순간 촉산귀수의 시선이 곽
부의 얼굴에 닿았다.

"헛! 설마!"

촉산귀수는 다급한 외침을 토하며 급히 탈명도를 바라보았
다. 마침 탈명도 또한 촉산귀수를 바라보고 있었다. 그들은 서
로의 눈빛에서 대뜸 같은 생각을 하고 있음을 알아챘다.

"기괴한 공력!"

촉산귀수와 탈명도의 입에서 이구동성으로 터진 음성이었
다.

그들은 부지불식간에 내상을 입혔던 기괴한 공력을 떠올리
며 치를 떨었다.

　광풍검 곽부의 안색은 확연히 눈에 띌 정도는 아니었지만 분명 푸른 기운이 비치고 있었다. 평소라면 흘려 넘길 만큼 미미한 변화였다. 하지만 그것이야말로 치명적인 함정임을 뼈저리게 느꼈지 않은가.

　촉산귀수와 탈명도는 적로와 청로를 이길 수 없음을 느끼고 바로 물러났었다. 때는 내상 따위는 느끼지도 못한 시점이었다. 그럼에도 내상이 눈덩이처럼 커져 화령단을 복용하고서야 간신히 치유할 수 있었다.

　한데 광풍검은 물러설 생각이 전혀 없어 보였다. 전투에 심취한 나머지 내상을 입은 것조차 모르는 듯했다. 아니, 어쩌면 알면서도 대수롭지 않게 여기는지도 모를 일이었다.

　이대로 조금만 더 지난다면 피를 토하고 쓰러지는 건 적로가 아니라 광풍검이 될 것이 뻔했다.

　광풍검이 쓰러지기라도 한다면? 승리를 장담할 수 없다.

　나머지 전력이야 이쪽이 압도적이지만 꿩 잡는 건 매라고, 절정고수는 절정고수가 제압해야 했다. 적청이로를 자신들 셋이서 쓰러뜨린다는 보장이 없었다.

　"크, 큰일이오!"

　느긋하게 적로와 곽부의 전투를 감상하고 있던 흑령비도는 촉산귀수의 뜬금없는 말에 인상을 찌푸렸다. 그의 눈에는 여전히 광풍검이 우세에 보였다. 우세한 성노가 아니라, 언제든 끝낼 수 있는 싸움을 광풍검이 끌고 있다고 여겼다.

　흑령비도가 팔짱까지 끼며 말했다.

"허어! 큰일이라니? 웬 호들갑인가."

흑령비도의 느긋한 태도에 촉산귀수가 벌겋게 달아오른 얼굴을 하고 말했다.

"이렇게 답답할 수가! 광풍검의 낯빛을 보고도 그런 소리를 하신단 말입니까?"

그제야 흑령비도가 팔짱을 풀고 정색을 했다. 아닌 게 아니라, 잠깐 사이에 광풍검의 얼굴에 확연히 푸른 기운이 서려 있었다.

흑령비도가 고개를 갸웃하며 말했다.

"좀 이상하긴 하군."

"노부의 말을 어디로 들으신 게요! 저것이야말로 놈에게 내상을 입은 조짐이외다!"

그 무렵, 처음으로 적로가 수세를 공세로 바꾸기 시작했다. 곽부가 거의 이백여 초의 공격을 퍼부은 연후에 일어난 반전이었다. 지금껏 단 한차례의 공격도 펼치지 못했던 적로이고 보면 단순히 넘길 문제가 아니었다.

파팟!

그제야 사태의 심각함을 깨달은 흑령비도가 적로의 싸움을 관전 중이던 청로를 향해 쾌속하게 흑령비를 내쏘았다. 동시에 촉산귀수가 청로를 향해 몸을 날렸고, 탈명도는 곽부와 전투 중인 적로를 향해 검을 뿌렸다.

삽시간에 탈명도와 광풍검이 적로를, 흑령비도와 촉산귀수가 청로를 상대하는 대결 구도가 만들어졌다.

당사영도 가만있지 않았다. 그는 장량을 향해 채찍을 후려치며 수하들에게 명했다.

"뭣들 하느냐! 당장 공격해라! 한 놈도 남김없이 쓸어버려라!"

곽부와 적로의 승부가 예상을 뒤집고 적로 쪽으로 서서히 기울어지는 극적인 과정을 가슴 졸이며 지켜보던 청운이었다. 한데 저들이 대결이 끝날 때까지 공격을 미루겠다던 약속을 초개와 같이 버릴 줄이야. 저들의 파렴치한 행태에 이가 갈리지 않을 수 없었다.

"이런 비겁한 놈들!"

상황은 순식간에 극단적인 방향으로 흘렀다.

우우웅! 촤자작!

태자 호위대를 에워싸고 있던 자들이 길이가 이 장에 달하는 채찍을 휘두르며 빠르게 거리를 좁혀오고 있었다. 오십 개나 되는 채찍이 허공을 가르자 수백만 마리의 벌 떼가 동시에 비행하는 소리를 만들어냈다.

"침착! 침착해라!"

이원이 고래고래 소리쳤지만 그 말이 먹힐 상황이 아니었다.

채찍 끝에는 강침이 빼곡하게 박힌 어린아이 주먹만 한 철구가 달려 있었는데, 당장에라도 심장을 파고들 것처럼 시야를 어지럽혔다.

팅, 티팅!

좌자작! 퍼버벅!

첫 희생자는 무공이 없는 일반 병사였다. 한 병사의 어깨에 철구가 박히는가 싶더니, 채찍을 잡아당기자 살점이 와드득 뜯겨 나가며 피분수가 피어올랐다.

"으아악!"

한줄기 처절한 비명은 시작에 불과했다. 여기저기서 듣는 것만으로도 모골이 송연해지는 단말마가 쉬지 않고 터져 나왔다.

절정고수들의 대결은 점차 경천신문 쪽으로 유리하게 흘러 갔다. 내상을 입었던 곽부는 싸움 도중 화령단을 씹어 삼키고 탈명도와 하나가 되어 적로를 격렬하게 몰아붙였다.

곽부의 맹공을 곡예하듯 막아가던 적로였으나, 이번에야말 로 쉽지 않을 듯했다. 청로의 처지 또한 적로와 별반 다르지 않았다.

근접전의 대표 격인 금나수와 암기 공격의 최고봉이라 할 수 있는 비도술을 한 번에 상대하기란 여간 까다로운 것이 아 니었다. 촉산귀수의 금나수를 상대하자면 시야를 좁게 잡을 수밖에 없었다. 한데 흑령비도의 흑령비는 좁은 시야로 피할 수 있는 것이 아니었다.

절정고수인 촉산귀수를 상대함에 있어 정신을 분산시켜야 한다는 것 자체만으로도 크나큰 부담이었다. 천살대 대주 무 정쌍도 나후겸이 무한을 의식해 자신보다 수가 낮은 하북이협 에게 고전을 면치 못했던 것과 일맥상통했다.

청운이 이를 악물며 얼굴을 노리고 날아드는 철구를 강하게 쳐내며 빠르게 주위를 살폈다. 병사들 대부분은 이미 벌집이 되어 쓰러져 있었고, 그나마 아직 살아 있는 병사들은 공포에 절어 활도 쏘지 못한 채 부들부들 떨고 있었다.

의혈단원들의 상태도 좋지 않았다. 무차별적으로 날아드는 채찍은 병사들뿐만 아니라 그들도 쉽게 막을 수 있는 것이 아니었다. 대부분 크고 작은 상처를 입고 뜨거운 피를 흘리고 있었다.

그런 상황에서도 겁먹은 표정 없이 악착같이 적들을 향해 도검을 휘두르고 있었지만, 그들의 어두운 얼굴은 비참한 최후를 예감하는 듯했다.

싸움은 시간이 갈수록 짙은 피를 불렀다. 희생자의 대부분은 태자 호위대였다. 병사들 중 살아남은 자는 전무했고, 태자가 탄 가마에 바짝 붙어 있던 명탁만이 피눈물을 쏟고 있었다.

청운 또한 이미 채찍에 붙은 철구에 서너 군데 깊은 상처를 입었다. 지혈할 틈도 없어 찢겨지고 터진 상처에서 피가 계속해서 빠져나가고 있었다. 하지만 격렬한 통증으로 인해 정신만은 또렷했다.

쉼없이 비산하는 채찍은 아무리 막아도 끝이 없었다. 이래서는 답이 없다.

호랑이를 잡으려면 호랑이 굴에 들어가야 했다. 인의 장벽을 뚫으려면 채찍만 막아서는 소용이 없다. 이 징 너머에서 채찍을 뿌리는 자들, 그들을 처치해야 했다.

청운과 같은 생각을 했던 것일까?

청운의 시야에 쏟아지는 채찍을 뚫고 용감하게 돌진하는 의혈단원이 잡혔다. 단원들의 이름과 얼굴 정도는 대충 익혀둔 상태였지만, 피로 칠갑한 얼굴이라 누군지 알아보기 힘들었다.

의혈단원은 쇄도하기 전부터 이미 마음의 결정을 마친 듯했다. 그는 한 치의 망설임도 없이 한 마룡대원을 향해 곧장 파고들었다. 왼뺨에 큼지막한 점이 있는 자였다.

놈도 의혈단원의 돌격이 상당히 의외였던 모양, 잠시 주춤했다. 찰나에 지나지 않은 틈이었지만 의혈단원은 이미 점박이와의 거리를 반 장 이내로 좁혀놓고 있었다.

촤촤촤!

채찍을 쳐내기에 지나치게 가까운 거리라 생각했는지 점박이는 채찍을 펼칠 기미가 없었다. 대신 사정권에 있던 다른 세 명의 마룡대원이 채찍을 거칠게 후려쳐 왔다.

마치 경고성처럼 요란한 파공음을 내며 채찍이 덮쳐들었다. 하지만 의혈단원은 쇄도를 멈추지 않았다. 적을 죽이고 자신도 죽겠다는 기세였다.

적이 목숨을 아끼지 않고 달려든다? 자신이 그 노림의 대상이라면 분명 두려울 터였다. 한데 점박이는 전혀 겁먹은 기색이라고는 없었다.

청운은 입술을 악물었다. 점박이의 여유는 이유가 있는 여유였다. 그의 양옆으로 석상처럼 버티고 서 있던 천살대원들이 득달같이 달려들어 도를 쪼개왔다.

의혈단원에게는 그마저도 보이지 않는 것일까? 채찍을 외면했던 그는 천살대원의 도마저 외면한 채 점박이를 향해 검을 사선으로 그어 올렸다.

스가각!

청운은 의혈단원의 검격에 순간적으로 가슴이 먹먹해졌다.

경천동지할 내력이 깃든 검도, 극한을 다투는 쾌속함이 들어간 검도 아니었다. 하지만 목숨마저 도외시한 채 뻗어낸 검은 전율이 일 만큼 아름다웠다. 그것은 검사의 숭고함이 깃든 검이었다.

점박이도 이번만은 예측하지 못했던 모양이었다. 여유만만하던 얼굴이 온데간데없이 경악으로 물들었다.

스슷, 그그극! 푸스스!

짧은 순간 다채로운 소리와 함께 꿈에 볼까 두려운 처절한 광경이 펼쳐졌다.

점박이의 오른쪽 옆구리에서부터 왼쪽 쇄골에 이르기까지 기다란 핏빛 실선이 그어진다 싶더니, 혈선을 따라 상체가 주르륵 미끄러저 바닥으로 쿵! 하고 떨어졌다. 하체는 상체에서 일어난 변화를 모르는지 그때까지 대지를 버티고 서 있었다.

실로 끔찍한 광경이 아닐 수 없었다.

용감무쌍한 의혈단원의 경우는 더욱 처참했다. 세 개의 채찍과 두 개의 도를 외면한 대가는 혹독했다. 육신이 처참해 부서져 심지어 영혼마저 온전하지 못할 것 같았다.

이원이 산산이 흩어지는 의혈단원의 모습에 목 놓아 울부짖었다.

"평산!"

2

바위 위에 가부좌를 튼 채 감각의 영역을 넓혀가던 무한은 눈을 번쩍 떴다. 수정처럼 맑고 심연처럼 깊은 눈이었다.

톡!

앞머리 끝에 매달렸던 빗방울이 무게를 못 이겨 눈동자로 빠져들었다. 저 멀리 산자락 어느 한 점에 꽂힌 무한의 눈동자는 그 순간에도 감겨지지 않았다.

들렸다? 아니다. 그건 청각이 잡아낸 소리가 아니었다. 설사 백 보 밖에서 소리친다고 해도 빗소리에 묻혀 웬만해서는 들리지 않을 정도였다. 무한의 청각이 아무리 출중하다 해도 폭음이 아니고서야 오 리를 벗어난 소리를 잡아낸다는 건 무리였다.

하지만 무한은 자신이 느낀 것을 결코 의심치 않았다. 그 감각의 정체가 무엇인지는 그 자신도 몰랐다. 하지만 아무래도 상관없었다. 분명한 건 그가 쫓던 그들이 저곳에 있다는 것이었다.

파팟!

바위 한 귀퉁이가 으스러지며 무한의 신형이 무서운 속도로 허공을 갈랐다.

남경 운경장 소장주 평산의 숭고하고 처절한 죽음을 목도한 태자 호위대는 울분을 고스란히 검에 실었다. 특히 의혈단원들은 가진바, 아니, 그 이상의 활약을 펼치고 있었다. 하지만 종종 의지만으로 극복될 수 없는 일이 있었다.

바로 지금이 그랬다.

병사들을 포함해 육십 명을 헤아리던 호위대는 이제 열 명이 채 되지 않았다. 생존자는 이원을 비롯한 의혈단원 다섯과 청운, 장량, 적청이로, 명탁이 전부였다.

그나마 산 사람도 온전히 살았다고 말할 수 없었다. 당사영과 대등한 대결을 펼치고 있는 장량을 제외한 모두가 당장 죽어도 이상하지 않을 정도로 수많은 상처를 입고 있었다.

마룡대원들은 남은 호위대를 포위한 채 한쪽으로 맹렬히 몰아갔다. 태자와 세자가 있는 가마를 중심으로 수비를 펼치던 호위대원들은 조금씩 가마로부터 밀려났다.

호위대를 멀찍이 떼어놓고 태자를 시해하겠다는 의지가 명백했다.

살아 있는 것 자체가 신기할 정도로 극심한 부상을 입은 명탁이 고래고래 소리쳤다. 실상 의혈단원과 청운이 그를 보호하지 않았다면 죽어도 진즉 죽었을 그였다.

"자리를 지켜라!"

자리를 지켜야 함을 모르는 사람이 누가 있겠는가. 하지만 그들은 쏟아지는 채찍을 막아내는 것조차 버거웠다.

호위대가 태자로부터 완전히 멀어지자 마룡대원들 곁에서 포위망을 구성하고 있던 천살대원 중 반이 가마를 향해 달려들었다.

"안 된다, 이 승냥이 같은 놈들!"

명탁의 피를 토하는 절규는 애간장을 녹일 듯 애처로웠다.

하지만 적에게는 공허한 메아리로도 들리지 않는 모양이었다. 찢기고 갈라진 수십 구의 주검으로부터 풍기는 피 냄새에 모두들 제정신이 아니었다. 다들 광기에 휩싸여 있었다.

"태자를 끌어내라!"

누군가의 광기 서린 외침에 천살대원 하나가 가마의 문과 연결된 고리를 거칠게 잡아당겼다. 한데 열리라는 문은 열리지 않고 가마 안으로부터 철커덕, 하는 소리가 들려왔다.

열리지 않는 문을 열겠다고 용을 쓰자 문고리가 부러져 나갔다. 세자 쪽도 문이 열리지 않기는 마찬가지였다.

"안에서 잠겼다! 문을 부숴라!"

누군가의 외침에 너도 나도 달려들어 가마를 도로 내려쳤다.

깡! 깡! 깡!

불꽃만 요란하게 튕길 뿐, 특수 제작된 가마는 요지부동이었다. 천살대원들은 곧 중병기가 필요함을 깨달았고, 한 대원의 손에 어른 머리통만 한 도끼가 쥐어지기까지는 그리 오랜 시간이 걸리지 않았다.

쿵! 쿵! 쿵!

건장한 천살대원이 가마 위에 뛰어 올라가 지붕 위에서 도끼질을 해댔다. 잠시 버티나 싶던 가마가 얼마 못 가 움푹움푹 파여 들어가기 시작했다.

아이 주먹만 한 구멍이 뚫리자 녀석이 무슨 생각인지 도끼질을 멈추고 구멍 안을 들여다보았다.

"흐흐, 여기 커다란 쥐 한마리가 숨어 있군그래. 이거야 원, 고양이 수만 마리가 포식을 하고도 남겠는데?"

놈의 소동에 폭소가 터져 나왔다. 이보다 더한 치욕이 또 있을까.

대자가 죽음보다 더한 치욕을 당하고 있는 바로 그때,

"멈춰!"

남자도, 그렇다고 여자의 음성도 아닌 미묘한 음색이었다. 어쨌든 기묘한 고함 소리와 함께 언덕바지 수풀 속에서 새하얀 뭔가가 훨훨 날아왔다.

백학? 아니다. 새라 하기에는 지나치게 크다. 분명 사람이었다.

눈과 손을 제외한 온몸을 백포로 칭칭 감은 모습, 객잔에서 세자와 함께 있던 무한을 암습했던 여살수, 정확히는 세자의 여동생이자 태자의 금지옥엽인 가흥 공주였다.

단숨에 허공을 가로 질러 가마 위로 내려선 가흥은 노끼를 든 천살대원을 맹렬히 공격했다.

챠챠챠창!

멋들어진 검술에 연신 뒤로 밀리던 천살대원이 결국 가마 아래로 떨어졌다.

"와하하하!"

그 모습에 태자를 조롱할 때와 마찬가지로 폭소가 터졌다. 이번에는 약간 다른 의미의 웃음이었다.

"여인이다! 여자다!"

"크하하! 여인의 검을 못 이기고 떨어지다니!"

"햐, 그나저나 몸매 죽이는데!"

천살대원들의 입에서 중구난방으로 터진 말들은 하나같이 여염집 여인네를 희롱하는 말이었다. 의혈단원들을 몰아가던 마룡대원들도 힐끗힐끗 가흥을 바라보며 음흉하게 웃었다.

백포로 칭칭 휘감았음에도 단번에 자신이 여인이라는 걸 알아보다니, 당황한 가흥이 중얼거렸다.

"어, 어떻게 알았지?"

그 말에 또다시 폭소가 터졌다. 자못 귀엽지 아니한가 말이다.

백포 밖으로 언뜻언뜻 비치는 버들가지 같은 눈썹, 영롱한 눈동자. 거기에 비에 흠뻑 젖어 적나라하게 드러난 굴곡진 몸매, 가슴 아래로 급격히 꺾인 세류요(細柳腰). 화룡점정은 검을 쥔 눈처럼 새하얀 섬섬옥수였다.

심지어 삼척동자라도 여인인 걸 알 수 있는 마당에 어찌 알았을까 하며 중얼거리다니. 스스로 강호 초출임을 외치는 것과 다르지 않았다.

가흥이 검을 고쳐 잡으며 빽! 소리쳤다.

"이놈들! 함부로 웃으면 죽여 버릴 테다!"

가흥의 음성은 자못 서늘하기까지 했다. 또한 백학처럼 유려하게 날아든 경공술이나 단숨에 가마 위에 있던 대원을 공격해 아래로 떨어뜨린 검술은 무척이나 훌륭한 것이었다. 하지만 그 정도로 천살대원들을 겁주기에는 턱없이 부족했다.

지금보다 가흥의 무예가 두 배가 된다 한들, 여인인데다 강호 초출인 것이 밝혀진 이상 거친 밑바닥에서 닳고 닳은 저들을 어썰 수는 없었다.

"어어! 지린 미녀가 죽여준다는데 한시바삐 죽고 싶군그래?"

"무슨 소리. 하하, 내가 먼저 죽을 테다!"

"허리끈은 내가 먼저 풀었다고!"

"와하하하!"

백포 안에 감춰진 가흥의 얼굴이 수치심에 벌겋게 달아올랐다.

참담한 현실이었다. 일국의 태자와 공주가 저러한 모욕을 당하다니.

현 황조에 대한 충성심이 그리 크다고 할 수 없는 청운마저도 놈들의 작태에 속이 울렁거리고 머리가 어질어질해질 정도였다.

의혈단원들은 슈제 피눈물을 쏟고 있었다. 그러니 명탁의 심정은 어떠하겠는가.

"허어엉, 하늘이여! 나의 목숨을 가져가고 놈들에게 천벌을
내리소서!"

울부짖으며 절규를 토한 명탁은 말릴 틈도 없이 청운 등의
비호를 벗어나 채찍이 난무하는 곳으로 몸을 던졌다. 명탁의
노구는 단숨에 이리저리 찢겨 나가 형체를 찾기 힘들었다.

버언쩍!

쫘자작, 쿠쿠쿵!

연이어 펼쳐지는 지옥도에 하늘마저 노했음일까. 내리 비만
쏟아내던 하늘이 한줄기 벼락을 토해냈다.

말로써 조롱하던 자들은 그것만으로 만족하지 못하겠는 모
양, 가마 위로 뛰어올라 가홍을 합공하며 희롱하고 있었다. 가
홍의 검술은 출중하여 천살대원 두셋쯤은 너끈히 상대하고도
남았다.

하지만 실전 경험이 전무하다시피 한데다 난생처음 합공을
당하자 손발이 어지러워 금세 많은 공격을 허용하고 말았다.
한데 공격을 받았는데 다친 데는 없고 백포만 이리저리 찢겨
나가고 있었다. 벌써 어깨 일부는 새하얀 속살이 비치고 있었
다.

천살대원들은 가홍을 죽이는 것이 목적이 아니라 옷을 찢어
알몸을 만들 셈이었던 것이다.

뱀처럼 전신을 노려오는 채찍을 악착같이 쳐내던 청운은 문
득 그런 생각이 들었다.

'왜 내가 이 채찍들을 막아내고 있는 것일까?'

삶의 희망? 그런 건 애초에 없었다.

전력이 호위대의 두 배 이상인 저들과 맞닥뜨린 순간, 아니, 그 이전, 태자를 호위하겠다고 나섰던 그때 이미 죽음은 정해진 것인지도 몰랐다.

그런 무모한 일을 아무렇지도 않게 할 수 있었던 것은 무한과 그 사형제들 때문이었다. 한데 지금은 곁에 아무도 없었다.

죽음을 목전에 둔 청운의 머릿속에 쌍둥이 형제 적운이 아니라, 다른 사람의 얼굴이 떠올랐다.

"진 무사님, 어디서 무얼 하고 있는 겁니까?"

청운은 본처를 두고 외도라도 저지르는 사람처럼 행여 누가 늘을세라 조그맣게 뇌까렸다.

원적을 따라 조선 땅에 발을 디뎠을 때만 해도 그에게 조선인이란 한낱 변방의 오랑캐에 지나지 않았다. 한데 그토록 멸시했던 조선인을 이토록 의지하게 될 줄이야.

그는 오지 않는다. 아니, 오지 못한다. 그로서도 풍소백은 넘을 수 없는 벽이었으리라.

채찍 하나가 현란한 궤적을 그리며 왼쪽 가슴을 향해 쏘아져 오는 세 시야에 잡혔다. 당장 막아야 살 수 있었다. 하지만 청운의 선택은 팔을 힘없이 늘어뜨리는 것이었다.

쐐액, 채찍 끝에 매달린 강철 침이 빼곡하게 박힌 철구가 가슴 언저리에 이르렀다. 한데 당장에라도 심장을 후벼 팔 것 같았던 철구가 갑작스럽게 멀어져 갔다.

퍼어억!

“……?”

청운은 믿을 수 없는 광경에 눈을 빠르게 감았다 떴다. 자신을 향해 채찍을 후려치던 자가 가슴에 거대한 도끼를 꽂은 채 피 화살을 뿜으며 뒤로 훨훨 날아가고 있었다.

이 냄새, 이 느낌!

청운의 심장이 터질듯 요동쳤다. 청운은 무엇에 이끌리듯 돌아섰다. 그리고 보았다.

반파된 가마 위에 두 발을 딛고 선 천신(天神).

“하하, 이, 이건 꿈이야!”

청운의 뺨 위로 뜨거운 눈물이 흘러내렸다. 꿈이라도 좋다. 이런 꿈이라면 영원히 깨지 않아도 좋다고 생각했다.

그 순간 무한에게 천살대원들이 날아올라 살기 서린 도를 뿌리고 있었다.

“위험……!”

엉겹결에 소리치려던 청운은 말을 하다 말고 입을 굳게 닫았다. 잠시 잊었다, 그가 어떤 사람인지를.

치리리링!

만화의 세찬 떨림은 청운의 마음만큼이나 격정적이었다. 무엇이라도 벨 기세로 덮쳐들던 천살대원들은 거대한 망치로 얻어맞은 듯 쇄도할 때보다 배는 빠르게 튕겨졌다.

무한은 좁은 가마 위에서 가홍을 옆구리에 낀 채 부나방처럼 달려드는 천살대원을 베며 빠르게 정황을 훑었다. 청운과 몇몇 의혈단원들이 채찍의 숲에 파묻혀 생사를 넘나들고 있었다.

가슴이 덜컹 내려앉았다. 살아 있는 자 중에 만평 사형제는 한 명도 보이지 않았다. 하지만 곧 죽은 자들 중에도 없음을 확인하고는 가슴을 쓸어내렸다.

적, 청 두 노인은 한눈에 보기에도 대단한 자들을 각각 둘씩이나 상대하고 있었다.

이상한 일이다. 분명 둘 다 적지 않은 상처를 입고 있었고, 순간순간이 위태위태해 보였다. 한데 그럼에도 왠지 크게 위험하다는 생각이 들지 않았다.

태자 호위대가 이곳에 있다는 것을 알려준 그 감각이 이번에는 이렇게 말하고 있었다.

'저들은 쉽게 쓰러지지 않는다.'

합당한 근거라고는 없는, 그저 퍼뜩 떠오른 생각이었다. 하지만 무한은 이번에도 그 느낌에 대해 일말의 의심조차 품지 않았다.

이로에게서 시선을 돌린 무한은 천살대원들을 태자로부터 일검에 떨쳐 내고 가마 지붕을 세차게 박차고 날았다.

터터!

청운이 포위된 포위망 안으로 스스로 몸을 날린 무한은 청운에게 날아드는 채찍을 강하게 후려쳤다.

"목숨을 버린 새가이냐!"

무한의 날선 외침에 반쯤 빼놓고 있던 청운이 화들싹 정신을 차렸다. 무한이 바로 눈앞에 있었다. 이건 꿈이 아니라 현실이었다.

"살아야지요. 반드시 살 겁니다."

"만평은! 내 사질들은 어디 있느냐!"

"중평 스님의 상세가 좋지 않아 오평, 청평 두 스님이 대열을 이탈해 먼저 산을 넘었습니다. 별 탈이 없다면 지금쯤 의원에 있을 것입니다."

상세가 좋지 않다? 최소한 죽은 건 아니란 소리가 아닌가. 무한은 꽉 막혔던 가슴이 다소 풀림을 느꼈다.

"당연히 탈 같은 건 없을 것이다!"

무한은 그 말을 끝으로 채찍이 난무하는 속으로 일말의 주저함도 없이 몸을 날렸다. 평산과 명탁을 끔찍한 죽음으로 몰아넣었던 죽음의 늪과도 같은 곳이었다. 하지만 이번에는 사람이 달랐다.

절정고수인 흑백괴동이 동시에 펼친 편법도 능히 감당한 무한이었다. 청운 등에게는 전혀 틈이 없어 보였던 채찍의 그물은 무한에게 있어 올이 빠진 성근 그물일 뿐이었다.

마치 성스러운 것인 양 채찍이 감히 무한에게 범접치 못하고 스스로 피해가는 것 같은 착각이 일었다.

"헉헉!"

짙은 죽음의 그림자에서 벗어난 이원 등은 다리가 풀려 주저앉고 말았다.

참으로 허망한 노릇이었다.

죽어도 부서지지 않을 금성이요, 철벽과도 같았던 그것이,

암울한 절망만을 느끼게 했던 죽음의 포위망이 한 사람에 의해 거짓말처럼 와해되기 시작했다. 물살을 가르는 힘찬 물고기처럼 채찍 사이사이를 파고들어도 누구 하나 무한을 제지하지 못했다.

호위대에게 공포의 대상이었던 자들이 반대로 똑같은 공포를 고스란히 체험하고 있었다. 대체 어찌 된 영문인지 별짓을 다해도 유령처럼 유유히 다가들어 하나씩 쓰러뜨리고 있었다.

도무지 불가항력적인 적 앞에 다수의 마룡, 천살, 양 대원들의 공포는 극에 달했다.

남은 자들이 채찍을 미진 듯이 휘두르며 악다구니를 쳐댔다. 모두 명탁이 울부짖으며 절규했을 때 웃으며 채찍을 휘두르던 자들이었다.

그런 이들이 이제 서른 명이 채 남지 않았다.

공포에 떨고 있는 적을 앞에 둔 무한은 검첨을 내렸다. 이제부터 검을 휘두르는 건 싸움이 아니라 도살이다. 싸움은 지키기 위한 살인이다. 하지만 도살은 즐기기 위한 살인이다.

살인을 즐긴다? 그건 어떠한 경우에라도 해서는 안 될 짓이었다.

휘릭!

일필휘지로 바닥에 휘갈긴 말.

가라. 대시 채쩍과 두를 들었던 한 팔은 두고 가야 할 깃이나.

바닥에 쓰인 글귀를 확인한 자들이 서로를 마주 본다. 지독
한 암울함이 묻어나는 시선들. 채찍과 도를 들었던 팔이라 했
다. 지금껏 닦아온 무예를 내던지라는 말과 다름이 아니다. 일
평생 무인으로 살아온 자들에게 무란 생명과도 같은 것이었
다.

"안 돼! 살려 보낼 수 없어! 모두 죽여! 천참만륙하란 말이
야!"

날카로운 음성의 주인공은 가홍이었다.

무한이 가마 곁을 지키고 선 가홍을 똑바로 바라보았다.

"하면 그대가 그대의 검으로 이자들을 처리하면 될 것이 아
닌가."

무한의 냉기 서린 음성에 가홍이 눈을 동그랗게 떴다.

"뭐, 뭐라고?"

"그토록 원한다면 그대가 그대의 칼로 죽이라 말했다."

그제야 무한의 말을 이해한 가홍이 부르르 떨었다. 무한에
대한 분노, 서운함, 그리고 두려움이 그녀의 여린 가슴을 폭풍
처럼 휩쓸었다.

칼을 물고 죽고 싶은 생각이 들 만큼 치욕을 당하고 있을
때, 바람처럼 나타나 희롱하던 악당들을 일검에 휩쓸었다. 무
한의 팔이 옆구리를 강하게 휘감았을 때, 그녀는 마치 햇살 가
득한 안락한 침상에 누워 있는 안온함을 느꼈다.

그 순간만큼은 온몸으로 쏟아지는 빗방울도 차갑게 느껴지
지 않았고, 목을 노려오는 서늘한 칼날도 두렵지 않았다. 한데

그토록 안온함을 주었던 사람이 이런 차가운 음성이라니.

"가, 감히, 감히 내가 누구인 줄 알고!"

무한은 바르르 떠는 가홍에게서 시선을 거둬 장량을 바라보았다. 철없는 암고양이나 상대하고 있을 틈이 없었다.

장량이 당사영의 민활한 채찍을 맞아 분전을 펼치고 있었다. 지금은 채찍의 기기묘묘한 움직임에 장량이 적응하느라 애를 먹고 있었지만, 결국은 화산의 진검 앞에 현란한 재주 따위는 스러져 버리리라.

그러나 장량이 짧은 시간 안에 결판내는 건 힘들어 보였다.

"도움이 필요한가?"

챠자자장!

장량이 휘감아오는 채찍을 후려쳐 멀리 튕겨내며 대답했다.

"천만에! 이놈은 내 거요."

무한의 시선이 다시 한 팔과 삶을 놓고 고민하고 있는 천살, 마룡대원들을 향했다.

마음을 정하기 쉽지 않은지 놈들의 떨리는 시선들은 촉산귀수 등을 향해 있었다. 저들에게 있어 유일한 희망은 빈객들이었다.

촉산귀수와 흑령비도가 청로를, 탈명도와 광풍검이 적로를 몰아붙이고 있었다.

절정고수 간의 대결은 누가 봐도 일방적으로 빈객들에게 유리했다. 당장에라도 결판이 날 것 같았다. 하지만 그건 모르는 소리였다. 벌써 이 같은 상황은 전투를 시작한 지 얼마 후부터 계속 지속된 터였다.

다시 만화의 검첨이 바닥을 휘갈겼다.

"마지막 기회다. 택하라!"

결정의 시간이다. 살아남은 대원들은 이제 결정을 내려야 했다.

그때였다.

"멍청한 놈들! 저 애송이는 노부가 책임진다. 너희들은 남은 놈들을 쓸어버리고 태자의 목을 베어라!"

노성을 지른 자는 촉산귀수와 함께 청로를 공격하던 흑령비도였다. 이미 두 개의 흑령비를 넓적다리에 허용하는 등 큰 상처를 입은 청로는 촉산귀수 혼자서 능히 감당하고 있었다.

그 모습에 한 팔과 삶을 놓고 고민하던 대원들의 얼굴에 대번에 화색이 돌았다. 적로 또한 얼마 버티지 못할 것 같았다.

무한이 양미간을 좁혔다.

'내 예감이 틀렸단 말인가?'

이러한 전개는 무한으로서도 예상치 못한 일이었다. 한동안 버텨줄 것이라 생각했던 이로가 급격히 무너지는 모습을 보이고 있었다.

철석같이 믿었던 감각이 틀렸다?

그것은 패배한 것과 같은 기분을 선사했다. 인정하기 싫었다. 하지만 눈으로 보이는 엄연한 현실을 외면할 수는 없었다.

왜인지는 모르지만 틀렸다. 그것은 명백했다.

이렇게 된 이상 망설일 여유가 없었다. 쓸데없는 고집을 피

우다가 자칫 네 명이나 되는 절정고수를 상대해야 하는 최악
의 상황에 처할지도 몰랐다.

아직 몸이 정상이 아닌바, 찰나의 망설임이 어떤 식으로 돌
아올지 알 수 없었다.

파팟!

무한은 막 절망을 털어내고 전투 의지를 살려내려는 무리에
게 거칠게 파고들었다.

삼성각에서 보여준 극한의 쾌속함은 없었다. 대신 현란한
변화가 가미된 현마진린보가 펼쳐졌다. 일체의 자비가 배제된
검은 적의 급소를 비정하게 베고, 노한 쑤셔들었다.

서걱! 서걱!

채찍을 들어 방비할 틈도 없이 냉기를 머금은 만화가 서너
명을 순식간에 베고 지나갔다.

"건방진!"

흑령비도가 노성을 토하며 두 발의 비도를 연이어 날렸다.

섬전처럼 다가드는 흑령비에 무한의 움직임이 일순 멈추는
듯했다. 그러나 그것은 착시 현상에 불과했다. 비도가 무한의
몸에 꽂혔다고 생각되는 순간, 무한의 움직임이 급격히 빨라
지며 흑령비도는 애꿎은 사람을 공격했다.

"컥!"

"으악!"

흑령비도 소요는 자신의 비도가 목표를 벗어나 이군을 공격
하는 살상 도구로 전락한 것을 보며 분노에 떨었다. 하지만 분

노의 근원은 비도가 빗나간 것이었지, 아군의 죽음 때문은 아닌 것 같았다.

만약 그랬다면 아군이 비도에 맞아 죽어나간 마당에 기괴막측한 보법을 선보이는 무한에게 또다시 비도를 날리지는 못했을 터였다.

흑령비도의 적극적인 도움에 힘입어 이렇다 할 힘을 쓰지 않고도 목적을 이룬 무한이 옅은 미소를 지으며 입을 열었다.

"도와줘서 고맙군."

무한의 발음은 부정확했지만 알아듣는 데 큰 지장은 없었다. 아닌 게 아니라 무한의 칼에 베인 자와 흑령비를 맞고 죽은 자의 숫자가 엇비슷할 정도였다.

"네놈은 반드시 노부의 손으로 죽인다."

흑령비도의 눈동자는 오히려 음성만큼이나 차갑게 가라앉았다. 분노하면 오히려 냉철해진다. 이는 바로 흑령비도의 가장 큰 장점이었다.

흑령비도가 서늘한 안광을 발하며 무한을 살폈다. 그러는 동안 무한 또한 수읽기에 여념이 없었다.

기예 대결과 무공 대결이 완전히 같을 수는 없었지만 일맥상통하는 점이 많았다. 자신의 수는 들키지 않으면서 상대의 장단점을 파악해 단숨에 적의 의도를 꿰뚫어야 한다는 점이 그랬다.

무한이 본 흑령비도는 보기 드물게 침착한 자였다. 저런 자야말로 상대하기가 까다로운 부류였다. 여간해서는 잔꾀가 통하지 않는다. 무한은 저런 자일수록 어설픈 편법보다 정공으로 상대해야 효과적이라는 것을 잘 알고 있었다.

무한은 흑령비도의 비도를 몇 번이나 피해내기는 했지만, 절대 상대를 경시하지 않았다.

비도술은 장거리 공격이다. 비도술을 전문적으로 익힌 자는 일정 거리를 허용해서는 절대로 검사나 도객을 당해낼 수 없다. 비도술이 아니라도 쓰러뜨릴 수 있다면 굳이 비도술에 매달릴 이유가 없었다.

무한은 흑령비도가 필시 평균 이상, 아니, 대단한 경공술을 익힌 지라 판단했다.

비도술와 더불어 경공술에 있어서만큼은 강한 자부심을 가진 자일 가능성이 컸다. 자부심은 종종 방심을 부르고 방심은 때때로 장점을 단점으로 탈바꿈시킨다.

경공이라는 장점을 단점으로 만든다?

다행히 무한에게는 흑령비도의 장점을 단점으로 변모시킬 만한 능력이 있었다. 상대가 가진 경공을 압도할 만한 경공, 현마진린보가 바로 그것이었다.

하지만 문제가 전혀 없는 것은 아니었다.

바로 어젯밤 극한의 현마진린보를 연이어 펼치며 위험을 자초했다. 어쩔 수 없는 일이었다고는 해도 돌이켜 보면 최선의 선택은 아니었다. 삼성각에서 저질렀던 실수를 또다시 저질러서는 곤란했다

하지만 다른 선택의 여지가 없었다. 다른 자가 끼어들 여지

를 주기 전에 눈앞의 적을 쓰러뜨리기 위해서는 현마진린보가 필요했다.

한 번, 단 한 번뿐이다. 사실 한 번도 내상을 감수한 횟수였다.

'무슨 일이 있어도 한 번으로 끝낸다!'

무한의 눈이 매섭게 빛났다. 결정은 끝났다.

절정의 기량을 가진 적의 수는 넷. 현마진린보를 쓸 수 있는 횟수는 한 번.

흑령비도의 뒤로 청로를 몰아붙이는 수공의 고수가 보였다. 다시 삼 장쯤 떨어진 곳에서 도수와 검수가 적로를 공격하고 있었다. 청로는 그나마 나았지만 둘을 상대하는 적로는 팔에 긴 검상을 입고 있었다.

무한이 보고 있는 중에도 가슴에 적지 않은 검상을 당해 크게 비틀거리고 있었다. 시간이 촉박했다.

여태 망부석처럼 서 있던 무한이 처음으로 움직임을 보였다. 흑령비도가 보는 관점에서 좌로 크게 일 보 이동한 것이었다. 무한의 움직임에 흑령비도는 신속히 양손을 가위 형태로 교차해 품속으로 넣는 것으로 화답했다.

품속에 들어간 흑령비도의 양손 열 손가락에 여덟 개의 흑령비가 단단히 끼워졌다. 여덟 개의 흑령비도는 지금까지의 그것과는 모든 면에서 차이가 있었다. 심지어 여덟 개 모두가 각기 다른 크기와 모양을 하고 있었다.

이제 손을 떨치기만 하면 여덟 개의 흑령비가 각기 다른 속도와 궤적을 그리며 목표물을 향해 쏘아질 터였다.

흑령비도는 가장 완벽한 순간을 포착하기 위해 무한의 일거수일투족에 온 신경을 집중시켰다. 온몸의 신경이 바로 지금이라고 외치는 순간을 기다렸다.

그렇게 흑령비도의 신경이 날카롭게 곤두서 있는 그때, 무한이 우측으로 발을 뻗었다. 먼저 뗀 오른발이 바닥을 딛고 왼발을 천천히 옮겨 오른발 옆으로 붙였다.

두 발을 붙였다?

적의 움직임에 신속히 대응하기 위해서는 보폭을 적어도 어깨넓이만큼은 유지해야 하는 것은 상식. 한데 무한은 양발을 아예 붙이고 있었다.

바닥은 계속된 비로 질척이는 진흙 바닥이 된 지 오래. 이 또한 움직임을 충분히 둔하게 만드는 요인이었다.

'어리석은 놈!'

적이 기본을 망각했다. 티끌 같은 차이가 모든 것을 결정할 수 있는 싸움. 이건 놓칠 수 없는 기회였다.

물론 무한은 기본기를 무시하지 않았다. 단지 두 발을 모으는 자세는 현마진린보의 유일한 준비 동작이었을 뿐.

결국 대단한 착각에 빠진 흑령비도는 감각이 아무런 신호를 보내지 않았음에도 공격할 결심을 굳혔다. 흑령비도는 무한이 기본을 망각했니며 비웃었지만 정작 본인은 스스로와의 약속을 망각하는 우를 범하고 말았다.

스슥!

열 손가락에 끼워진 흑령비가 품속을 벗어나 세상으로 모습을 드러낸 그때, 흑령비도와 촉산귀수, 탈명도가 정확히 일직선상에 놓였다. 바로 그것이야말로 무한이 기다리던 찰나의 순간이었고, 굳이 우보를 밟은 이유이기도 했다.

무한의 신장이 순간적으로 일 척이나 줄어들었다. 그리고…….

파아아앙!

여느 때와 마찬가지로 격렬한 파공음이 세상을 뒤흔들었다.

서서석!

무한은 찰나의 시간을 다시 수십 조각으로 잘라낸 짧은 순간, 거짓말처럼 이십 장 밖에 서 있었다. 흑령비도는 물론이고, 각기 삼사 장씩 떨어져서 전투를 벌이고 있던 적청이로와 빈객들도 모두 무한의 뒤에 위치해 있었다.

시간이 정지하기라도 한 것일까, 사람들의 움직임이 일제히 멈췄다.

흑령비도는 무한을 공격하기 위해 품 밖으로 비도를 쥔 손을 꺼냈던 그 자세로 움직임을 멈췄고, 촉산귀수는 청로의 맥문을 노리던 자세로, 탈명도는 적로의 목을 쳐가던 그대로였다.

쉬지 않고 내리는 굵은 빗줄기만이 세상이 여전히 멈추지 않고 돌아가고 있음을 외치고 있었다.

버언쩍, 쫘자작!

쿠구궁!

코앞에 내리꽂힌 벼락의 뇌성이 지축을 뒤흔들었다.

툭, 투툭, 철퍼덕.

뇌성이 걷힌 후 묵직한 소리가 연이어 들려왔다.

청운은 마른침을 꿀꺽 삼켰다. 그는 몇 번이나 무한의 신법을 본 적이 있었기에 무한이 일순간 이십 장을 가로지른 것에 경악하지는 않았다.

하지만 눈앞에 펼쳐진 광경은 그로서도 도무지 이해하려야 할 수가 없는 것이었다. 이원과 송안 등도 숫제 말도 안 된다는 듯 눈을 마구 비벼댔다.

천둥소리와 함께 흑령비도와 촉산귀수, 날명도의 머리가 목에서 이탈해 진흙덩 속으로 저박힌 현실을 어찌 받아들이란 말인가.

적로와 청로조차 지혈할 생각도 못하고 머리 잃은 시체를 넋 놓고 보고 있을 정도였다.

"후우우!"

내상이 터지기 일보 직전에 간신히 수습한 무한은 탁한 숨을 길게 뱉으며 돌아섰다. 무한의 낯빛은 간만에 돌아왔던 홍조가 완전히 가시고 백지장처럼 하얗게 변해 있었다.

떨어지는 빗방울을 엄청난 속도로 들이받은 꼴이라 온 얼굴이 화끈거렸다.

철그렁!

무한이 쇳소리가 난 쪽으로 시선을 옮겼다. 은색 수술에 짙은 청록색 검신. 한눈에 보기에도 심상치 않은 검이 초라하게 바닥을 구르고 있었다.

격렬히 떨리는 시선으로 바닥을 구르는 자신의 검을 바라보던 광풍검 곽부가 고개를 들어 무한을 바라보았다.

"어, 엄청난……. 그, 똑같은 방법으로 나, 날 주, 죽여다오."

말을 마친 눈을 곽부는 마치 할 말을 다했다는 듯 눈을 감아 버렸다.

저벅, 저벅…….

곽부를 향해 무한은 천천히 걸으며 청운을 바라보았다. 무한의 시선을 받은 청운은 간신히 현실을 받아들이고 입을 열었다.

"가, 같은 무공으로 죽여 달랍니다."

무한은 곽부의 곁에 이르러 걸음을 늦췄다.

"미안하군. 두 번 쓰기에는 아직 힘들어서 말이오. 후일 아무 때나 쓸 수 있을 때 연락하겠소. 그때도 같은 마음이라면 주저없이 나를 찾도록 하시오."

청운의 충실한 통역을 들은 곽부는 잠시 부르르 몸을 떨었다. 그리고는 검을 챙기는 것도 잊은 채 빗속으로 휘적휘적 걸어 사라졌다.

第九章
태자와의 동행

태자와의 동행 1

거짓말처럼 등장한 무한에 의해 일행은 기적처럼 구원을 받았지만 문제가 끝난 것은 아니었다. 아니, 진짜 문제는 지금부터였다.

문제는 아주 간단한 곳에서부터 시작되었다.

태자를 옮길 사람이 없었다. 살아 있는 것이 용할 정도로 생존자들 중 사지가 멀쩡한 자가 전무했다. 세사가 멀쩡하기는 했지만 그는 세자를 옮길 힘이 없었다.

굳이 찾자면 태자를 옮길 사람이 있기는 했다. 바로 유일하게 몸이 멀쩡한데다 세자를 들 만한 힘을 가진 무한이 있다.

결국 우여곡절 끝에 태자를 옮기는 건 무한으로 결정되었다. 한데 다른 문제가 호위대의 발목을 붙들었다.

경천신문을 물리치기는 했지만 근처 어딘가에 또 다른 적이 도사리고 있었다. 두 무리로 나뉘어 뒤를 쫓고 있는 동창이 바로 그들이었다. 일전 흑백괴동과 풍천개가 준 정보가 사실이라면 수백이나 되는 자들이 그들을 노리고 있다는 말이 된다.

이제 철가마라는 보호막이 사라진 상황에서 무한 홀로 태자와 세자를 동시에 지키기란 불가능에 가까웠다. 더군다나 청운 등 태자를 호위해야 할 전력은 반대로 무한에게 보호받아야 할 처지로 전락했고, 무한 역시 현마진린보의 발현으로 전투력이 현격히 떨어진 상태였다.

"모두를 지키려다가 자칫 모두를 잃을 우려가 있네. 자네가 먼저 전하를 모시고 떠나게. 지금으로서는 그 방법이 최선이야."

무한에게 태자를 데리고 먼저 떠나라 재촉하는 사람은 다름 아닌 세자였다.

"하면 저하의 안전은 누가 책임을 진단 말씀이십니까?"

"저들이 일차로 노리는 건 내가 아니라 태자 전하일세. 설사 내가 저들에게 잡힌다 해도 태자 전하만 무사하시다면 저들이 나를 함부로 어쩌지는 못할 것일세. 인질로 쓰려면 살려둬야 하지 않겠는가."

세자는 한사코 자신은 괜찮으니 무한에게 태자만 안전히 호위해 달라고 말하고 있었다. 효성이 지극하지 않은가.

무한은 착잡한 심정으로 일행을 바라보았다. 청운을 비롯한 모두가 제 몸 하나 간수하기 힘든 모습들이었다.

태자는 무슨 생각을 하고 있을까. 열린 가마 문으로 비치는 태자는 눈을 감은 채 미동도 없었다. 지붕이 도끼에 찍혀 짓뭉개진 탓에 비가 적잖이 새어들고 있었다.

"진 무사님, 저하의 말씀대로 하는 것이 좋을 것 같습니다."

무한은 청운의 파랗게 질린 입술을 시린 눈으로 바라보았다.

"그리되면 너는 죽을 수도 있다."

무한의 말에 청운이 애써 웃음을 보였다.

"어차피 같이 계신다 해도 살 수 없을 것입니다. 무엇보다 칼을 거꾸로 잡고 죽을지언정 더 이상 진 무사님께 짐이 될 수는 없습니다."

무한은 무인으로서 청운의 느끼고 있을 참담한 심정을 절절이 느낄 수 있었다.

청운의 말이 옳다. 무한의 무력이 제아무리 출중하다 한들 수백이나 되는 자들을 상대로 모두를 지킬 수는 없었다.

얼마 후, 무한의 등에 산더미 같은 태자가 업혀졌다. 태자만 보일 뿐, 태자의 살 더미에 가려 정작 태자를 업은 무한이 보이지 않을 정도였다. 그 자체로 폭소가 터질 민한 광경이었다.

하지만 그 모습을 보고 웃는 자는 아무도 없었다. 오히려 뜨거운 눈물을 쏟아내고 있었다.

"자네에게 무거운 책무를 맡기게 되어 유감이네. 부디 진하를 부탁하네."

무한에게 신신당부한 세자는 질척거리는 진흙탕 바닥도 아랑곳 않고 엎드려 대례를 올렸다.

"아바마마, 강령하옵소서."

세자의 그러한 모습에 제 몸 하나 간수하기 힘든 자들 모두
가 온 힘을 다해 예를 올렸다.

"전하, 강령하소서!"

"천세! 천세! 천! 천! 세!"

무한의 등에 업힌 태자는 그때까지도 아무 말이 없었다.

무한이 등을 돌려 멀어지자 몸을 일으킨 세자가 무한의 등
을 응시하며 말했다.

"너도 진 무사를 따라 나서라."

세자의 말이 떨어지자 길옆 수풀에서 가홍이 걸어나왔다.
너덜너덜하던 백포는 어찌했는지 멀쩡해져 있었다.

"그럴 수 없어요. 어찌 호위가 의뢰인을 두고 도망칠 수 있
겠어요?"

"장난은 그만하면 되었다."

"장난이요? 전 처음부터 장난이 아니었다고요!"

"장난이 아니었다? 좋다, 그렇다면 의뢰인으로서 명하마.
이제부터는 태자 전하를 지켜라."

"하지만 전하의 곁에는 그가……."

"어리석은 것! 전하의 수발은 누가 든단 말이냐?"

세자의 말에 활기찬 모습을 보였던 가홍이 어깨를 축 늘어
뜨렸다. 늘어진 어깨가 잘게 떨리고 있었다. 어찌 그녀라고 작
금의 상황을 이해하지 못하겠는가.

"먼저 가서 기다릴게요. 그러니까 꼭……."

세자는 목이 매여 말을 잇지 못하는 가흥의 어깨를 토닥여 주었다.

"일전에 만통(萬通) 노인이 그러더구나. 이 오라비는 장수할 상이라고 말이다."

세자의 말에 가흥이 고개를 번쩍 들었다.

"남경 최고의 점쟁이 만통노 말예요?"

"왜 아니겠느냐."

가흥이 펄쩍 뛰며 말했다.

"세상에, 그 영감 말이라면 틀림없을 거예요. 그 영감이 건강하던 우리 백설을 보자마자 글쎄 열흘을 넘기지 못할 거라지 뭐예요? 미친 늙은이라고 코웃음을 쳐줬죠. 한데 정말로 아흐레 만에 급사했다고요."

백설은 이 년 전 죽은 가흥이 아끼던 명마였다. 가흥은 그토록 아끼던 명마의 죽음을 말하면서도 기쁘게 웃고 있었다. 정말 만통노라는 자의 말대로 세자가 장수하리라 믿는 모양이었다.

"그래, 오라비가 왜 그걸 모르겠느냐? 그러니 걱정 말고 어서 가거라."

"헤헤, 그럼."

깡충거리며 무한의 뒤를 따르는 가흥을 보며 세자의 얼굴이 어둡게 굳어지고, 활기찬 듯 무한을 따르던 가흥의 눈에서는 한줄기 맑은 눈물이 흘러내렸다.

두 시진째 조용하고 빠른 행보가 이어졌다.

무한은 사백 근에 육박하는 무게를 등에 업은 사람이라고 생각할 수 없을 정도로 빨랐다. 거침없이 산을 타는 그의 모습은 비호를 연상케 했다. 뒤따르는 가흥의 입에서 단내가 날 지경이었다.

경공술의 핵심은 내력 안배다. 특히 장거리를 달릴 경우, 알맞은 속도 조절은 필수였다. 하지만 가흥은 무작정 무한의 뒤를 쫓기에 바빠 그럴 여유가 없었다.

"헉, 헉!"

숨이 점차 거칠어져 갔다. 설상가상 쓸데없이 입과 코를 칭칭 감은 백포가 빗물을 흠뻑 머금은 탓에 호흡이 원활치 않았다.

가흥이 도저히 더는 달릴 수 없다는 생각을 벌써 한 시진째 하고 있었다. 한계점을 몇 번이나 넘어섰다. 얼굴이 새빨갛게 달아오르고 숨이 턱에 찼다. 하지만 그녀는 쉬었다 가자는 말도 속도를 줄이자는 말도 하지 않았다.

왠지 그 말을 하면 지는 것 같아서 싫었다. 하지만 오기와 악으로 버티는 것도 한계가 있었다.

가흥은 눈을 표독스럽게 뜨며 입술을 잘근 씹었다.

'지독한 자 같으니!'

자신이 따라오고 있음을 알면서도 단 한마디도 건네지 않은 건 둘째 치고, 숨소리가 이토록 거친데도 듣지 못한 척 한 번도 쉬지 않고 달리다니.

하지만 어디까지나 약자는 그녀였고 일단 살고 봐야 했다.

"헉헉, 이, 이봐!"

"무슨 일이오?"

"헉!"

경악할 일이었다. 지금껏 달린 사람이 맞는 것일까? 무한의 음성은 천천히 걸으며 말하는 사람처럼 완벽히 안정되어 있었다.

하도 어이가 없어 경탄보다 허탈한 마음이 앞섰다. 억울했다. 억울한 나머지 눈물이 왈칵 쏟아지려 했다.

"우, 우리 조금만… 헉, 쉬었다가 가는 게 어때?"

워낙 헉헉대며 말하는 통에 젖먹이 아이의 옹알이처럼 발음이 부정확했지만, 잠시 쉬자는 뜻을 이해 못할 무한이 아니었다.

무한 또한 얼마 전부터 유할 곳을 찾아 쉴 생각을 가지고 적당한 장소를 살피던 중이었다. 비를 많이 맞은 태사가 염려되었고, 무엇보다 곧 어둠이 깔릴 터였다.

동굴로 들어서자마자 뭐라 형용할 수 없는 퀴퀴한 냄새가 코를 찔렀다. 대소변을 몇 달쯤 푹 삭히면 이런 냄새가 날까? 무한조차 인상을 쓸 정도로 지독했다. 하지만 지금은 찬밥 더

운밥 가릴 처지가 아니었기에 잠시 입구에서 멈칫했던 무한은 그대로 안쪽으로 발을 들여놓았다.

무한은 오감 중 후각이 가장 예민하지만, 그런 만큼 쉽게 둔감해지기도 한다는 것을 잘 알고 있었다. 약간의 시간만 지난다면 이 정도 냄새는 별문제가 되지 않을 터였다.

무한에 이어 안으로 들어선 가홍은 고개를 들이밀자마자 비명을 지르며 발을 뺐지만, 얼마 버티지 못하고 안으로 들어왔다.

무한의 등에서 내려온 태자는 무한의 체온이 사라지자 오들오들 몸을 떨었다. 잠시 망설이던 무한이 이내 몸을 일으켰다.

정확히 어떤 녀석인지는 모르지만 이곳은 맹수 굴이오. 땔감을 구해올 테니 입구에서 지키다가 이상한 낌새가 있거든 당황하지 말고 소리쳐 날 부르시오. 곧바로 달려오리다. 금방 어두워질 테니 멀리서도 맹수 특유의 안광으로 충분히 접근을 알아챌 수 있을 거요.

바닥에 급히 휘갈겨 쓴 무한은 동굴 밖으로 급히 나섰다.

"대체 뭐라고 쓴 거야?"

가홍은 무한이 쓴 글을 확인하려 했다. 하지만 그게 뜻대로 되지 않았다. 밖은 이제 막 어둠이 깔리려는 찰나였지만, 동굴 안은 이미 한밤중이었다. 너무 어두워 글씨가 한 글자도 보이지 않았다.

무한은 혜명 선사와 함께 동굴에서 자그마치 칠 년을 보낸 경험이 있었다. 그 때문에 어둠이 익숙한데다, 도선비기를 익힌 탓에 일반인의 상상을 초월하는 시각을 가지고 있어 가홍의 입장을 미처 생각지 못했다.

"흐음……."

바닥을 뚫어지게 바라보던 가홍은 태자의 신음에 깜짝 놀라 다가갔다.

"아바마마!"

"흐음, 괜한 소란 피울 것 없다. 네가 참으로 고생이 많구나."

태자의 음성에는 기운이 하나도 없었다. 가홍은 기어이 왈칵 눈물을 쏟았다.

"흐흑! 궁에 도착하면 폐하께 말씀드려 아바마마를 이리 만든 놈들을 한 놈도 남김없이 모조리 죽이고 말겠어요!"

"허허, 그래, 그러자꾸나."

태자는 힘겹게 팔을 들어 막내 같은 말괄량이 큰 딸의 머리를 말없이 쓰다듬었다.

태어난 이후 가장 힘든 하루를 보낸 가홍이었다. 태자의 자애로운 손길이 머리에 닿자 잠이 쏟아졌다. 곧 천근만근 내리누르는 눈꺼풀을 이기지 못한 그녀는 깊은 잠에 빠져들었다.

"애야, 그만 일어나야겠구나."

기운이 없는, 아니, 조심스럽다고 해야 어울릴 태자의 음성이 동굴 안을 잔잔히 울렸다.

"유야, 조금만 더 잘게, 조금만……."

잠결에 몸종 이름을 부르며 손을 내젓던 가홍은 문득 자신이 베고 누운 푹신한 것이 침상이 아니라는 것을 깨달았다. 하지만 다섯 살 이후로 아버지의 체취를 느끼며 잠든 적이 없었던 그녀는 안온한 느낌을 조금이라도 더 느끼고 싶어 눈을 뜨지 않았다.

그러나 안온감은 그리 오래 지속되지 않았다. 그녀는 곧 뒷골을 간질이는 스산한 기운에 눈을 번쩍 떴다.

이제는 익숙해진 퀴퀴한 냄새가 아닌, 다른 냄새가 코를 자극했다. 그것은 낮에 질리도록 맡았던 짙은 피 냄새였다.

처음에는 추격해 온 동창인 줄 알았다. 한데 뭔가 느낌이 이상했다.

"뭐, 뭐죠?"

"산주(山主)인 것 같구나."

산의 주인, 범을 에둘러 일컫는 말이었다. 세상에, 호랑이란다. 솜털까지 바짝 곤두섰다.

가홍이 벌떡 일어서려는 것을 태자가 팔에 힘을 줘 막았다.

"녀석을 자극하지 말아야 한다."

태자의 말이 옳았다. 가홍이 몸을 일으켰다면 그 즉시 호랑이가 공격을 해왔을 터였다.

"이, 이제… 어쩌지요?"

"느리게… 아주 천천히… 몸을 일으키거라."

크게 당황했던 가홍은 태자의 놀랍도록 침착한 음성에 적잖이 안정을 되찾았다. 태자의 무릎을 베고 누워 있던 가홍은 태자의 말대로 움직인 듯 정지한 듯 그렇게 천천히 몸을 일으키며 방향을 틀었다.

"……!"

가홍은 숨이 턱 막혀왔다. 시간이 얼마나 지난 것일까, 온통 칠흑 같은 어둠으로 덮인 세상에 찻잔만 한 노란 달 두 개가 두둥실 떠 있었다. 대체 얼마나 큰 놈인지 눈높이가 가홍의 어깨 높이쯤에 위치해 있었다.

대호(大虎)다.

녀석괴의 기리는 대략 이 상. 한 번의 도약이면 닿고도 남을 거리였다.

차라리 보지 않았을 때가 나았다. 놈과 눈이 마주치자 숫제 검을 들 엄두조차 나지 않았다. 눈 이외에 몸의 어떤 움직임도 보이지 않는다는 점도 공포를 배가시켰다.

무례한 녀석이 원망스러웠다. 아니, 녀석이 당장 보고 싶었다.

"그… 그는 왜 아직 오지 않는 걸까요? 소, 소녀는 이제 어떻게……."

"……"

태자도 이번에는 대답이 없었다. 태자라고 방법이 있을 리 없었다.

한편 땔감을 구해 동굴로 돌아오던 무한우 입구 언저리에서 흠칫 멈춰 섰다. 동굴 안쪽에서 흘러나오는 이질적인 기운, 그것은 살기였다. 한데 살기는 살기인데 뭔가 무림고수의 살기와는 느낌이 다르다.

좀 더 단순하고 원초적인 느낌,

'집주인이 돌아왔군.'

무한은 어깨에 짊어졌던 나무를 천천히 내려놓고 안으로 들어섰다.

크르릉!

대호가 입구에 들어선 무한을 감지하고 낮게 으르렁댔다.

"왜, 왜 이제……."

가흥의 음성에는 거의 울음이 섞여 있었다. 정작 묻고 싶은 건 무한이었다. 왜 이 지경이 되도록 부르지 않았냐고 말이다. 하지만 지금은 잘잘못을 가릴 상황이 아니었다.

무한의 시선에 동굴 내부의 풍경이 비교적 세세히 잡혔다.

대호의 곁에 사슴으로 보이는 동물의 사체가 놓여 있었다. 사냥에 성공해 안락한 보금자리에서 포식을 즐기려던 계획이 침입자에 의해 물거품이 되어 화가 나 있을 대호의 마음이 이해가 되었다.

대호로부터 이 장을 격하고 가흥이 마주 서 있었다. 호랑이와 정면으로 마주한 가흥은 다리를 바들바들 떨고 있었다.

크르릉!

대호는 떨고 있는 가흥을 다 잡은 먹이라 생각했는지, 아니면 무한이 더 위험한 존재라 여긴 건지 무한을 향해 돌아섰다.

무한의 별빛 같은 시선이 대호의 화등잔만 한 눈에 꽂혀들었다. 무한과 대호의 첫 대면이었다.

대호는 자신을 상대로 전혀 위축됨이 없는 무한이 마음에 들지 않는지 송곳니를 드러내며 으르렁댔다.

무한은 대호를 다 일격에 죽일 힘이 있었다. 하지만 무한은 섣불리 검을 뽑지 않았다.

자신들은 남의 집에 허락없이 들어온 불청객이었고, 호랑이는 주인이었다. 나가 달라고 호통 치는 주인을 죽일 수는 없는 노릇이었다. 물론 그렇다고 순순히 나가줄 수도 없었고, 나간다고 호랑이가 곱게 보내줄 리도 만무했다.

무한은 전신의 기운을 뽑아 올려 강력한 기세를 발출했다.

휘이잉!

무한으로부터 한줄기 기운이 대호를 향해 불어갔다. 기운에 쏘인 대호가 더욱 크게 으르렁댔다. 숨 막히는 순간이 한동안 유지되었다.

그동안 비가 그치고 달이 구름 뒤에서 모습을 드러냈다. 동굴 입구에도 어김없이 은은한 달빛이 찾아들었다.

무한과 호랑이와의 기세 싸움을 가슴을 졸이며 지켜보던 가흥은 문득 의아한 생각이 들었다. 대호의 압도적인 위용에 미처 생각지 못한 일이 있었다.

그 괴물 같던 자가 한낱 호랑이를 상대로 고전한다? 무한은 그녀가 지금까지 본 사람 중 가장 강한 사람이었다. 그녀의 사부 또한 강호의 내로라하는 고수였지만, 무한에게는 더없이 부족했다.

'설마 호랑이가 절정고수보다 무섭단 말인가?'

그럴 리가 없었다. 제아무리 영물이요, 백수의 왕이라지만 절정고수를 능가한다는 생각은 들지 않았다. 그렇다고 혹시라도 있을 사정을 알지 못하는 상황에서 소리를 내어 물을 수도 없었다. 설령 묻는다 해도 알아듣지 못할 것이 뻔했다.

가홍의 의아함이 극에 다할 때쯤,

"방해하고픈 마음은 없었다. 오늘 밤만 네 집을 쓰고자 하니 허락해 다오."

말을 마친 무한은 급격히 끌어올렸던 기운을 일순간 풀어버렸다. 뿐만 아니라 호랑이와의 눈싸움을 끝내고 벽으로 바짝 비켜서더니 아예 입구를 향해 등을 돌렸다.

가홍은 기가 막혀서 입이 다물어지지 않았다. 호랑이를 상대로 등을 보이다니?

한데 무한이 호랑이에게 등을 보인 것보다도 더욱 황당한 일이 벌어졌다. 호랑이가 먹이도 그대로 놔둔 채로 어슬렁어슬렁 무한을 지나쳐 동굴 밖으로 나가 버리는 것이 아닌가.

무한은 대호가 사라진 것이 너무도 당연하다는 듯 불을 피우기 시작했다.

불이 활활 타오르자 서서히 동굴 전체에 온기가 전해졌다. 젖은 옷에서 더운 김이 모락모락 피어올랐다.

무한은 말없이 나무껍질을 벗겨냈다. 흠뻑 젖은 껍질을 벗겨내자 거짓말처럼 바짝 마른 나무가 나타났다. 선 채로 말라죽은 고사목이었다.

고사목으로 인해 불꽃이 맹렬해지자 그 위에 생나무를 차곡 차곡 없는다. 뜨거운 열기를 이기지 못하고 생나무에도 불이 붙었다. 생나무가 타며 은은한 향이 주위로 번졌다. 그러나 이상하게도 연기는 거의 없었다.

가홍은 금세 불을 피우는 무한을 보며 기이한 사람이라는 생각이 들었다. 한마디 말로 호랑이를 내쫓지 않나, 새벽부터 밤까지 내린 비로 젖지 않은 것이 없을 텐데 쉽게 불을 피우지 않나, 신기하지 않은 구석이 없었다.

가홍이 불가에 바짝 다가앉으며 말했다.

"뭐 하다가 이제야 온 거지? 전하와 난 정말 위험할 뻔했다고."

"……?"

가홍이 제법 표독스러운 음성으로 추궁했지만 무한은 반응이 없었다. 속사포로 쏟아낸 말을 알아듣지 못했던 것이다.

그제야 가홍은 무한이 자신의 말을 알아듣지 못한다는 걸 깨닫고 바닥에 글을 새겨 뜻을 전달하기 시작했다. 무한은 대답 대신 손으로 한곳을 가리켰다. 일렁이는 불길에 무한이 나가면서 썼던 글이 비쳤다.

"바보로군. 세상 사람들이 모두 지기 같은 줄 알아?"

빽! 소리쳤지만 오해에서 비롯된 것임을 알게 된 가홍은 더이상 무한을 추궁하지 않았다. 대신 다른 걸 꼬치꼬치 캐물었다.

"어떻게 호랑이를 쫓은 거지?"

"쫓은 게 아니라 잠시 빌린 거요."

가홍의 눈썹이 역팔자를 그렸다.

"그래, 빌렸다 쳐. 그러니까 어떻게 빌렸는데?"

"당신이 아까 본 그대로요."

"뭐라고? 감히 날 놀려?"

대답을 피하는 무한에게 한바탕 성질을 부리려던 가홍은 가만히 얼마 전 상황을 떠올렸다. 무한은 한참 기세 싸움을 했었다.

"기세 싸움을 했어. 이유가 있었던 거야?"

무한은 호랑이가 두고 간 사슴 앞다리를 떼어내 불 위에 얹은 후 대답했다.

"호랑이에게 누가 강자고 누가 약자인지를 확실히 인식시킨 거요."

"그럴듯하네. 그런데 왜 호랑이를 죽이지 않고 등을 돌렸지?"

"강하지만 공격할 의사가 없음을 보여준 거요."

"기세 싸움에서 이겼으면 반은 끝난 싸움인데 죽이지 않고 왜 굳이 위험을 자초했지? 호랑이가 갑자기 공격이라도 했으면 어쩔 뻔했느냔 말이야."

"우리는 불청객이고 호랑이는 이곳의 주인이오. 객이 자리를 내어달라는 주인을 죽이란 말이오?"

"바보 같은 소리! 그래 봤자 호랑이는 한낱 미물일 뿐이잖아!"

"내가 오기 전 호랑이에게 당신도 한낱 미물일 뿐이었소."

가흥은 분노에 떨었다.

"감히! 감히 내게 미물이라 말하다니!"

무한은 가흥이 열을 내거나 말거나 다 익은 고기를 들고 벌떡 일어나 태자에게 다가갔다.

"입맛에 맞지 않을지도 모르겠습니다."

고기를 건네는 무한의 말투에는 어딘지 모르게 가시가 박혔다. 무슨 말인가를 하려던 태자는 끝내 입을 다물고 무한이 건네는 고기를 말없이 받아 들었다.

무한이 자리에 돌아올 때까지 분을 삭이지 못하고 씩씩대던 가흥이 신경질적인 몸짓으로 바닥에 글을 썼다.

당신 정체가 뭐야?

"무한."

"몇 살인데?"

잠시 생각하던 무한이 고개를 저으며 말했다.

"잊었소."

정말 잊었다. 어머니가 죽고 아버지가 죽던 그날부터 나이를 헤아릴 여유도 없이 살아온 삶이었다.

"흥, 바보로군!"

고기를 한입 베어 문 무한은 순간 멈칫했다. 만펴 사혀제를 처음 만나던 날이 떠올랐다. 달이 무척이나 밝던 그날 밤, 무학을 찾아 산속을 헤매던 그때도 지금처럼 허기가 졌었다. 그 널

따란 바위 위에서 지금처럼 고기를 뜯고 바둑을 얘기했다.

소중한 추억, 소중한 사람들…….

'참으로 어리석구나. 사질들의 생사조차 모르는데 나는 지금 누구를 지키고 있는가.'

무한은 사질들의 걱정에 자책하며 눈을 감았다.

무한의 얼굴에 드리운 수심의 그림자를 바라보던 가흥은 백포에 감싸인 얼굴을 잔뜩 일그러뜨리고 입을 삐죽 내밀었다.

'흥, 뭐야? 괜히 분위기나 잡고.'

괜히 신경질적이 된 가흥은 잘 타는 불을 이리저리 쑤시고 헤집었다.

외면하려니 왠지 신경이 쓰였다. 곁눈질로 살짝 무한을 바라보았다. 조심스럽게 행동한 것이 무색하게 무한은 아직도 감은 눈을 뜨지 않고 있었다.

가부좌를 한 것을 보니 본격적으로 운공이라도 하는 모양이다.

가흥은 기회다 싶어 무한의 얼굴을 세세히 관찰했다. 이내 가흥의 눈빛이 별처럼 반짝였다.

살집 없는 얼굴은 윤기가 없고 푸석푸석하다. 거기에 수염까지 잔뜩 붙었으니 일견 볼품이 없다.

'쳇, 못생긴 주제에 잘난 척은!'

속으로 비웃은 후, 세세히 보니 점차 생각이 달라졌다.

적당히 높은 콧날은 아래로 시원하게 미끄러지고, 굳게 닫힌 두툼한 입술은 쉬이 꺾이지 않을 고집이 서렸다. 맑고 깊은 눈 말고는 보잘것없다고 생각했는데 그게 아니었다.

꼼꼼히 뜯어보니 추남은커녕 이목구비가 제법 수려하지 않은가. 수염을 정리하면 이보다 훨씬 괜찮아 보일 것 같았다. 어쩌면 생각보다 나이가 젊을지도 모르겠다.

내친김에 수염을 제거한 얼굴을 가만히 상상해 보았다. 눈이 꿈결처럼 몽롱해지고 백포에 가려진 얼굴에 홍조가 드리워졌다.

타다닥!

불똥 튀는 소리에 퍼뜩 정신을 차린 가흥이 세차게 도리질 쳤다.

'내가 무슨 생각을 하는 기야? 흥! 그래 봐야 저자는 바보일 뿐이라고! 게다가 의심스러워. 틀림없이 흉한 곰보일 거야. 그렇지 않고서야 무엇 때문에 산적처럼 저렇게 수염을 덥수룩하게 길렀겠어?

가흥이 말도 안 되는 상상을 하며 무한에게서 시선을 돌렸다. 뜨뜻한 불을 앞에 두고 벽에 기대 있으려니 잠이 솔솔 밀려왔다.

무한은 가흥이 쌔근쌔근 잠에 빠진 지 반 시진쯤 지났을 때 눈을 떴다. 운기를 끝낸 그는 어이없다는 표정으로 잠든 가흥을 바라보았다.

참으로 철없는 아가씨다. 동료가 운기를 하면 앞에서 보초를 서도 모자랄 판에 잠이라니.

"좀 보겠는가."

그때 태자가 나직한 음성으로 무한을 찾았다.

"부르셨습니까."

무한을 잠시 응시하던 태자는 무한이 한어에 무척이나 서툴다는 걸 알고 있었기에 최대한 말을 느릿하게 하며 바닥에 글을 썼다.

과인에게 뭔가 불만이 있군. 말해보게.

태자가 쓴 글을 본 무한은 대답을 망설였다. 사실 태자에게 좋지 않은 감정이 있는 것이 사실이었으니 아니라고 말하면 거짓이 될 터였다.

무한은 태자 앞에 굴러다니는 사슴의 넓적다리뼈를 보며 내심 쓴웃음을 지었다.

"풍찬노숙(風餐露宿)이라 불편하시겠지만 잠시만이라도 잠을 주무시는 편이 좋을 것입니다."

"자네의 마음을 대충 짐작은 하고 있네."

"……."

"허허, 후일 과인의 마음을 알 날이 오겠지."

태자의 음성은 더없이 쓸쓸했다.

그러나 무한에게는 태자의 음성에 배인 쓸쓸함이 악어의 눈물처럼 느껴졌다. 후일 알게 될 거라는 태자의 말 또한 당장의 껄끄러움을 모면하기 위한 위선처럼 보일 뿐이었다.

세자는 자신의 안위는 아랑곳없이 태자를 호위해 달라 말했다. 그때 태자는 벙어리라도 된 것처럼 입을 굳게 다물었다. 진흙탕에 엎드려 마지막 인사를 할 때마저도 태자는 눈을 감고 있었다. 마치 자신을 위해 세자가 희생하는 것이 당연하다는 듯.

아마 지금쯤 세자는 동창 번복들에게 잡혀 고역을 치르고 있을 것이다. 그도 아니면 이미 죽었을지도 몰랐다.

한데 태자는 고기를 살점 하나 남김없이 깨끗이 먹어치우는 왕성한 식욕을 보였다. 태자의 모습 어디에도 자식을 향한 부정은 눈 씻고 찾아보려야 찾아볼 수가 없었다.

그런 모습에 심장이 돌덩이처럼 차가워졌다. 짐승도 이 같지는 않을 거라는 생각이 들었다

후일 태자의 마음을 이해할 날이 올 거라고? 자식을 외면했던 마음을 어찌 이해한단 말인가. 후일이 언제가 될지는 알 수 없지만 백 년, 이백 년이 지난다고 해도 이해할 수 있을 것 같지가 않았다.

급조한 태가 역력한 좁은 막사 안. 탁자 위에 놓인 작은 유등이 짙은 어둠을 가까스로 밀어내고 있었다.

하만은 그런 가운데 의자에 앉아 조용히 검을 닦고 있었다.

급히 들어온 당두 권설은 하만의 그런 모습에 말없이 시립했다. 하만이 검을 닦는 모습은 사뭇 경건하기까지 했다. 누가 이 모습을 보고 신실한 병기가 따로 있다 여기겠는가.

스르릉!

하만이 검을 천천히 검갑에 넣은 후 입을 열었다.

"보고하라."

"명하신 대로 세자와 사로잡은 무리들을 제이첩형께 인도했습니다."

제이첩형은 옥환을 말함이었다.

"태자의 동향은?"

"저, 그게……."

"결국 놓쳤단 말이지."

"죄, 죄송합니다."

"문책을 하겠다는 것이 아니다, 너희로서는 무리도 아니니. 이틀이나 추격한 것만도 훌륭하다."

비꼬는 투가 아니다. 하만은 진심이었다.

"좋아, 녀석의 목적지가 제남이라는 가정하에 예상 도착 시각은?"

"제남 말씀이십니까?"

"정확히는 산동악가가 되겠지."

지도를 바라보며 잠시 생각에 잠겼던 권설이 이내 자신있게 대답했다.

"지금까지의 속도로 볼 때 내일 오후, 늦어도 저녁이면 도착할 것입니다."

하만이 지근거리에서 끝까지 압박하라던 정화의 명을 상기하며 입을 열었다.

"좋아, 날이 밝는 대로 제남으로 출발한다."

　권설이 막사를 나간 후, 하만은 품속에 고이 접힌 구유혈린 창을 매만졌다.

　"주군께서 녀석을 경계한 이유가 있었어. 그 녀석이 그 정도로 괴물이었을 줄이야."

　이틀 전 모습을 떠올리니 심장이 세차게 요동친다.

　이름만 들어도 고개가 끄덕여지는 경천신문의 세 빈객. 그들의 처참한 죽음은 가히 충격적이었다. 목이 베인 각도, 시체에 남은 단면, 하나같이 자신이 왜 죽는지 모른다는 표정들. 모두 일격에 죽었다. 내로라하는 절정고수들을 상대로 각기 일검이면 충분했던 것이다.

　그것은 차라리 예술 작품이었다. 그것도 한 사람이 만들어 낸 걸작.

　가슴속 깊은 곳으로부터 무한에 대한 강한 투지가 끓어올랐다.

　하지만 하만은 모르는 사실이 있었다. 그가 본 세 시체가 단일 격에 죽은 것이란 걸. 만약 그것을 알았다면 투지 대신 한기가 밀려들었을 터였다.

第十章
산동악가

산동악가 1

　명색이 현감인 조당은 팔자에 없는 마부 노릇을 하고 있었다.

　악몽의 시작은 지난밤부터였다. 첩실을 끼고 한창 단꿈에 빠져 있던 그였다. 평소 관내 경비를 철통같이 했거늘, 처소에 괴한이 들이닥쳤다.

　안면 몰수하고 백성들의 고혈을 인정사정없이 짜내기로 악명 높던 그였다. 금은보화가 밀실에 산더미처럼 쌓여 있었다. 혹여 그 많은 재산을 한 푼도 써보지 못하고 죽을지도 모른다는 공포에 제정신이 아니었다.

　상황 파악도 못하고 잠결에 교태를 부리던 첩은 어디를 어떻게 맞았는지 손가락질 한 번에 꼼짝도 않고 뻗어버렸다.

괴한은 대담하게 촛불을 켜더니 급히 지필묵을 챙겨 글을 쓰기 시작했다. 강도짓을 벌이는 자가 벙어리라니. 하마터면 주책없이 비웃을 뻔했다.

하지만 괴한이 급히 휘갈겨 쓴 글과 함께 내민 물건을 본 순간, 아득한 공포에 휩싸이고 말았다.

찬란히 빛나는 금색 검. 금의위 북진무사였다. 차라리 상대가 강도였으면 싶을 정도로 절대로 만나고 싶지 않은 사람이었다.

양광이 내리쬐는 한낮, 이두마차가 관도를 바람처럼 달리고 있었다.

지나가는 사람들마다 마부를 한 번씩 힐끗거렸다. 그도 그럴 것이, 사모관대를 제대로 정제한 관리가 말이나 몰고 있으니 시선을 끌지 않을 수가 없었다.

조당은 시원한 바람을 맞으면서도 땀을 비칠비칠 흘리고 있었다. 마차 안에 있는 사람을 생각하니 오금이 저려왔다.

북진무사라는 직함에 사지가 힘이 풀린 그인데, 태자라니.

조당은 누구보다 눈치가 빠르고 세상 돌아가는 사정을 잘 아는 사람이었다.

다음 대 천자가 될 태자가 달랑 북진무사와 괴상한 호위 하나만 대동하고 궁성으로 향하고 있다? 필시 무슨 사단이 나도 크게 난 것이다.

마냥 떨며 말을 몰던 조당은 문득 생각을 달리했다.

지금은 분명 정화의 세상이다. 하지만 세상일은 모르는 것이다. 혹여 예정대로 태자가 보위에 오르기라도 한다면?

이건 기회다!

인생 최대의 위기라고만 생각했는데 반대로 일생일대의 기회인지도 몰랐다. 사람은 어려울 때 도움을 준 사람을 잊지 못한다고들 한다. 이참에 태자에게 눈도장을 확실하게 찍는다면 중앙 정계로 진출할 수도 있는 일이 아닌가.

조당이 깜찍한 생각을 하고 있는 사이 무한 등은 마차에서 오랜만에 편안한 시간을 보내고 있었다. 풍찬노숙 사흘째 만의 휴식이라 꿀맛이 따로 없었다.

더욱이 조당에게 들은 소식으로 일행은 어느 정도 마음이 편해진 상태였다. 일단의 역적 무리에게 공격을 당한 세자 일행을 동창이 구해냈다는 내용이었다.

확인된 바는 아니었지만 세간에 소문이 그리 났다면 세자가 무사한 것만은 틀림없었다.

무한은 세자의 소식을 태자에게 전하던 순간을 떠올렸다. 태자는 세자가 무사하다는 소식을 듣고도 별반 표정 변화를 보이지 않았다. 마치 이미 예상했다는 듯 무덤덤했다.

태자와 세자, 즉 부자간의 사이가 좋지 않다는 소리는 일찍이 들어본 적이 없었다. 한데 분명 둘 사이에 그가 모르는 뭔가가 있다는 생각이 들었다.

한편 모든 일정을 무한에게 맡기고 따르기만 하던 가흥은 문득 불안해졌다. 한어도 제대로 못하는 사람이 지리인들 제대로 알 리가 없지 않은가.

"이봐, 대체 여기가 어딘지 알고나 있는 거야?"

이제는 말과 글을 동시에 사용해 대화하는 것이 익숙해진 일행이었다.

"반나절이면 제남이란 곳에 도착할 거요. 지도가 틀리지 않다면 우리는 지금 이곳에 있소."

무한은 품속에서 지도를 꺼내 펼쳐 놓고 태안에서 북쪽으로 약간 떨어진 지점을 가리켰다.

태자가 거의 이틀 만에 입을 열었다.

"산동악가로 갈 생각인가?"

"청운 천호에게 들었습니다. 그곳 사람들은 믿을 만하다고."

태자와 가흥이 고개를 끄덕였다.

새벽녘 태안을 벗어난 마차는 이른 오후 제남에 도착했다. 하만의 수하 권설의 예상을 크게 벗어나지 않은 시간이었다.

시각과 마부가 마부인지라 성안 출입이 검사없이 무사통과될 거라 생각했는데 그게 아니었다. 태자가 탄 마차는 성문 앞에서 제지를 당했다.

"책임자! 책임자 나오라고 해!"

조당은 검문관이 현감 신분을 나타내는 패를 보여주었음에도 통행을 가로막자 필요 이상으로 고래고래 소리쳤다. 그로서는 태자에게 확실한 눈도장을 찍는 중이었다.

무한은 심각한 얼굴로 장막을 젖히고 밖을 내다보았다.

노발대발하는 조당을 십호 몇 명이서 막고 있는 가운데, 백호장이 막사에서 걸어나오고 있었다.

일반 군병 백 명을 거느린 백호는 종팔품 벼슬이었다. 반면 현감의 품계는 종오품으로, 백호 보다 한참 고위직이었다.

백호가 나오자 십호 중 하나가 조당에게서 받은 현감 신패를 건넸다. 신패를 유심히 바라보던 백호는 미간을 좁혔다.

"현감이 마부라… 아무래도 의심스럽군."

문관과 무관 간에는 미묘한 안력이 싸움이 존재했다. 벼슬아치는 칼이나 휘두를 줄 알지 머리에 든 것이 없는 무관들을 무시하는 성향이 강했고, 반면 무관들은 그에 대한 반발과 더불어 좋은 머리로 부정 축재나 일삼는 뮤관을 경멸하는 경향이 있었다.

조당은 당연히 백호가 패를 확인하면 들여보내 줄 것으로 믿고 있었다. 한데 백호가 괜한 트집을 잡자 안력의 희생자가 된 거라 생각하고 입에 거품을 물었다.

"이놈! 대체 뭐가 의심스럽단 말이냐! 내가 바로 틀림없는 태안 현감 조당이다! 이 마차에 감히 누가 탄 줄 알고 야료를 부리는 게냐!"

백호는 조당의 말을 들은 척도 하지 않고 막사로 들어갔고, 십호 하나가 말을 타고 어딘가로 부리나케 달려갔다.

백호가 막사로 사라진 바로 그 순간 무한의 안색이 일변했다. 백호가 막사로 들어가면서 휘장을 젖힌 짧은 순간 무한은 복장과 얼굴이 부척이나 낯익은 인물을 보았다.

짙은 남색 무복에 소매 끝단에 새겨진 흑화.

흑화의 숫자까지는 헤아리지 못했지만 의심할 여지없이 동창이었다.

동창인 것은 분명하다. 한데 어디서 본 자인지 생각이 나지 않았다. 수많은 복기를 통해 기억력이라면 남다른 무한이었다. 의지를 집중하자 떠오를 듯 떠오를 듯하면서, 쉽사리 떠오르지 않던 기억이 어느 순간 퍼뜩 떠올랐다.

기억은 명나라로 넘어올 당시로 거슬러 올라갔다. 명나라에 도착하기 전 군선을 공격했던 해사방의 배 위. 해사방주에게 명을 내린 뒤 작은 배를 통해 떠났던 그자가 분명했다.

"무슨 일인데 그래?"

가흥이 덩달아 긴장해서 나직한 음성으로 물었다.

"동창이오."

"뭐?"

"우리를 일부러 붙잡아둔 거요. 곧 동창 번복들이 들이닥칠 것 같소."

가흥이 발을 동동 굴렀다.

"그럼 이제 어쩌지?"

"할 수 없지 않겠소. 막으니 부수고 갈 밖에."

조당은 군병들에게 가로막혀 고래고래 악을 쓰고 있다가 무한이 마차 문을 열고 나서자 낯빛이 사색이 되었다. 눈도장을 찍기는커녕 성문 하나 제힘으로 통과하지 못하고 기어이 북진무사가 나오도록 만들었지 않은가.

"부, 북진무사님, 이놈들이 통 소관의 말을 믿어주지 않는

통에……."

장창을 교차해 조당을 막고 있던 십호들이 그 말을 듣고 낄낄대며 웃었다.

"하하하, 자네 지금 저자 말 들었나? 북진무사라는군?"

"크크, 이거야 원, 순 미친놈이 아닌가. 현감이라기에 혹시나 진짜면 어쩌나 싶어 걱정했더니 가관이군."

곁에 있던 다른 십호가 조롱했다.

"어이쿠, 안에 더 누가 탄 거야? 혹시 동창 첩형 나리라도 탄 거 아닌가?"

막사 안에 있던 백호가 그 말을 듣고 사색이 되었다.

"아이들 교육이 형편없구나."

검을 닦으며 나직이 뇌까리는 자는 무한이 본 대로 첩형 옥환이었다. 첩형의 나직한 음성에 백호는 부르르 떨며 납작 엎드렸다.

"죄, 죄송합니다. 저 녀석들이 오늘따라 실성을… 당장 시정 조치를……."

"됐다. 북경에서 이곳은 꽤나 머니 세상물정을 모를 수도 있지."

"하해와 같은 은혜에 감사……."

"그것이야 차차 알려주면 될 일이고."

차차 알게 해준다? 백호는 찬바람을 들이마셨다.

한편 십호 군관들이 시시덕거리는 동안 무한은 성내로 통하는 기대한 문을 응시했다. 문은 높이가 거의 삼 장에 이를 정

도였다. 무표정한 얼굴로 정문을 응시하던 무한은 조당에게
눈짓으로 마차에 오르라는 신호를 보냈다.

무한은 조당이 재빨리 마부석으로 오르는 것을 확인하고 즉
시 땅을 박찼다.

타하!

십호들은 무한이 단숨에 자신들의 머리 위를 뛰어넘자 깜짝
놀라 돌아섰다. 한데 뛰어넘자마자 정문이 생사대적이라도 되
는 양 미친 듯이 돌진하는 것이 아닌가.

설마 문을 부수기라도 하겠다는 것인가?

정문의 재질은 수백 년 이상 묵은 참나무였다. 그것도 따로
가공하지 않고 그저 껍질을 벗기고 표면을 다듬어 통째로 이
어놓은 것이라 단단하기가 금석과 비견될 정도였다.

“저런 미친……."

한데 어느 십호의 입에서 튀어나오던 욕설은 곧이어 터진
굉음에 흔적도 없이 묻혀 버렸다.

꽈앙! 꽈아앙!

굉음이 그친 자리에 크고 작은 나무 파편이 하늘 가득 비산
했다.

주변이 온통 아수라장이 되었다. 말은 말대로 놀라 날뛰고
사람들은 사람들대로 폭약이라도 터진 줄 알고 비명을 질러댔
다.

“조당!"

귀청을 찢을 것 같은 음성에 조당은 처박았던 고개를 번쩍

들었다. 정문에 마차 한 대가 지나가고도 남을 만한 크기의 구멍이 뻥 뚫려 있었다.

눈치 빠른 조당은 소리에 놀라 날뛰는 말들을 급히 진정시키고 재빨리 출발 명령을 내렸다.

"끼랴!"

태자를 태운 마차가 쏜살같이 정문을 통해 빠져나가자 막사에서 백호가 튀어나오며 소리쳤다.

"궁수들은 뭣들 하느냐! 활을 쏴라! 말을 거꾸러뜨리란 말이다!"

성 위에 늘어서 있던 자들이 백호의 불호령에 그제야 호들갑을 떨며 활을 쏴댔다. 하지만 말이 반대편으로 멀어지고 있는 와중이라 대부분이 빗나가고 제대로 날아간 화살은 마차 지붕 위에 올라선 무한에게 막혀 단 한 발도 목적을 이루지 못했다.

얼마 후 옥환이 막사 밖으로 모습을 드러냈다.

"굉장하군. 하만의 말이 허언이 아니었단 말인가."

애초에 어느 정도 소란은 예상한 그였지만 이건 예상을 넘어선 것이었다.

옥환이 폭발의 흔적을 감상하고 있을 때, 한 무리의 기마가 들이닥쳤다. 하만과 그가 이끄는 동창의 정예였는데, 다들 남의 대신 평범한 무복을 입고 있었다.

히히힝!

하만은 옥환 앞에 이르러 급히 말을 멈췄다. 뻥 뚫린 정문을 일견한 하만이 시선을 옥환에게 돌렸다.

"어찌 되었나."

"보시는 바와 같습니다. 오랜만에 피를 들끓게 만드는 놈이 더군요."

하만은 이해한다는 듯 고개를 끄덕였다.

"이제 재미없는 연극도 서서히 끝낼 때가 되었어."

"하 첩형께서는 혹시 그분의 진정한 속내를 짐작하십니까?"

"나라고 어찌 다 알겠는가. 다만 범인은 감히 생각지 못한 뭔가가 있다는 건 어렴풋이 짐작할 뿐일세. 끼랴!"

잠시 멈춰 섰던 하만은 다시 수하들을 데리고 무한을 뒤쫓기 시작했다.

2

사철 조용하던 산동악가 정문에 소요가 일었다. 소란의 시작은 마차 한대가 정문 쪽으로 질주해 오면서부터였다.

"멈춰! 멈추시오!"

문지기가 웬 마차가 정문 근처에 이르러서도 속도를 줄이지 않자 뛰어나와 외쳤다. 목소리에 은은한 공력까지 실린 것이, 보통 문지기가 아니었다.

문지기라면 잡일이나 하는 자라 오해하기 쉽지만 산동악가는 달랐다. 정문을 지키는 문지기는 가문의 얼굴이라 하여, 하루 열두 시진을 사 교대로 나이 사십 이상, 무공은 일류 고수를 상회하는 자가 근무를 서게 했다.

지금 정문을 지키고 있는 자는 악호라는 자였는데, 그만 해도 당장 강호에 나가도 고수 소리를 듣고도 남을 정도의 인물이었다.

"문을 여시오! 태자 전하께서 적도들에게 쫓기고 있어서 멈출 수가 없단 말이오!"

악호는 어안이 벙벙했다. 태자는 웬 말이고, 적도는 또 뭔가? 벌건 대낮에 태자가 적도에게 쫓기고 있다는 게 대체 말이나 되는가?

악호는 정면으로 돌진해 오는 마차를 자세히 살폈다. 마부의 복장이 한눈에 보기에도 의관을 제대로 정제한 문관이었다. 거기다 마차 지붕에 펄럭이는 청색 깃발에는 버젓이 현청 소속 인장이 찍혀 있었다.

두두두!

지축을 뒤흔드는 소리가 들려 마차 뒤를 바라보니 근 백여 기에 달하는 마필이 전속력으로 질주해 오고 있었다. 적도에게 쫓기고 있다더니, 저들을 말하는 모양이었다.

대명 천지에 이 무슨 사단이란 말인가. 그것도 제남을 넘어 산동 전체의 패주인 산동악가의 정문에서.

일단 들이고 볼 일이다. 설령 마차에 타고 있는 자들이 흉악무도한 자들이라 해도 감당하지 못할 산동악가가 아니었다. 더군다나 뭇 강호문파의 고수들이 운집해 있는 지금은 여느 때의 산동악가와 달랐다.

“문을 열고 안채에 손님이 왔다고 알려라!”

악호의 외침에 안쪽에서 즉시 문을 열었다. 문이 열리자마자 태자를 태운 마차가 쏜살같이 달려 들어갔다. 대신 정문 안쪽 초소에 있던 가문의 창병들이 우르르 몰려나왔다.

“휴, 위험할 뻔했어. 그나저나 상대는 동창이야. 괜찮을까?”

“이곳이 들은 대로 정절의 가문이라면 그들을 쉽게 들여보내지는 않을 거요.”

한편 악호는 앞서 가내로 들어갔던 자가 적도라 칭했던 자들이 이십 장 앞까지도 속도를 줄이지 않자 창병들에게 명했다.

“거창(擧槍)!”

처척!

이십여 창병들이 절도있는 동작으로 창두를 앞으로 한 채 창을 들어 올렸다. 그제야 선두에서 달려오는 자를 시작으로 급격히 달리는 속도를 줄였다.

악호가 사 장 앞에 멈춰 선 자들을 바라보며 소리쳤다.

“뭐 하는 자들인가!”

하만은 말에 탄 채 품속에서 은패를 꺼내 던졌다. 악호는 패를 확인하고 인상을 찌푸렸다.

동창 제일첩형이라는 글씨가 선명히 양각된 은패였다.

“동창이 본 가에는 무슨 일이오?”

“귀하는 어찌하여 동창의 행사를 방해하는가.”

악호는 전혀 모르겠다는 표정을 지었다.

"동창의 행사를 방해하다니, 도무지 무슨 소린지 모르겠구
려."

동창의 첩형이면 나는 새조차 떨어뜨릴 정도로 세도가 막강
했다. 한데 악호는 전혀 주눅 든 기미가 없었다. 주눅은커녕
오히려 상대가 일반인이라 해도 무례하다 싶을 정도로 은근한
적의를 드러냈다.

그럴 수밖에 없는 것이, 산동악가가 명 황실을 지지하는 입
장은 아니었지만 송나라 때부터 한족이 세운 나라에 한해 대
대로 충신을 자처한 집안이었다. 한데 고작 내시에 의해 나라
가 좌지우지되고 있으니 동창에 대한 감정이 좋을 수가 없었
다.

"지금 들어간 마차에는 역도에 의해 납치된 태자 저하가 계
시다. 그래도 끝까지 시치미를 떼려는가!"

하만은 호통과 함께 차가운 기세를 일으켰다. 그와 동시에
백여 명이나 되는 번복들도 일제히 기세를 뿜어댔다. 당장에
라도 칼부림을 할 기세였다.

정말 태자가 탄 마차였단 말인가? 악호로서도 이번만큼은
놀라지 않을 수 없었다. 역도가 태자를 납치한 것이 사실이라
면 자칫 가문이 역도와 한패로 몰릴 수도 있는 중차대한 사안
이었다.

악호가 자신이 감당할 범주를 넘어섰음을 깨달았을 때였다.
끼이익.

때마침 정문이 앓는 소리와 함께 활짝 열리고, 다소 왜소한

육십대 노인과 기골이 훤칠한 이십여 명이나 되는 청년들이 무리지어 나왔다. 청년들까지 한눈에 보기에도 비범하고 거리 낌없이 당당해 보였다.

악호는 노인에게 크게 읍하며 하만에게서 받은 은패를 보여 주었다. 그는 노인이 은패를 살피는 사이 그간 나눈 대화를 조용히 들려주었다.

이야기를 들은 노인은 알겠다는 듯 끄덕이며 말했다.

"본인은 산동세가의 총관 악대오라는 사람이오."

노인의 음성은 나이와 어울리지 않게 카랑카랑했다.

그때까지도 말을 타고 있던 하만은 말에서 내리기는커녕 오히려 턱을 빳빳하게 치켜들었다.

"악대명의 위명은 익히 들었소."

하만의 말에 순간 악대오의 눈썹이 꿈틀했다.

악대명은 산동악가 가주의 이름이었다. 하만이 총관 악대오의 소개를 받으며 난데없이 가주를 언급한 것은 가주라면 모를까, 너 따위는 모른다는 뜻이었다.

청년 고수들이 발끈해 나서려는 것을 악대오가 손짓으로 제지하며 말했다.

"들자니 역도가 태자 전하를 납치해 본 가로 들어왔다고 하셨다던데, 그 말씀이 사실이오?"

"들으신 그대로요. 만일 사실을 알고도 역도의 편에 선다면 산동악가는 오늘 이후로 역적이라는 멍에를 벗지 못하게 될 것이오. 그러니 괜한 오해를 사고 싶지 않거든 스스로 역도들을 잡아 바치든지 본 동창의 가택 수색을……."

그 순간, 악대오가 소리쳐 하만의 말을 끊으며 품속에서 금패를 꺼내 번쩍 들어 올렸다.

"잠깐! 역적이라니! 어찌 그리 참담한 말을 스스럼없이 하는 게요! 어디 이것을 보고도 그런 말을 할 수 있소?"

악대오의 손에 들린 것은 북진무사의 직위를 상징하는 금검패였다. 지금껏 거칠 것 없어 보였던 하만은 금검패를 확인하고 입을 떼지 못했다.

"흥, 엄연히 황제 폐하의 인가를 받은 금의위 북진무사가 태자 전하를 호위하는데 어째서 동창이 그 뒤를 쫓으며 핍박하시는 거요!"

하만은 심히 당황한 몸짓을 숨기지 않으며 말했다.

"핍박이라니! 본 동창은 전하의 안위를 생각하여 호위를 하려 했던 것이오. 한데 선의의 뜻을 오해하고 달아나니……."

"그만! 동창은 이만 돌아가시는 것이 좋겠소. 이 시간 이후로 태자 전하의 호위는 본 가가 전력을 기울여서라도 책임지겠소. 그것이 바로 본 산동악가 가주님의 뜻이오."

하만은 치밀어 오르는 분노를 어쩌지 못하겠다는 듯 부르르 몸을 떨었다.

"그대는 후환이 두렵지 아니한가!"

하만의 거친 협박에 악대오가 오히려 가슴을 당당히 펴며 말했다.

"본 가는 일찍이 뜻하는 바를 행함에 있어 누구의 눈치를 본 적이 없었소. 그것이 설사 강호의 대문파든 나는 새를 떨어뜨리는 세도가든 말이오. 동창 또한 예외가 아님을 분명히 밝히는 바요!"

악대오의 당당한 대답에 곁에 있던 악호와 창을 든 청년들의 얼굴이 끓어오르는 의기에 붉게 상기되었다.

"돌아간다!"

분노에 떨던 하만은 자못 당하지 못하겠다는 듯 수하들에게 퇴각을 명했다.

3

하만이 산동악가 정문 앞에서 한바탕 연극을 펼친 후 물러간 그때, 무한이 탄 마차는 산동세가 창병들의 호위 속에 천천히 세가 내부로 향했다.

"무슨 사람들이 저렇게 많지? 무슨 원숭이라도 된 것 같잖아?"

휘장을 걷어 밖을 내다보던 가홍의 말이었다. 그녀가 말한 대로 밖은 수많은 사람으로 북적거리고 있었다. 물론 시장바닥처럼 무질서하다거나 왁자지껄 시끄러운 건 아니었지만, 세가 내부라고 하기에는 지나치게 사람들이 많았다.

다양한 연령층에 복장도 가지각색이었고, 지닌 기운도 천차만별이었다. 어딜 봐도 산동악가 무인들은 아니었다.

무한은 해마다 이맘때쯤 산동악가가 무인들을 받는다던 청운의 말을 기억해 냈다. 얼마 전 객잔에서 만났던 부랑자 같던 자들도 산동악가의 무인이 되고자 나선 자들이라 했었다.

해마다 수천 명이 몰린다더니, 과연 그 말이 사실인 듯했다.

세가 내부로 들어갈수록 사람들의 수가 줄어들었다. 세가의 비처, 커다란 전각 앞에 마차가 멈출 때에는 눈에 띄는 사람이 거의 없었다.

"먼저 나가 살펴보겠소."

무한이 마차 밖으로 나오자마자 예기치 못했던 일이 벌어졌다.

이제껏 마차를 호위했던 창병들이 갑작스럽게 칭두를 무한에게 돌리더니 무한과 태자가 탄 마차 사이를 갈라놓았다.

조당은 이제 극진한 대접을 받는 일만 남았다고 생각했다가 급작스럽게 악가 무인들이 돌변해 무한을 공격하려 하자 다리가 풀려 자리에 털썩 주저앉았다. 믿었던 산동악가마저 변심을 하였다면 이제 꼼짝없이 죽는 수밖에 없었다.

그때 무한은 태자를 위해하려는 줄 알고 손을 쓰려다가 검파에 얹은 손을 떼고 있었다. 적의가 태자가 탄 가마가 아니라 오로지 자신을 향해 있음을 느꼈기 때문이다.

무한은 침착한 시선으로 자신을 에워싼 자들을 살폈다. 이십에서 삼십대 정도로 보이는 젊은 연령층으로 구성된 자들이었다. 나이에 비해 눈빛이 안정되어 있고, 기도가 제법 매서운 것이, 수련이 여간 잘된 자들이 아니었다.

"오해가 있는 듯하오."

무한의 어색한 한어 뒤에 귀에 익은 음성이 들려왔다.

"오해라… 변명은 여전하구나."

무한의 시선이 소리가 들려온 방향으로 향했다. 귀에 익은 목소리의 주인공. 한데 용모가 낯설다? 하지만 무한은 얼마 안 가 상대를 알아보았다. 족히 백 번은 꿰맸을 것 같은 누더기에 손때가 덕지덕지 묻은 죽장. 그는 외유를 끝내고 본분으로 돌아간 풍천개였다.

풍천개가 한 무리와 함께 빠른 걸음으로 다가와 오 장 앞에 섰다.

풍천개가 대동한 사람들의 면면을 훑던 무한은 일순간 숨이 막히는 것을 느꼈다.

승려 셋에 검을 찬 도사 셋, 그리고 흑의 장포를 입은 세 명의 노인. 그중 흑의 장포를 입은 노인들은 유독 낯빛이 굳어 있었다.

하나같이 강건한 기도를 품고 있는 사람들. 개개인의 기도가 풍천개 이상이었다.

무한은 모르고 있었지만 도사는 무당파의 무당칠자 중 셋이었고, 승려들은 소림사의 금강승들이었다. 흑의장포노인들은 얼마 전 혈사를 겪은 남궁세가의 고수들이었다.

무한은 놀람을 추스르고 궁금했던 바를 물었다.

"흑백괴동, 두 어르신은 어찌 되셨습니까?"

흑백괴동 이야기가 나오자 풍천개의 안색이 굳어졌다.

'결국 그리되었단 말인가?'

　무한이 흑백괴동의 불행을 안타까워하는 사이 풍천개의 곁에 서 있던 도사가 말했다.

　"허허, 진정 저 아이가 장로께서 말한 그 아이요?"

　풍천개가 끄덕이며 말했다.

　"능화 도장이 보기에는 어떻소이까?"

　능화 도장이라 불린 도사는 모르겠다는 듯 고개를 가로저었다.

　"허허, 글쎄올시다. 솔직히 말해 잘 모르겠구려."

　능화 도장이 허허롭게 웃으며 말한 바와 같이 다른 두 무당 도사와 세 금강승들 또한 뭔가 믿지 못하겠다는 얼굴들이었다.

　하지만 그들과는 달리 남궁세가의 노인들은 찬바람을 휘날리며 일제히 나섰다.

　"흥! 그거야 검을 맞대보면 자연히 알 일 아니겠소?"

　소매 깃을 세차게 떨치며 검파에 손을 가져가는 자, 분천검(分天劍) 남궁도였다.

　"동감이오. 때로는 입으로 나누는 천 마디 대화보다 일 초의 검이 효과적일 때가 있지."

　언제라도 검을 뽑을 태세를 하며 무한을 응시하는 자, 비폭검(飛瀑劍) 남궁탁이었다.

　"애송아, 지금부터 너를 시험코자 한다. 남궁가의 검을 받을 준비가 됐느냐?"

　슷제 검을 뽑아 들며 살기를 드러내는 자, 대연검(大衍劍) 남궁민이었다.

그들은 남궁세가의 전성기를 이끌었던 인물들로, 며칠 전 혈사 때 비명에 죽은 남궁연화검과는 사촌지간이었다. 그들 개개인의 명성이나 검공은 남궁연화검에 버금갈 정도였다.

검을 뽑아 든 남궁민이 땅을 박차려는 순간이었다. 맞은편에서 다시 한 무리의 사람들이 날듯이 다가왔다. 기도가 범상치 않은 오십대 초로인과 삼사십대로 이루어진 오십여 명의 산동악가 고수들이었다.

근처에 다다른 초로인은 풍천개 등과 대치하고 있는 무한을 바라보았다.

"저자가 장로께서 말씀하셨던 자가 맞습니까?"

풍천개가 끄덕였다.

"그렇소이다."

"하면 이 일은 일단 태자 전하를 모신 후에 논의하도록 합시다."

"아미타불. 옳으시오. 가주께서는 먼저 전하를 영접하시는 것이 좋겠소이다."

"하면……."

무한은 풍겨지는 느낌으로 그가 산동악가의 가주라는 것을 알 수 있었다. 하지만 태자 호위를 책임진 이상 아무리 가주라 해도 접근하는 것을 넋 놓고 바라보고 있을 수만은 없었다.

무한은 자신을 포위한 창병들을 단숨에 뛰어넘어 마차로 향했다. 하지만 무한의 의도는 중도에 가로막히고 말았다.

“어딜!”

무한이 창병들을 뛰어넘는 순간 남궁민이 득달같이 검을 날려왔다. 누군가를 시험하겠다는 의도가 아니라 아예 죽이겠다는 의지가 충만한 검이었다.

챙! 챙! 챙!

공중에서 삽시간에 삼 검을 교환하고 각기 일 장씩을 물러선 가운데 땅에 착지했다.

무한의 눈썹이 꿈틀 역팔자를 그렸다.

“이게 무슨 짓입니까!”

무한이 거뜬히 남궁민의 삼 검을 감당하자 다들 안색이 돌변했다.

“허허, 참으로 군더더기없는 칼이로다.”

소림 승려 정법이 무한의 검을 이같이 평했다.

가흥은 밖에서 난데없이 금속성이 들리자 얼굴을 잔뜩 일그러뜨렸다.

“또 무슨 일이지? 이봐, 마부!”

가흥의 부름에 덜덜 떨며 상황을 살피던 조당이 기어들어가는 목소리로 대답했다.

“그, 그게 아무래도 산동악가가 변심한 듯싶소이다.”

“뭐? 변심?”

“저들이 검과 창을 들어 진 무사님을 핍박하고 있는데 어찌 변심이 아니겠소?”

“그럴 리가 없는데? 이자가 또 무슨 사고를 치고 있는 거야?”

금속성에 마차 안에 있던 가홍이 문을 열고 빼꼼히 고개를 내밀었다. 고운 눈을 굴려 무한을 찾던 그녀는 곧 조당의 말대로 무한이 포위되어 있음을 발견하고 한숨을 푹 쉬었다.

"싸우긴 왜 싸워? 이곳 사람들은 믿어도 된다니까!"

가홍이 무한이 알아듣기 쉽도록 한 글자 한 글자 또박또박 말했다.

휘이익!

무한의 만화가 이리 꺾이고 저리 꺾이며 빠르게 공중에 글씨를 만들어냈다.

내 의지가 아니요.

"자의가 아니면? 저 사람들이 이유없이 핍박하고 있다는 거야? 감히 금의위 북진무사를?"

북진무사라는 말에 남궁민이 움찔하는 사이 가주 악대명이 나섰다.

"허허! 잠시 진정들 하시오. 먼저 태자 전하를 안전히 모시는 것이 순서인 듯하오."

악대명 등이 마차로 다가오자 가홍이 소리쳤다.

"잠깐! 먼저 무엇 때문에 북진무사를 포위하고 있는지 들어야겠어요."

악대명이 애벌레처럼 전신을 백포로 감싸고 눈만 내놓은 가홍을 쓸어보며 말했다.

“실례하네만, 누구인지 알 수 있겠는가?”

“물론이죠. 전 세자 전하의 호위예요. 지금은 태자 전하의 호위가 되었지만요.”

“호위라… 자네는 일개 호위로서 이 일에 나설 자격이 있다고 생각하는가?”

그때 마차 안에서 태자의 음성이 흘러나왔다.

“그 아이에게는 자격이 있네. 그 아이는 이 순간 과인의 대리인일세.”

호가호위라고 태자의 힘을 등에 업은 가흥이 배시시 웃으며 말했다.

“모두 들으셨겠죠? 자, 그럼 무엇 때문에 북진무사를 포위했는지 말씀해 주시겠어요?”

“그건 내가 설명하지.”

가흥의 시선이 풍천개를 향했다.

“어? 어디선가 봤는데?”

“얼마 전 호위대에 있었으니 그때 봤는지도 모르겠군.”

고개를 갸웃거리던 가흥은 풍소천의 말에 손뼉을 짝! 하고 쳤다.

“아하, 그 난쟁이 할아범들과 같이 있던! 와! 용케도 살아 있었군요? 그런데 그 꼴은 뭐죠?”

“이 꼴이 원래 노부의 본모습일세.”

“네? 원래 거지였다고요? 그럼 혹시 개방의 협객?”

가흥의 다소 친진난만한 모습에 풍천개가 쓴웃음을 지었다.

"길게 이야기를 끌 것도 없이 단도직입적으로 말하겠네. 저 아이는 북진무사 이전에 무림의 공적일세. 나와 네가 난쟁이라 말했던 흑백괴동은 저자를 잡기 위해 전하의 호위를 자처한 것이었지."

"지금 무림공적이라고 하셨나요?"

"잘못 듣지 않았네."

"설마 천인공노할 죄를 지어 정사를 막론하고 죽을 때까지 쫓아가 죽인다는 그 무시무시한 무림공적은 아니겠죠?"

아무도 아니라고 대답하지 않자 가홍이 빽! 소리쳤다.

"말도 안 돼요! 대체 그가 무슨 죄를 지었죠?"

"북경혈사, 혼천등마부의 멸문, 남궁세가 지부 초토화. 총 사망 인원 오백이 넘는 대사건. 그중 앞서 언급했던 북경혈사와 혼천등마부의 멸문은 그 혼자서 벌인 일이다."

"북경혈사는 또 뭐고, 혼천등마부는 또 뭐 하는 곳이죠?"

풍천개는 북경혈사와 혼천등마부에 대해 간략히 설명했다. 설명을 들은 가홍은 더욱 믿을 수가 없었다.

"그러니까 저 사람 혼자서 하룻밤 사이에 경천신문과 버금가는 혼천등마부란 곳을 멸문시켰다, 이 말이죠? 그걸 지금 믿으라고 하는 소린가요?"

풍천개는 그날 보았던 끔찍한 장면을 떠올리며 치를 떨었다.

"마선의 제자라면 가능하네. 무엇보다 노부가 흑백괴동과 더불어 직접 목격한 일. 혼천등마부가 멸문하던 날 우리는 저 아이를 미행했네. 저 아이가 혼천등마부를 떠난 후 들어갔을 때 혼천등마부는 아비지옥이 되어 있었지."

풍천개가 마선에 얽힌 비사를 이야기했다. 산동악가의 젊은 고수들이 듣고 있었지만, 이미 마선이 재출현했다고 봐도 무방한 상황이었기에 더 이상 숨기고 말고 할 것이 없다고 판단했던 것이다.

설명을 마친 풍천개가 마차를 보며 목청을 높였다.

"태자 전하, 미욱한 거지가 한 말씀 올리겠습니다. 지금까지의 혈사도 혈사려니와, 앞으로 저지를 일을 생각하면 결코 좌시할 수만은 없사옵니다. 놈의 간계에 속아 북진무사라는 중차대한 직위를 주고 전하를 호위케 하였으나 이는 몹시 위험천만한 일이옵니다. 앞으로 전하의 안위는 저희들이 책임지겠으니 놈을 포박할 수 있도록 윤허하여 주시옵소서."

마차 안에서 태자의 음성이 흘러나왔다.

"협개는 들으라."

"하명하소서."

"그대는 진 무사가 그 같은 일을 벌이는 현장을 직접 보았는가?"

"직접 본 일은 없사오나……."

"하면 직접 본 사람이 한 사람도 없다는 말인가?"

"그, 그렇사옵니다. 하지만……."

"되었다. 너 말할 필요가 없어."

"하오나 전하! 저 아이의 무공은 마선의 그것이 분명하니,

그보다 더한 증거가 어디 있겠사옵니까.”

잠시 침묵에 빠져 있던 태자가 다시 말을 이었다.

“그에 대해 진 무사가 뭐라 대답하였는가?”

“그가 말하길, 다른 누군가가 무공을 펼치는 것을 보고 배웠다고 했사옵니다.”

“그게 가능한 일인가?”

“절대로 불가능한 일이옵니다.”

“그대의 말은 잘 알겠다. 하면 과인이 허락한다면 진 무사를 어찌 포박할 생각인가?”

“그 점은 심려 마소서.”

태자의 허락을 얻었다. 이제 무한에게 붙은 북진무사라는 직함은 유명무실, 아니, 없어졌다고 해도 무방했다.

가흥은 안절부절하지 못했다. 그녀는 여전히 무한이 수백 명을 죽인 살인마라는 걸 믿을 수가 없었다. 아니, 믿고 싶지 않았다.

하지만 풍천개의 주장 중에 딱히 반박할 여지가 없었다.

무한은 돌아가는 상황을 정확히 파악할 수는 없었지만, 자신에게 좋지 않게 돌아가고 있음을 느낄 수 있었다. 아니나 다를까, 풍천개가 말했다.

“네 사질들은 이미 우리 수중에 떨어졌다. 어쩔 테냐? 오라를 받겠느냐, 아니면 끝까지 고집을 부리겠느냐!”

“무슨 말씀을 하시는 겁니까?”

“네 사질들 말이다. 만평, 중평, 오평, 청평! 그들이 우리 수

중에 있다.”

사질들의 이름을 열거하자 무한의 안색이 일변했다. 무한이 크게 동요하는 것을 본 남궁민이 크게 비웃었다.

“녀석에게도 인간의 정이란 것이 있기는 한 모양이구려.”

풍천개가 끄덕이며 말했다.

“어쩌면 싸우지 않고도 녀석을 붙잡을 수도 있겠소이다.”

정법이 거들었다.

“아미타불. 정도무인으로서 할 일은 아니나, 자칫 다수의 희생이 우려되는 상황이니… 허허.”

정법이 생략한 말을 모르는 자는 아무도 없었다. 만평 사형제를 인질로 쓰자는 얘기였다.

가흥이 애가 타서 소리쳤다.

“이봐. 이 거지 할아범의 말이 전부 사실이야? 정말 그래?”

무한은 가흥이 무엇을 묻는지 알았지만 긍정도, 부정도 하지 않았다. 다만 뽑아 들었던 만화를 도로 집어넣을 뿐이었다.

사질들이 저들 손에 있다. 저들 표정을 보아 인질로 사용하겠다는 뜻이 명백하니 사질들의 목숨을 담보로 잡고 있는 저들에게 대항할 수는 없는 일이었다.

무한이 검을 회수하는 것을 본 풍소백은 어안이 벙벙했다. 만평 사형제로 인해 무한의 평정심을 흩어놓을 수 있으면 족하다고 여겼는데, 스스로 싸움을 포기할 줄이야.

무당의 세 노사도 다소 놀란 모양이었다.

“무량수불, 이는 필시 태상노군께서 도우심이오.”

정법이 끄덕이며 말했다.

"허허, 이로써 마선만 잡으면 피의 역사를 예서 멈출 수 있겠구려."

풍천개가 싸울 의지를 꺾은 무한에게 다가갔다. 그의 손에는 쇠 힘줄보다 족히 십 배는 질기다는 교룡박(蛟龍縛)이 들려 있었다. 점혈과 동시에 교룡박으로 속박을 가할 생각이었다.

한데 풍천개가 무한에게 다가갈 때였다.

"협개가 잠시 착각을 한 모양이군."

마차 안에서 들려온 태자의 음성에 풍천개가 흠칫 놀라 돌아섰다.

"전하, 이 미욱한 거지가 무슨 착각을 범하였다 하시는지……."

"과인은 아직 폐하께서 임명한 내금위 소속 북진무사를 포박하라 허락한 적이 없다."

태자는 무한의 직함을 자세히 읊어 아직 그가 북진무사라는 직위를 잃지 않았음을 분명히 했다. 풍천개로서는 뒤통수를 맞은 기분이었다.

"그 말씀은 아직도 저 아이의 죄상을 믿지 못하시겠다는 것이옵니까?"

"그런 뜻이 아니다."

"하오면……."

"차후, 상세히 조사하여 진정 진 무사의 악행이 그와 같다면 국법을 엄히 물어 처형을 하여도 할 일. 어찌하여 그대들은 스스로 처결하려 드는가! 대명국의 대명률이 마음 내키는 대로 어겨도 좋을 만큼 하찮다는 것인가!"

설마 태자가 이리 나올 줄이야! 태자의 추상과도 같은 추궁에 풍천개는 식은땀을 흘렸다.

태자의 음성이 계속해서 이어졌다.

"듣자 하니 과인을 호위하였던 조선의 승려들을 붙들어놓은 것 같은데, 그들의 죄목은 무엇인가?"

"그, 그들은 남궁세가의 지부를 습격해 수백 목숨을 해한……."

"그만! 하면 그들 또한 지엄한 국법으로 엄히 처결하여야 마땅할 터. 그들 또한 내어주라, 과인이 그들을 황궁으로 압송한 연후, 죄상을 낱낱이 조사하겠다. 하여 그대의 말이 모두 사실이거든 황제 폐하께 저들의 극형을 간하여 대명률에 의거, 일체의 자비도 없이 처형을 집행토록 할 것이야."

"하지만 그들의 무공은 일반 병사들이 막기에는 어려운……."

"그 또한 자네들이 직접 도울 터인데 무슨 근심이 있겠는가. 설마 그대들은 과인이 위험에 노출되도록 보고만 있을 참이었던가?"

풍천개 등에게 자신을 자금성까지 호위하라는 말이었다. 풍천개가 우물쭈물하고 있을 때 다시 태자의 음성이 들려왔다.

"내일 이른 시간에 줄발할까 한다. 협개는 과인을 황궁까지 호위하겠는가?"

“그, 그야 물론……."

“과연 개방이로다. 하면 협개를 믿겠다. 무당의 도장들은
어찌하겠는가?”

태자가 난데없이 자신들을 언급하자 능공, 능화, 능허 세 도
사가 움찔하며 이구동성으로 말했다.

“험! 무량수불. 응당 전하를 적도들로부터 안전히 모실 것이
외다.”

“소림의 신승들은?”

태자가 소림마저 언급하자 정법이 대표로 말했다.

“아미타불. 만물의 모든 생명이 천금과도 같소이다. 하물며
천자의 위를 이을 분의 위해를 어찌 보고만 있겠소이까.”

“그것참, 고맙구려.”

일이 어찌 순식간에 이리되었는가. 풍천개의 낯빛은 똥 씹
은 빛깔이 되었고, 능공 진인을 비롯한 무당의 도사들은 연신
무량수불을, 정법을 위시한 소림의 금강승들은 아미타불을 외
기 바빴다.

그 와중에 남궁세가의 세 고수는 무한을 죽일 듯이 노려보
았다.

무한은 주변 공기가 급변한 것을 피부로 느꼈다. 태자와의
대화 이후 풍천개 등의 표정이 급격히 어두워졌다.

무한은 태자가 자신의 편에 섰음을 인지할 수 있었지만 무
한의 굳은 표정은 여전히 풀리지 않았다.

분명 태자도 풍천개를 통해 자신에 대한 이야기를 들었을

것이다. 무한은 일전 흑백괴동과 풍천개에게 추궁을 받았을 때 느꼈던 막막한 기분을 잊지 않고 있었다. 그들의 말만 들으면 꼼짝없이 마선의 제자로 몰릴 수밖에 없었다. 가홍의 달라진 눈빛을 보더라도 그녀도 자신을 의심하고 있음을 알 수 있었다.

한데 왜 태자가 저들이 아닌 자신의 편에 선 것일까.

태자의 속내가 못내 마음이 걸리는 무한이었다.

『기검신첩』 7권에 계속…

마도대종사의 죽음.
마침내 끝이 난 이십 년간의 정마대전.
하지만 전 무림이 까맣게 모르는 것이 있었으니…

대종사가 마지막까지 숨겨두었던
마도백가(魔道百家)의 비밀 병기.
패잔병으로 북방을 떠돌던 어느 날
신비로운 사내 비파랑을 만나는데…

"항주의 금룡관(金龍館)에… 이걸 전해주십시오."
"눈치챘겠지만 난 마인이오."
"어쩐지 당신이라면… 약속을 지켜줄 것 같아서……."

한 번의 짧은 만남이 만든 운명 같은 행보.
그의 위대한 강호행이 시작된다.

유행이 아닌 자유추구 -
WWW. chungeoram.com
Book Publishing CHUNGEORAM

共同傳人

공동전인

설경구 新무협 판타지 소설

마교를 재건하라.

혈마옥에 갇히며 마교 장로들의 공동전인이 된 사무진에게 주어진 과제.
역사상 가장 착한 마교의 교주.
하지만 역사상 가장 강한 마교의 교주가 되고 싶다.

고정관념을 버려요.

마교도라고 해서 꼭 나쁜 놈일 필요는 없잖아요.

지금까지와는 다른 마교.

이제 사무진이 만들어가는 새로운 마교가 모습을 드러낸다.

유행이 아닌 자유추구 -
WWW.chungeoram.com

Book Publishing CHUNGEORAM

歡喜密功 환희밀공

설봉 新무협 판타지 소설

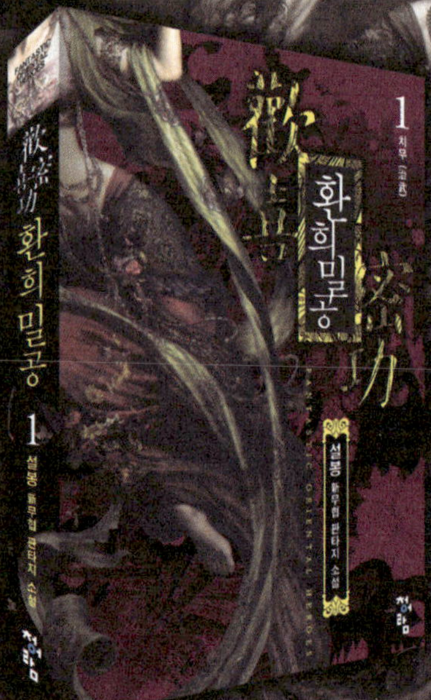

무유칠덕(武有七德), 금폭(禁暴), 집병(戢兵), 보대(保大),
정공(定功), 안민(安民), 화중(和衆), 풍재(豐財), 자야(者也).
〈좌전(左傳), 선공 십이년(宣公 十二年)〉

무에는 일곱 가지 덕이 있다.
첫째, 난폭을 금지한다. 둘째, 무기를 거두어들인다. 셋째, 큰 나라를 보전한다.
넷째, 공적을 정한다. 다섯째, 백성을 편안하게 한다. 여섯째, 대중을 화합하게 한다.
일곱째, 물자를 풍부하게 한다.

섬서성(陝西省) 육반산(六盤山)에 신력(神力)을 바탕으로
패공(覇功)을 구사하는 가문(家門), 육반루가(六盤婁家).
세상에게 외면받고 멸시당하는 환희교(歡喜敎).
육반루가의 후손과 환희교 교주의 운명적인 만남.

"넌 환희교를 지키는 수문장(守門將)이 될 거야.
강하게, 아주 강하게 키워주마."
'아버지처럼 죽지 않을 거야. 아무도 날 죽일 수 없어.
세상에서 최고로 강한 사람이 될 거야.'

유행이 아닌 자유추구 -
WWW.chungeoram.com
Book Publishing CHUNGEORAM

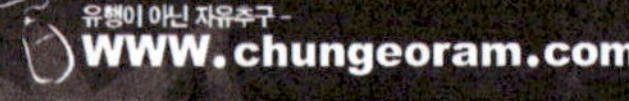